漫時光

墨書白 著

長風渡

【第二部】橫波渡

上卷

高寶書版集團

目錄
CONTENTS

第一章　霓裳

太子南巡的事情剛定下來，范軒就同時暗中下令，從自己的嫡系部隊中，急調了五千精兵來東都。

因為是他自己的嫡系，外面並不知道。於是范軒暗中調人，明著卻是授意御史臺督促顧九思的案子。

御史臺得了命令當日，葉世安立刻陳書列數刑部在此案上的種種不是，要求刑部將案件移交御史臺。而刑部的人也不甘示弱，第二日就參葉世安徇私枉法和顧九思勾結。

刑部可以踩顧九思，畢竟顧九思孤立無援，但刑部這麼踩葉世安，第二日御史臺便直接參了刑部上下全員種種細枝末節的小事。

雙方口水戰了幾日，在朝堂上罵得唾沫橫飛，范軒的五千精兵終於到了東都。

五千精兵到達當夜，范軒將陸永召見進宮。

這些時日陸永一直很忐忑，他幾乎用了自己所有的人去穩住刑部的關係，讓刑部不要將顧九思移交到御史臺去。他心裡非常清楚，一旦刑部將顧九思移交到御史臺，劉春的死必然暴露。他不清楚范軒對這件事知情多少，更揣摩不透范軒對這件事的容忍程度。於是他日日擔驚受怕，怕范軒找他，也怕范軒不找他。如今范軒來找陸永，陸永倒是突然安定了。

他讓前來傳旨的太監稍等，而後換上官服，跟著進了范軒的宮殿。

太監沒有讓他在御書房見駕，反而是來到范軒的寢宮，陸永進來的時候，范軒正在洗腳。他穿著一身白色單衣，周邊沒有服侍的人，用的是個普普通通的盆，一個人散髮坐在那裡，讓陸永一時間以為還在幽州，范軒還沒當上大官的時候。那時候的范軒就是這樣，經常在夜裡見他，他們一起商量官場上的事，也會下棋聊聊天。

陸永覺得心裡有些難受，他揣測不出范軒的意思，只能恭敬地跪下來，朝著范軒行禮。

范軒沒有讓他立刻起來，他呆呆看著大殿的門，腳浸泡在溫水裡，慢慢道：「我年輕時，人家同我說，這世上沒有不變的人，也沒什麼兄弟感情。說兄弟情誼，那是人世間最不靠譜的情誼。我是不信這些的。我總覺得，人和人吧，你給對方多少心，對方就會還你多少心。」

說著，他轉頭看向陸永，話鋒一轉，卻是道：「老陸，咱們認識有二十年了吧？」

「二十四年。」陸永跪在地上，哽咽道：「同榜舉人。」

范軒點點頭，神色有些恍惚。

他沒說話，陸永就跪著，好久後，范軒突然道：「錢這麼好嗎？」

陸永聽見這句話，內心突然就定了。

沒什麼忐忑不安，突然覺得好像一切塵埃落定，腦袋掉了碗大個疤，也沒什麼大不了。

范軒不知道是不是在等他回話，一直沒有出聲。許久後，陸永深吸一口氣，抬頭看向范軒：「您為什麼做皇帝呢？」

范軒愣了愣，陸永看著他，認認真真道：「如果不是為了錢權，您又為什麼做皇帝呢？」

范軒沉默了，好久後，他突然苦笑起來。

「我若是和你說，我從來沒想過當皇帝，你信嗎？」

「那您為什麼要和梁王爭呢？」陸永平靜開口。

范軒低下頭，從旁邊拿了帕子，慢慢道：「他不是個好皇帝。」

「那您是嗎？」陸永繼續詢問。

范軒的動作僵住了，他皺起眉頭，抬頭看著陸永，「你什麼意思？難道朕做得還不好？」

陸永笑起來，沒說話，恭敬叩首：「臣知錯。」

范軒覺得有些難受，他克制著情緒，將帕子交給一旁等著的張鳳祥，慢慢道：「其實你做的事，我清楚。一千萬兩，你補回來就行。你自己補不回來，你給我一份名單，我來要。」

「我終歸不會要你的命，」范軒嘆了口氣，「為何走到殺人的地步呢？」

陸永聽明白了，今晚范軒是來同他交代他的出路的。陸永暗暗思考了一陣子，思索著范軒話語裡的真假，好久後，他才道：「臣明白。」

「你終究還是我兄弟。」范軒勸說道：「別走了歪路，更別離了心。」

「是臣糊塗。」

「老陸，」范軒猶豫片刻，終於道：「顧九思是可造之材，你年紀也不小了，該好好頤養天年，戶部的事就交給他，你也多帶帶他。」

陸永不再回應，他跪在地上，僵著脊梁。倒也不是不能消化，在預料之中，只是真正面對時還是有些難堪。

范軒看著陸永黑髮中夾雜的白髮，心裡有些不忍，嘆了口氣道：「老陸，只要朕在一日，可保你晚年無憂。」

這話讓陸永必須面對，他慢慢收緊拳頭，跪著道：「所以，陛下的意思，是讓微臣辭官嗎？」

「老陸，」范軒低著頭，喝了口茶潤了潤嗓子，才道：「你的罪是什麼，你本該知道。」

好久後，陸永深吸一口氣，叩首道：「謝主隆恩。」

「找個時間，帶顧九思和你的朋友吃頓飯。」范軒吩咐，「把他當自個兒徒弟培養培養。」

「陛下，」陸永消化著范軒的意思，皺起眉頭，「您想讓顧九思當戶部尚書？」

范軒點了點頭，伸出手，陸永趕忙上前，扶住范軒，范軒藉著他的力站起來，出聲道：

「他雖然年輕，但是他有他的才華。」

陸永扶著范軒往庭院裡走去，彷彿是一場再普通不過的交談，范軒慢慢道：「江河這個人，我不放心。顧九思的資歷雖然難以立足，但戶部尚書這樣的位子，總不能隨便用人。而且，」范軒轉頭看了陸永，笑道：「不也還有你嗎？」

這話讓陸永愣了愣，「陛下……」

「老陸，」范軒停在庭院裡，嘆了口氣，「別辜負了朕的苦心。你我是君臣、是朋友，卻也是兄弟。一個人能和另一個人走過風風雨雨幾十載，不容易得很。」

陸永聽著，心裡有些發酸。

他退了一步，下意識想跪，范軒伸出手攔住他，搖了搖頭，「別這樣。」

「我也沒多少年頭了，」范軒苦笑起來，「讓我多當一下范軒，別當陛下吧。」

陸永紅了眼，沒有堅持，范軒和他走在庭院裡，似是有些疲憊，讓陸永一直扶著，他則是抽著精力，繼續道：「其實你的話，我明白。你問我為什麼當皇帝，年輕時是為百姓，如今再說，你也不信。我想了想，錢，我是不想的。可是權，大概對於我們這些人來說，都放不下。其實老陸你還好，你窮怕了，也不在乎什麼權不權，只要口袋裡滿當當的，你心裡就夠了。可我和老周就不一樣了。我們心太大，永遠也滿足不了。當了節度使想當皇帝，當了皇帝想一統天下。說什麼為了百姓，打起仗來，不也是興百姓苦，亡百姓苦？」

范軒輕輕一笑，接著道：「我知道你為什麼覺得我不是好皇帝，不就是為了玉兒嗎？我再好，再能，但只有玉兒一個兒子，將天下交到玉兒手裡，你們心裡都不服氣。可是我能怎麼辦呢？我就他一個兒子。」

「可是……」陸永急切地想開口，范軒接著道：「再納後宮，我也沒這個精力和能力了。如今再有一個孩子，不過是多了兄弟鬩牆，也不會有什麼改變。」

「老陸，」范軒和他一起走上臺階，范軒的腳步有些虛浮，他在進入東都那一戰中受了傷，陸永知道，他想勸，卻又因著范軒的固執脾氣沉默。兩人一路爬上臺階，范軒覺得累了，坐在長廊上休息，從高處看著庭院裡的景致，沒有回頭，慢慢道：「玉兒心眼不壞，你看著他長大，以後他有什麼不好，你得多擔待。」

陸永抿了抿唇，終於道：「陛下，微臣知道。」

范軒坐在長廊上，他沒有回聲，好久後，風慢慢吹過，他才重新站起身來，低頭道：「走吧。」

范軒召陸永入宮後第二日早朝，陸永辭官。

這消息震驚了朝廷，范軒和陸永在朝堂上拉扯了三個回合，一個說要走，一個說要留，這麼來來回回做戲了幾個回合後，范軒終於面露不忍之色，親自下了金座，接了陸永的辭呈。

這是當日第一個重要消息。緊接著，范軒就宣布——刑部辦事不利，將劉春一案移交到御史臺處理，嫌犯顧九思一併移送。

刑部自然不肯答應，等到早朝散會後，刑部連同許多舊臣，大半個朝廷的人，都跪在御書房門口。

柳玉茹聽到這話時，正和葉韻一起看著她的新鋪子。

這鋪子是同花容的鋪子一起租下的，用來販賣從望都運送過來的糧食。

多事之秋，柳玉茹深切意識到糧食的重要性，所以哪怕糧食利潤並不算最大，她也堅持要將生意做下去。

鋪子是她和花容的店鋪一起看的，葉韻說她來裝潢，柳玉茹本是放任她來，結果今日開業，柳玉茹來看，才發現葉韻竟然是將糧店按照北方的風格，裝潢的十分漂亮。大紅大綠的顏色鋪展開，房檐下掛著辣椒串做裝飾，有種說不出來的北地風味。

柳玉茹裡裡外外逛了幾圈，覺得不錯，旁邊做慣了生意的芸芸見了，不由得有些擔憂道：「東家，妳賣糧的店建得這樣好，旁人見了，怕是會覺得米貴，不敢來買。」

柳玉茹聽到這話，愣了愣，她看著前面搖晃的辣椒，慢慢道：「瞧著店鋪就會覺得米貴，但會不會覺得，這是北方的米呢？」

芸芸有些不理解，「東家的意思是？」

「北方的米，總是有些不一樣的，」柳玉茹笑一笑，「不一樣的米，貴一點，也無妨才是吧？」

「東家想漲價？」

「賣胭脂，有好有壞。賣米，自然也有好有壞。」柳玉茹思索著，「咱們的米這一次運輸的費用極其昂貴，糧食並不算多，若按照以往普通的賣糧方法，直接售賣糧食，怕是利潤微薄。」

芸芸聽著，慢慢聽出些門道來，終於道：「您是想將這次的貨提高價格，做成最優品的米，是這個意思嗎？」

柳玉茹見芸芸上道，不由得笑了，「正是。北地的米多油更香，大家這麼隨意買，不就失去了它的價值嗎？當讓它與其他米區分開來，成為東都最好的米才是。」

芸芸點點頭，竟是意會了。旁邊葉韻聽著，也明白了柳玉茹的意思。柳玉茹正打算再說，就聽宮裡的消息傳過來，說刑部的人帶著人堵在御史臺門口，不肯移交顧九思的案子。

柳玉茹聽到這個消息，認真想了想道：「等陛下去找了太后，這些人自然會離開了。」

不出柳玉茹所料，當日下午，范軒去了夜央宮走了一趟，等到晚上，刑部那些人便走了，但顧九思並沒移交。

等到第二日正午，宮裡突然來了個太監。

太監人又瘦又小，頗為焦急道：「顧少夫人，勞您隨我到宮裡走一趟吧！」

太監來的時候，顧家一家正在用飯。聽到這話，江柔猛地站起來，急聲道：「可是我兒出事了？」

太監擺著手：「您放心，顧大人無礙。只是有些事，需要顧少夫人進宮處理。」

這話讓江柔放下心來，柳玉茹也鎮定下來，她擦了嘴角，站起身子，同太監道：「公公稍等，妾身去換套衣服。」

說完柳玉茹便吩咐人去照顧太監，而後轉進房內。

她在房中換了一套正裝，便跟著這位太監入了宮，太監看上去很急，似乎是宮裡的人都在等著他們一般，柳玉茹不由得道：「公公，若不是我家郎君出了事，宮裡到底是因何事如此著急召見妾身？」

「這您也別多問了，」太監面上露出幾分悲憫，「您到了，便知道了。」

聽到這話，柳玉茹心裡沉下去。

可以確定顧九思是沒事的，但顧九思沒事，又不是好事，還要她進宮，是為著什麼？她揣測不出來，只能穩住心神，一路進了宮裡。

太監領著她進了後宮，柳玉茹越走心裡越是茫然。她不太明白，為什麼接見她的地方變成了後宮。她緊皺眉頭，不由得道：「公公，可是走錯了？」

「沒錯，」太監立刻道：「太后和陛下一同召見您，所以是在夜央宮會見。」

太后和皇帝一同召見。

柳玉茹心裡隱隱有了一個人的名字。她緊皺眉頭，不言語。

走了許久，終於到了夜央宮門口，她按著禮儀進屋去，尚在外間，就隔著簾子跪下去，展袖而後將雙掌貼在地面畫了個半圓交疊在前，恭敬道：「民女見過陛下，見過太后娘娘，陛下萬歲萬歲萬萬歲，太后千歲千歲千千歲。」

簾子內沒有聲音，許久後，裡面傳來蒼老的聲音道：「這位想必就是顧少夫人了？」

「正是。」范軒的聲音也響起來，帶著笑意，「顧少夫人是個見得大義的女子，與公主相處，想必不會有什麼芥蒂。」

聽到這話，柳玉茹愣了愣，心中驟然升起不好的預感。

這時候，范軒接著道：「雲裳公主，妳同顧少夫人說吧。」

說完，柳玉茹便聽見面前珠簾被人掀起來，而後有一個女子移步到柳玉茹身前，柳玉茹跪在地上，沒有抬頭，接著就聽李雲裳道：「玉茹姐姐，日後我可能要進顧家大門，與姐姐一同侍奉顧大人，還望姐姐多多擔待。」

柳玉茹腦子「嗡」的一下，她跪在地上，沒有出聲，沒有抬頭。彷彿僵了似的，整個人都是懵的。

太后的聲音響起來，「陛下說要給我兒賜門婚事，我兒當年與顧大人便有婚約，她心裡有顧大人，本宮便想著，不如成人之美，讓他們成天作之合。公主金枝玉葉，自然是做不得妾，本宮本想著讓妳做妾，但陛下說妳與顧九思乃結髮夫妻，還有功於朝廷，我兒又為妳求情，本宮才答應讓妳與我兒共為平妻。我兒年紀比妳小上幾個月，名義上雖然都是妻子，但尊卑之分，妳心裡要明瞭。」

柳玉茹不說話，太后等了片刻，接著道：「怎麼，還不謝恩，是有什麼不滿？」

柳玉茹聽到這聲詢問，慢慢緩了過來。她說不出是什麼情緒，不敢深想，只是把所有感覺封閉，像年少時那樣，她告訴自己，她不能難過，不能悲傷，不能絕望。她要冷靜，要詢問清楚一切。

她深吸一口，抬起頭，卻是看向范軒，詢問道：「陛下，敢問我家郎君如今何在？」

這話出來，所有人都有些尷尬，范軒輕咳了一聲，隨後道：「顧愛卿如今還在偏殿歇息。這是他內院的事，妳答應了，去告訴他和顧老爺夫婦便可以了。」

柳玉茹沒說話，她靜靜看著范軒，認真道：「陛下，婚姻大事，當由當事人做主。娶公主殿下的是我家郎君，我怎能替他做決定？請陛下讓妾身詢問夫君意思，再做定奪。」

「大膽！」太后猛地一掌拍在桌上，怒道：「天子賜婚，公主下嫁，還容得他挑挑揀揀？柳玉茹，妳別給臉不要臉，也別問他允不允，本宮這就讓他休了妳再娶便是了！」

「太后，」范軒皺起眉頭，不滿道：「玉茹一個婦道人家，想著詢問自己夫君，也是常理，您別太過激動，當體諒才是。」

「本宮體諒她，她便蹬鼻子上臉，從揚州來的粗鄙婦人，配得上顧家這樣的人家？也不知道顧朗華那腦子進了什麼水，竟是娶了這麼不知規矩的婢子！」

「娘娘！」聽到這話，柳玉茹猛地提了聲音，她慢慢起身，清亮的眼定定盯著珠簾後的女人，「妾身出身清白人家，有名碟在身，雖不是大富大貴，卻也絕非太后口中的『婢子』。妾身嫁給郎君，於危難之時不曾離棄，相扶至今。妾身未曾犯七出之條，更在顧家落難時一路扶持相隨，我不曾因貧賤嫌棄顧家，顧家如今若因富貴驅逐我，是對夫妻之情的不忠，對恩義之理的不義。太后是要將公主，下嫁給如此不忠不義之郎君嗎？」

這話問的所有人愣了愣，柳玉茹大聲道：「太后若將女兒嫁給如此不忠不義之人，是向天下人說，哪怕不忠不仁不義，也並非不可，是嗎？」

「這自然不是，」無論是前朝還是大夏，品性都是一個官員最重要的考核。哪怕是太后，也不敢在此刻反駁柳玉茹的話，她僵著臉，尷尬道：「所以本宮讓妳當著平妻，男人三妻四妾本屬常事，妳莫因善妒阻攔。」

「妾身不攔，」柳玉茹神色平靜，「只是此事當由我夫君本人做主，妾身不敢裁定。」

「少夫人說得也是，」這時候，李雲裳出聲，轉頭同太后道：「便讓少夫人去問問顧大人吧，顧大人若是不願，也莫要強人所難。」

「他敢？」太后冷笑，轉頭看向范軒，「這可是陛下賜旨，他總不能抗旨不尊吧？」

范軒僵了僵，輕咳一聲，同柳玉茹道：「妳去勸勸他，要當戶部尚書的人了，該懂點事。」

柳玉茹聽到「戶部尚書」四個字，神色動了動，她什麼都沒說，起身由太監領著到了偏殿。

顧九思正在偏殿看書，他盤腿坐在榻上，懶洋洋靠著窗戶，面前放了一盤花生，他嗑著花生，看上去十分悠閒。

柳玉茹走進去，他轉頭看過來，不由得愣了愣。片刻後，急忙從床上跳下來，驚訝道：

「妳怎麼來了？」

柳玉茹沒說話，靜靜看著他，顧九思直覺不好，趕緊走到她面前，拉住她的手道：「怎麼了？可是出了什麼事？受了什麼委屈？」

柳玉茹靜靜注視著他。

他是真的不知道發生了什麼，甚至還在問，她是不是進宮來接他的。

她看著他這樣意氣風發的樣子，突然有些明白李雲裳的意思。

范軒要嫁李雲裳，以李雲裳和親做為要脅，逼著太后同意把顧九思的案子移交。而太后必然是同意了，所以他們達成協議，讓顧九思當戶部尚書，而李雲裳則提出在這時候嫁給顧九思，以此作為案子移交的附加條件。這不算什麼大事，范軒便答應了。可李雲裳應當是料定顧九思不會答應的，顧九思一旦拒絕，就是拒婚，他剛得到范軒信任，就這樣打范軒的臉，范軒便會認為顧九思不好掌控，顧九思在君王心中的仕途，或許也止步於此了。

柳玉茹想明白李雲裳的話，看著面前的顧九思，覺得有什麼哽在心口，張了張口，什麼都說不出來。

顧九思知道她是有話說不出口，沉默片刻後，抬起手，將柳玉茹攬進懷中。

「我知道妳必然是受了委屈，」顧九思低聲道：「可是不管受了什麼委屈，都別多想，都要信我，我能解決所有事，妳別擔心，也別害怕，嗯？」

這樣溫柔的聲音，讓柳玉茹忍不住抓緊顧九思的袖子。

「你別這樣好……」柳玉茹聲音裡帶了沙啞。

我會戒不掉。

她暗暗想。

這樣好的男人，這樣好的夫君，若是未曾遇見也就罷了，遇見了，心澈澈底底給了，再要捨棄，是剜心之痛苦不堪言。

顧九思聽著她的話，更是抱緊了幾分，「我偏要對妳這樣好。對妳這樣好，妳便捨不得我，不會丟下我了。」

這話出來，柳玉茹眼淚奔湧而出，顧九思慌了神，忙道：「這是怎麼了？妳別哭啊。」

柳玉茹低下頭，抬手擦了袖子，她抽噎著，小聲道：「顧九思，你怎的這樣壞？」

顧九思不知柳玉茹為何這樣說，只能一面替她擦著眼淚，一面哄著她道：「怎的了，可是誰有氣讓妳受了？」

柳玉茹低著頭落著淚，低啞著聲，小聲道：「陛下打算讓你當戶部尚書，讓我來同你說一聲。」

顧九思聽著這話，愣了片刻。直接讓他當戶部尚書，他是全然沒想到的，但也很快接受了，忙道：「這是喜事，妳怎麼哭了？」

「顧九思，」柳玉茹低啞著聲音，小聲道：「要是、要是有人喜歡我，想同我成親，要你同我和離，你會怎麼辦？」

「我砍了他！」顧九思一聽這話就急了，著急道：「可是誰欺負妳了？」

「要是你砍不掉呢？」

顧九思聽到這話愣了，他感知到了什麼，握著柳玉茹的手，想了很久，慢慢道：「我不知妳問這個是什麼意思。可是玉茹，若妳喜歡那人，那也就罷了。可若妳不喜歡那人，除非我死了，」他抬眼，靜靜看著柳玉茹，認真道：「不然我不會讓任何人這樣逼妳。」

柳玉茹看著他，聽著他的話，含著淚的眼忍不住彎了，她注視著他，他的表情那麼認真，沒帶半分虛假。

「那麼，」她聲音裡帶著幾分鄭重，「你喜歡我嗎？」

「喜歡。」他答得毫不猶豫。

「只喜歡我嗎？」

「只喜歡妳。」

「今生今世，」她拉著他的手，低聲道：「若只和我一個人在一起，遺憾嗎？」

「不遺憾，」顧九思笑起來，「我高興得很，幸福得很。」

柳玉茹的眼淚落在他的手掌心，灼得他愣了愣。柳玉茹抬起頭朝他笑了笑，擦著眼淚道：「我知曉了，我回去了，一會兒來接你。」

說著，柳玉茹放開他的手，轉身走了出去。顧九思站在屋裡，皺起眉頭，認真想著柳玉茹的話。

——「陛下打算讓你當戶部尚書……」

——「要是有人喜歡我，想同我成親，要你同我和離，你會怎麼辦？」

顧九思猛地反應過來，詢問旁邊的太監：「太后和陛下談事，雲裳公主刻在？」

「在的。」太監恭敬道：「公主已經來了兩個時辰了。」

「糟！」聽到這話，顧九思猛地拍了自己的頭一下，隨後同太監道：「你快幫我通稟陛下，我要見他！」

「陛下說了，」太監認認真真道：「未經召見，顧大人還是好好休息。」

「休息什麼！」顧九思頓時火了，「他們把我娘子關在旁邊欺負，還讓我休息什麼！你去通稟陛下。」

「陛下說了，只等召見，不必通稟。」

「你是不是確定不去？」顧九思捏了拳頭。

太監板著臉，「陛下說……」

「我去你娘的！」顧九思一拳砸翻了太監，怒道：「給老子讓開！」

說著，顧九思就往未央宮的正殿衝去，太監捂著臉，大吼道：「來人，攔住他！」

顧九思在院子裡打成一團，柳玉茹擦了眼淚，深吸一口氣，回到正殿。

太后和范軒還在聊天，見柳玉茹進來，范軒喝了口茶道：「他怎麼說？」

「能怎麼說？」太后笑著道：「顧大人是懂事的人，自然是答應了。」

柳玉茹沒說話，她恭敬叩首，隨後道：「陛下恕罪。」

這話一出，在場所有人沉默下來，范軒轉頭看向柳玉茹，神色平靜，「他不願意？」

「郎君願意。」

范軒舒了一口氣，笑起來道：「那……」

「但妾身不願意！」柳玉茹提了聲音。

這話讓所有人懵了，范軒過了好久才反應過來，不可思議道：「顧柳氏，妳說什麼？」

「妾身說，」柳玉茹答得鏗鏘有力，「讓顧九思娶公主、或者娶任何女人，無論是娶妻還是納妾，妾身都不願意！」

「荒唐！」范軒澈底火了，站起來怒道：「怎麼會有妳這麼善妒的女子！娶了公主，那是對他好，妳怎麼會愚昧至此！」

「妾身知道是對他好。」柳玉茹神色平靜，「公主乃金枝玉葉，有太后照拂，能成為駙馬，是九思的福氣，日後九思在官場之上，也會一路順遂。可妾身就是不願意。這是妾身的丈夫，妾身愛的人，妾身心中有他，便希望他的心裡、他的身邊，永永遠遠，只有妾身一個人。」

「妳放肆！」范軒澈底怒了。

他可以容忍顧九思犯傻，那是顧九思有情有義，可他不能容忍柳玉茹犯傻，這是無知婦人。

「柳玉茹啊柳玉茹，」范軒站起來，在房間裡來來往往的走，氣著道：「我原來還想著妳是個聰明人，想著妳日後該是顧九思的一大助力，沒想到妳怎麼愚蠢到這樣的程度？簡直愚蠢至極！妳身為顧九思正室，本就要為他著想，替他開枝散葉，妳善妒至此，對得起顧家嗎？」

「陛下，我心中有他，若他身邊還有他人，妾身怕是日夜不寧。」

「那也將就著過！」范軒大吼：「哪個女人不是這麼過來的？」

柳玉茹苦笑，這些話像極了以前她母親說過的。

「陛下，」柳玉茹叩首彎腰，「玉茹的感情，容不得將就。陛下若執意要讓公主下嫁，便請賜玉茹一死。」

這話讓所有人驚了，范軒說話結巴了，「妳……妳要朕賜死做什麼？」

「陛下，」柳玉茹聲音冷靜，「玉茹自問不是一個好妻子，容不得九思身邊有第二人，但也不願陛下和九思為難。若陛下一定要賜婚，那就先賜妾身一死，妾身只能以牌位迎接他人入門。」

「冥頑不化！」

「陛下！」這時候，外面傳來太監急促的聲音，他著急跑到門口道：「陛下，顧大人、顧大人他打過來了！」

「打過來了？」范軒滿臉震驚，「什麼叫打過來了？」

話沒說完，外面就傳來鬧哄哄的聲音，混雜著顧九思的大喊之聲：「陛下！陛下，我不娶！我誰都不娶！」

「陛下，」顧九思推攘著擋著他侍衛，大吼道：「我不當官了，我辭官回去！您將我貶了吧，我要帶我娘子回去！」

「玉茹！玉茹！」顧九思的聲音傳來，大吼著：「妳出來！我帶妳走！」

「混帳！」太后拍案而起，怒道：「將御林軍叫過來，在內宮門前大吼大叫，這是什麼規矩！給我拖下去打！」

侍衛得命，趕緊衝了出去。

而顧九思就在外面，被侍衛團團圍住，拖著他就要離開。他在門口和侍衛廝打起來，他拳腳功夫好，但侍衛源源不斷湧來，雙方僵持在夜央宮門口。

太后氣得面色發白，柳玉茹卻是低著頭，抿起唇，忍不住揚起笑容。

范軒聽著外面顧九思的喊話，看著面前柳玉茹堅定的模樣。許久後，他終於道：「顧柳氏，妳可是真的寧死都不與公主共侍顧愛卿？」

「是。」柳玉茹神色堅定。范軒沉默了一會兒，聽著外面的打鬥聲，終於道：「鳳祥，去倒一杯毒酒來。」

柳玉茹神色動了動，但仍舊沒有說話。張鳳祥低頭應是，便去了外面，過了一會兒，端了一杯毒酒回來。

顧九思見張鳳祥托著酒杯，頓時瘋了一般朝著夜央宮正殿撲過去，怒吼道：「你們做什麼！」

沒有人應答他，顧九思頓時慌起來。

他太清楚在內宮一杯酒是什麼意思，他已經推測出裡面發生了什麼，正是知道，他才心寒。

他被人一拳砸到地上，反應過來，想要翻身起來，但許多人壓了上來，他拚了命想要往前衝，怒道：「柳玉茹，妳別給我幹傻事！」

「妳出來！」

「陛下，」顧九思大聲道：「這是太后想要離間你我君臣啊！您別糊塗！您放了玉茹！」

顧九思在外面瘋狂撕喊，柳玉茹看著張鳳祥把毒酒端了過來。范軒看著柳玉茹，認真道：「玉茹，酒在這裡，若妳真的寧死不願，那朕也不為難妳。妳去了，朕也不逼他，他為妳守喪三年，日後娶或不娶，都是他的意思。」

「三年後，他或許就忘了妳。顧家少夫人的位子或許會有其他人做。他馬上就要當戶部尚書，玉茹，」范軒聲音有些沙啞，「不值得的。」

柳玉茹笑了笑，轉頭看向殿外，卻是道：「陛下，這毒酒毒發至死有多長時間？」

「一炷香的時間。」

「會很疼嗎？」

「不疼。」

「死後會很醜嗎？」

「不醜。」

「那妾身放心了。」

柳玉茹說著，伸出手拿起杯子。

她的手微微顫抖，她其實很怕，怕極了，可是想到顧九思，想到顧九思清明的眼，想到他說除非他死，才會讓她改嫁，她突然生出了無盡勇氣。

人總得保護什麼，為此不惜代價。她得賭這一次。

她看著范軒，最後一次確認：「陛下，妾身喝了這杯毒酒，您這一生，都不會再為難九思的婚事了，是嗎？」

范軒聽著這話，不由得笑了，「妳可真是個生意人，朕只說不為難這一次，妳就說一生不為難了。」

說著，他看著柳玉茹固執的表情，嘆了口氣，終於道：「罷了，日後也沒什麼好為難。妳說一生，那便是一生吧。」

聽到這話，柳玉茹閉上眼睛，拿了杯子，把酒一飲而盡，而後將酒杯砸在地上。

「陛下，記得您答應的，」柳玉茹喘息著，整個人都在抖，急促道：「我想同他多說說話。」

說完，她竟是不願再多說一句，朝著殿外猛地衝出去，推開了大殿的門，然後看見被壓在人堆裡的顧九思。

他臉上掛著彩，身上的衣服早已破破爛爛，許多人壓著他，他像一條被蟲子撕咬的孤龍，憤怒又無助。

在大門開的瞬間，所有人愣住了，柳玉茹站在門口，笑著看著他。

顧九思看見她，最先反應過來，在所有人還沒反應過來時，猛地一掙，就朝著她衝了過去。

他身上到處是傷，喘息著停在她面前。

夕陽在他身後，映照著漫天彩霞，柳玉茹伸出手，緊緊抱住了他。

她覺得腿軟，不知道是不是毒藥的效果，她靠在顧九思胸口，聽著他的心跳，低聲道：「九思，我這個人，霸道得很。」

顧九思哽咽著沒有說話，柳玉茹靠著他，閉著眼道：「誰想嫁給你，也得踏著我的命過去。」

顧九思聽到這話，身子微微顫抖。

「傻姑娘……」他落下眼淚，猛地抱緊了她，「傻姑娘。」

柳玉茹聽到這話，在他懷裡輕輕笑起來。

她想起自己小時候，想要樹上一朵花，許多孩子都想要，她一個小姑娘和人打得頭破血流，咬牙搶到那朵花。

這麼多年了，她的性子始終沒有變過。她要的東西，拚了命，她也要。

「九思，」她覺得有些疲憊，說不出的睏意浮現上來，她低喃道：「揹我回家。」

「好。」顧九思沙啞出聲。將她翻身揹到身上，抬眼看著無盡宮城。

天邊彩霞美不勝收，他身著白衣，散著頭髮，身上傷痕累累，走路一瘸一拐。

而柳玉茹在他背上，她閉著眼睛，似乎是睡著了。顧九思揹著她，咬牙忍著腳上的劇痛，一步一步往外走去。

所有人注視著他們，不敢阻攔，柳玉茹的神智有些糊塗了，她覺得睏，又怕睡過去，她知道這次睡過去，或許就再也見不到顧九思了。

她趴在顧九思背上，抱著顧九思，神志不清地問：「九思，我是不是很喜歡你？」

「是啊，」顧九思眼眶發酸，「喜歡得命都不要了。」

「柳玉茹，」顧九思吸了吸鼻子，「妳少喜歡我一點，好不好？」

柳玉茹聽著，不由得笑了。

「沒辦法了，」她低喃，「下輩子吧。」

「下輩子，我少喜歡你一點。」

顧九思揹著柳玉茹走出宮，很短的一截路，他卻覺得特別漫長。

他起初還是用走的，而後便跑起來，最後再也不顧儀態，一路狂奔著衝了出去。等衝出去後，他看見等在門外的顧府馬車，跳上馬車，同車夫急促道：「走！」

柳玉茹此刻已經睡了過去，顧九思坐在馬車裡，冷了神色，他抓著柳玉茹的手微微顫抖，抿緊了唇一言不發。他握著她的手，感受她的體溫，將她的手放到唇下，輕輕印在上面。

他眼中風起雲湧，卻呈現出一種難以言說的克制。

而內宮之中，太后看著范軒，不敢置信道：「陛下，您就讓他這麼走了？」

范軒喝著茶，不言語。太后猛地提了聲：「陛下，您就讓這亂臣賊子這麼走了？他不顧聖令在內宮前大吼大叫，甚至對禁軍動武，這是什麼？這是犯上！是謀逆！陛下就這麼不管不問？」

「太后，」范軒拖長了聲音，吹著茶杯道：「顧愛卿年輕，性子魯莽，也不是什麼大事，我會罰他的，您別操心了。」

太后聽著范軒的話，慢慢冷靜下來。旁邊李雲裳察覺范軒態度的轉變，忙道：「陛下也累了，母后，讓陛下先回去歇息吧。」

太后沒說話，她在李雲裳的調和中緩下來，慢慢坐下來，冷淡道：「陛下讓他這麼大鬧宮廷，又大搖大擺走出去，如今他還是疑犯之身，讓朝中其他官員看到了，不妥吧？」

「太后說得是。」范軒點著頭道：「我這就讓人把他追回來。」

太后哽了哽，她要的是把顧九思追回來嗎？她要的是治這個冒犯了她的罪！以這樣的方式當庭拒了李雲裳的婚，這讓李雲裳的臉往哪擱？

李雲裳是她最疼愛的女兒，如今婚事這樣憋屈，太后心裡始終有個結在。

但太后看著范軒的臉色，也不敢太過，她心裡很清楚，范軒需要她穩定朝中舊貴族的勢力。當初攻下東都，就是在這些舊貴族裡應外合之下才如此輕易入城。如今大夏各郡縣安定，也是因為這些舊貴族還衣食無憂。范軒是在她的許可和合作下，才登上的皇位，才能如此順利的從前朝過度到新朝，所以范軒顧忌她、尊敬她。

可她畢竟只是前朝的太后，凡事不能做得太過。

范軒話說到這份上，太后不能再催，只是道：「當好好罰罰，畢竟還是太年輕了。」

范軒點點頭，想了想，卻道：「您也看見了，顧少夫人是寧死都不願意成這門婚事的。他們兩人夫妻情深，公主下嫁過去，也不會幸福，朕想著，還是換一個人吧。」

話題一繞，又回到了李雲裳的婚事上來。

李雲裳暗自捏著起拳頭，太后沉了臉色，許久後，慢慢道：「雲裳是本宮如今唯一的孩子……」

「也是如今大夏唯一的公主。」范軒平靜開口：「北梁使者很快就要到東都了，不是朕不為雲裳公主著想，只是若北梁使者到了，公主還未出嫁，他們開口要求和親，朕也沒有辦法。」

「畢竟，」范軒抬眼看向李雲裳，「大夏需要安定，公主說可是？」

李雲裳和太后不說話，范軒低頭喝茶，淡道：「顧大人不行，朕想了想，左相張鈺的大兒子張雀之尚無正室，他年僅二十四歲，任工部侍郎，也算青年才俊，就他怎麼樣？」

「這怎麼可以？」

太后面露震驚，誰都知道，張雀之原來是有妻子的，她妻子的父親原是欽天監的人，四年前，前朝太子冊立前的占卜由他主持，結果卻占出不吉之相。太子懷恨在心，藉後來水患一事發難，說張雀之妻子之父將水患占卜結果瞞而不報，以致災禍，導致張雀之岳父被判斬首，張雀之妻子為父伸冤當街攔下太子的轎攆告御狀，卻被太子當做刺客射殺。

張雀之原本是東都官吏，就是因此，在自己夫人死後，自求貶官，去了幽州，在自己父親手下做事。

如今改朝換代，當年的小吏成了丞相公子，可是張雀之對皇室之恨，卻是難以洗盡的。

而當年的太子，正是李雲裳的親生哥哥。

李雲裳白了臉，抬起眼看向范軒，顫了顫唇。

她想說什麼，可終究什麼都沒說。

她知道范軒是故意的。

太后和李雲裳，是舊貴族的風向標、他們的軍旗，軍旗不倒，這些人就永遠凝在一起，而范軒要的，就是讓軍旗倒下去。

五千親兵入城，加上原來的守軍，如今的東都，幾乎全是范軒的人。

「陛下，」李雲裳靜靜看著范軒，「您確定，當真要如此嗎？」

范軒聽到這話，輕輕笑了。

「殿下，」范軒放下茶杯，站起身道：「朕是天子。」

說著，他冷下聲：「君無戲言。」

李雲裳和太后沒說話，范軒果斷轉身，冷著聲道：「劉春一案移交御史臺，由御史臺澈查，雲裳公主賜婚於張大公子，十日內完婚。否則十日後，公主怕只能去北梁了。」

說完之後，范軒走出大門。張鳳祥跟在范軒身後，小聲道：「陛下不是說，多少要給太后一分面子嗎？您將公主嫁給張大公子，怕是……」

「朕給她們面子，」范軒淡道：「她們給朕了嗎？」

張鳳祥笑笑，明瞭了范軒的意思，不說話了。

顧九思抱著柳玉茹進了顧府，一進門，便往臥室奔去，趕緊叫了大夫過來。

葉世安、周燁、沈明追著進來，忙道：「怎麼樣了？」

顧九思沒說話，大夫走進來，替柳玉茹把了脈，認真診了片刻後才道：「夫人只是服用了一些安眠養神的藥，沒什麼大礙，睡一覺就好了。」

聽到這話，顧九思舒了口氣，心裡的石頭總算放下了。

雖然他早已猜出來，范軒是不太可能真的給柳玉茹喝毒酒，可是哪怕只有那麼一點點可能性，他心裡也害怕，如今聽到確認沒事，這才放下心來。

旁邊三個人看顧九思緩過來，周燁才道：「去換件衣服吧。」

顧九思抹了把臉，點了點頭，起身去了內間。

早上見范軒的時候，他已經洗過一次澡，如今只是換了套衣服，重新束冠，而後走了出去。幾個人站在門口等著他，顧九思再問了一次柳玉茹的情況，得知她還要再睡一陣子後，便領著周燁等人到了外間細談。

「聽說明日你這個案子，就會移交到叔父這邊，只要移過來，便好辦了。」

葉世安聽顧九思把宮裡的情況說了說，同顧九思道：「你今日來陛下不說話，大家也應當明白陛下的意思了。」

「這件事解決，」周燁臉上露出笑容，「我也好離開東都赴任了。」

聽到這話，大家愣了愣，顧九思下意識道：「周大哥要走？」

「早該走了。」周燁有些無奈，「只是我捨不下婉清，所以就多陪著她。接著遇上你這事，又耽擱下來。」

「嫂子不跟著一起走嗎？」沈明有些疑惑。

周燁搖了搖頭，沈明看向旁邊的顧九思，顧九思解釋道：「如今新朝撤了節度使這個職位，周大哥去當的幽州留守便相當於節度使了。幽州臨著邊境，有大軍駐紮，周大哥相當於是文官又是武將，這種駐紮邊境手握重兵的武將家屬是不能出東都的。」

「這是把嫂子當人質？」沈明下意識開口。

周燁面上臉色有些不大好看了。

葉世安瞪了沈明一眼，沈明趕忙道：「周大哥，我不懂事，您別介意。」

「你說得也沒錯。」周燁笑了笑，「的確就是人質，怕我們有什麼變故。」

「周大哥你放心，我們都在東都，會好好照顧嫂子的。」顧九思趕忙安慰。

周燁搖了搖頭，笑道：「照顧好你們自個兒就行了，倒是你，九思，這一次你出主意讓陛下把雲裳公主嫁了，太后怕是要記恨死你了。」

顧九思苦笑：「那也是沒有辦法的事。」說著，他倒了茶，聲音平淡，「陛下和太后早晚是要對上的，雲裳公主是太后手中一張牌，她嫁給誰，誰就是舊貴族日後的未來。」

「我聽說她是想嫁給你的。」沈明趕緊開口，這話嚇得顧九思一個哆嗦，趕忙道：「你別瞎說啊，話傳到玉茹耳朵裡，我打斷你的腿。」

「你就說說嘛，」沈明好奇道：「是不是真的有這事？」

顧九思沒想到沈明這樣八卦，有些無奈地嘆了口氣點了點頭。

「你說她看上你哪兒了？」沈明摸著下巴，「難道是看上你長得帥？」

「看上他舅舅。」葉世安見沈明不開竅，提醒道：「以前他舅舅和太后關係可好著呢，我聽說當初他舅舅是要抓他來東都尚公主的，兩人本就有婚約。如今雲裳公主身分尷尬，舊貴族陛下不准嫁，除非她等到舊貴族重新崛起那一天，所以就剩下一些陛下的人可以選。而陛下的人裡，顧九思有江河牽線搭橋，太后和公主對他更能信任。再加上他有能力，長得又俊俏，明眼人都看得出陛下對他未來的期許，可謂青年才俊前途無量，雲裳公主看上了，也屬正常。」

「以前沒吵架李雲裳要嫁給九哥我明白，現在還要嫁，還搞這一齣毒酒什麼的，」沈明朝著柳玉茹的方向努了努下巴，「這又是為什麼？」

「她算准了我會拒婚，」顧九思淡道：「我拒了婚，陛下心裡對我必然有所不滿。她死到臨頭，還要拖個墊背的。而毒酒這事，便是陛下幹的了。玉茹毒酒都喝了，誰也不能勉強，說起來不好聽。」

「還好是假酒，」葉世安嘆了口氣，「你們膽子也太大了。」

「是她膽子大。」顧九思苦笑，「不是我。」

正說著，外面傳來太監的聲音道：「顧大人，少夫人看也看過了，陛下說，您還是先回去，等著御史臺替您沉冤得雪，再來照顧少夫人不遲。」

聽到這話，顧九思和旁人互看了一眼，有些無奈。

他讓人招呼太監，自己起身進了屋裡。柳玉茹還在睡著，他坐在窗邊，靜靜打量著柳玉茹。

「我這就回去了。」顧九思柔聲開口，怕吵著她，「妳別太掛念，過兩日就回來了。妳要好好吃飯，好好睡覺。太后和公主那邊妳別擔心。」

說著，他抬手放在柳玉茹臉上：「她們欺負妳的，我會讓她們一點一點還回來。」

第二章　戶部尚書

柳玉茹一覺睡醒，已經是第二日。

她感覺許久沒有這麼睡過，打從顧九思入獄以來，她一直睡不好覺，這麼昏昏沉沉睡了一覺，居然覺得神清氣爽。

她在床上緩了片刻，然後猛地坐了起來，大聲道：「九思！」

說著，她慌慌張張穿鞋，外面印紅聽見聲音，趕緊進來，忙道：「夫人，妳這是著急什麼？」

「郎君呢？」柳玉茹著急道：「他可還好。」

「姑爺沒事，」印紅放下水盆，將柳玉茹重新按坐下來，安撫道：「姑爺送您回來的，陛下又讓他回去了，姑爺說，讓您別擔心，不出三日，他就回來了。」

「他身上的傷可叫大夫看過了？」柳玉茹漸漸緩了過來。

印紅從旁邊端了水盆，伺候她梳洗，回答道：「走的時候看過了，沒多大事，葉公子親自送姑爺到刑部，走時候還帶了許多藥，不會有事的。」

柳玉茹聽著，從旁邊接了水，漱了口，總算鎮定下來。

她這時候終於感覺到餓，肚子咕嚕嚕響了起來。印紅聽見了，抿唇笑了笑，「夫人睡了一日，必然是餓了。奴婢讓人煮了粥，這就送過來。」

柳玉茹有些不好意思，應了一聲，起身洗了臉，又梳了頭髮，便坐下來開始吃東西。

她一面吃，一面細細問著這一日發生了什麼，印紅稟報完之後，外面傳來了通報的聲音：「夫人，芸掌櫃和葉姑娘來了。」

柳玉茹聽了，讓她們進來，葉韻和芸芸抱著帳本一起進了屋，柳玉茹忙站起來，「這麼早就來了，吃過了嗎？」

芸芸給柳玉茹行了禮，葉韻笑了笑，柳玉茹招呼她們坐下來，她們將帳本放在桌上，葉韻笑著道：「來了一些時辰，聽說妳還睡著，便先吃了東西。本想妳還要睡一陣子打算走了，結果妳卻醒了，倒醒得很是時候。」

說著，葉韻瞧了她一眼，似笑非笑道：「妳昨個兒的壯舉我可聽說了，以前妳小時候不還常同我說什麼我心思要寬些，學著當個當家主母給郎君納妾什麼的……如今怎麼不見妳心思寬些了？」

柳玉茹聽到葉韻嘲笑，有些不好意思，瞪了她一眼，隨後道：「不說這些，可是來說正事的？」

「喔對，」葉韻點點頭，「芸芸先說吧。」

「奴這兒也沒什麼好說的，」芸芸笑了笑，將帳目放到柳玉茹面前，「這是近日來花容的帳目，還有即將推出的新品的安排，拿來給您看看。」

柳玉茹應了一聲，拿過帳目來看，如今花容走上正軌，芸芸打理起來也越來越老道，柳玉茹除每隔一段時間的查帳以及重大事件以外，已經不太插手花容的業務。

花容畢竟只是一個胭脂鋪，雖然如今已經在各地聯絡著試著營業起來，但本質上來說，始終只是賣胭脂鋪，上限放在那裡。

如果放在以往，柳玉茹也就滿意了，可是經歷了李雲裳這件事，柳玉茹覺著，自己的心彷彿被強行拓寬，讓她清楚地認知到，自己是個怎樣的人，而這世界又是怎樣的世界。

李雲裳許多話像刀一樣扎在她心上。

和李雲裳這樣生長在東都的名貴女子比起來，她的確出身卑微，也的確幫不了顧九思什麼。若是放在早前，她本也打算依附於自己的丈夫，那便罷了。若換做那時候，李雲裳要嫁進來，她或許是高興的，這樣對於顧九思來說是一大助力，她做為顧九思的正妻，自然要為顧九思著想。

可如今卻是不同了，她心裡生了貪戀，她想要那人完完全全獨屬於她。她剝奪了這個男人三妻四妾的權利，自然不能再想著依附他。

愛一個人奇怪的很。不僅會讓人不去計較得失，還會讓人莫名勇敢起來，想著要為了這份感情，搏一搏，闖一闖。

她想有錢。

想很有錢很有錢，有錢到富可敵國，有錢到甚至不需要開口，就沒有人敢把主意打到顧九思身上。有錢到范軒想要給顧九思賜婚，也要想想她柳玉茹高不高興。

所有的地位和臉面都要靠自己掙，不能靠別人給。

要拿命去賭去搏自己的丈夫，根本上不過是因為別人看重的是她的丈夫，而不是她。

柳玉茹心裡明白，所以看著花容的帳本和新的提案，點點頭，給新品提案多加了幾條建議後，便放手讓芸芸去做。

要賺錢，最快的方式從來不是自己開店，然後賺多少錢，那樣的錢根據你的精力始終有上限。最快的方式，永遠是錢滾錢。她出錢，別人出力，然後分取收益。她不需要事事都自己去搞，只需要判斷把錢給什麼地方。

開花容之前她沒錢，沒辦法滾。如今她有炒糧時賺到那筆錢以及花容的收益，她也有能力開始走錢滾錢這條路。

和芸芸商議完花容，柳玉茹轉頭看向葉韻。

葉韻從小按大小姐身分培養長大，一直在她父兄身邊耳濡目染，雖然沒有太多經商經驗，但是眼界能力卻是比芸芸高上許多的。她如今無事，就一直在柳玉茹身邊幫忙，最近柳玉茹忙在顧九思的事情上，糧食又到了東都，就是由她一手處理這些糧食。

「糧食都裝點好了，我算好了成本，一般東都的米一斗需要十文，咱們這次的米，成本是八文，如果只是十文的話，我們一斗米就只盈利兩文了。」

柳玉茹應了一聲，葉韻小心翼翼道：「我們也把價格定在十文？」

柳玉茹沉默著想了想，片刻後搖頭道：「不，我們要定高一些。」

「可我們是新糧商，來之後就高價，怕是……」

「先別賣。」柳玉茹果斷道：「東都達官貴人多，咱們的米好，這一波米不需要盯著百姓賣，先在東都打出名頭來。如今東都的米大多都是十文一斗，咱們就賣十五甚至二十文，而且每日要限量賣，賣完就沒有。」

葉韻聽愣了，柳玉茹一面想一面道：「妳先叫一批人來商量一下，總結一下咱們這個米好在哪裡，給咱們的米取一個名字，這個名字一定要取好，要讓人一聽就覺得，這米一定很香很好吃，不要太庸俗，要上得了檯面。妳再召集人，把這米精挑細選，不能有沙子，要顆顆飽滿，粒粒整齊，從店員到裝米的布斗，每一個細節都要做好，挑出來不好的米運到各地去開粥棚賑災，打出好名聲。妳把米本身做好了，再編個故事來歷，到處宣傳一下。最好再送到宮裡，得個聖上題字、大師作詩，成為專門的貢糧，這就再好不過了。」

「這樣下來，價格怕是就貴了。」葉韻有些擔憂道：「妳確定要這樣？」

柳玉茹想想，片刻後，她道：「韻兒，妳仔細想想，人分成有錢人和沒錢，有錢人想吃好用好，沒錢的人就想要便宜，不同的人要的東西不一樣，妳一味想著價格便宜，就一定能賺錢嗎？」

葉韻沒說話，靜靜想著，柳玉茹繼續道：「這件事，我也不插手太多，我全權交給妳做，就當給妳練個手，妳以後就是糧店的店長，我每個月開給妳三十兩酬勞加四成分紅。妳當了店長，如果不願意也可以選一個人來繼續妳的事，想做什麼，可以再來找我，我出錢，妳出力，怎麼樣？」

葉韻聽得懵懵的，柳玉茹抬手握住她的手，認真道：「我瞧得出來妳不想嫁人，若是不想嫁人，何不妨有一番自己的天地？」

聽到這話，葉韻不由得笑了。

「妳倒是說到我心坎上了，」她嘆了口氣，「其實我是不知道未來的日子怎麼過，如今日日跟著妳，就覺得天天賺著錢也很高興。能這樣過一輩子，也是很好的。妳若是信我，那糧店就交給我，我一定好好幹，妳看如何？」

「我怎麼會不信妳？」柳玉茹抿唇笑起來，「我們葉大小姐，打小做什麼都做得頂頂好。」

葉韻聽出柳玉茹言語裡的嘲笑，抬手用扇子推了她。

兩人商議了一會兒，葉韻便走了出去。葉韻剛出門，就看見沈明蹦蹦跳跳過來，沈明看見葉韻，頓時高興起來，「喲，葉大小姐也來了。」

葉韻向來不待見沈明，她嘲諷一笑：「多大的人了，像個猴子似的，官服上的褶子都沒熨平就敢穿上朝，也不怕人笑話。」

沈明聽到這話，頓時氣不打一處來，不高興道：「妳怕我被笑話，那妳來替我熨。」

葉韻「呵」了一聲，理都不理沈明，抱著帳本走了。沈明被這無聲的嘲弄深深刺傷了心，他朝著葉韻的背影怒吼：「葉韻妳別給我囂張！記不記得是誰把妳從揚州救回來的！妳這個忘恩負義的小人！女子難養、小人難養，妳是難養中的難養！」

「沈明，」柳玉茹在裡面聽著，笑著走了出來，「這是在鬧什麼呢？」

沈明聽見柳玉茹的聲音，察覺自己的行為有些幼稚，他輕咳一聲，有些不好意思道：「嫂子。」

柳玉茹壓著笑意，葉世安和周燁說著話進了小院，柳玉茹見著了，便道：「都下朝回來了，正廳說話吧？」

說完之後，柳玉茹便同他們一起去了正廳，下人給幾個人上了茶，柳玉茹慢慢道：「九思可還好？」

「放心吧。」葉世安道：「今日案子已經移到了御史臺，走了過場，人就出來了。」

「那劉春的案子呢？」柳玉茹好奇地問。

葉世安抿了口茶：「這就看，陛下想查不想查，打算如何查了。」

一行人商量著話的時候，顧九思跟在太監身後進了御書房。

御書房內，范軒正和周高朗下著棋，左相張鈺、吏部尚書曹文昌、御史大夫葉青文等人站在一旁，可以說，范軒嫡系中的核心人物幾乎都站在了這裡。

御書房內不超過十人，卻已是整個大夏權力核心中的核心。顧九思稍微愣了愣，迅速跪了下去，恭敬道：「見過陛下，陛下萬歲萬歲萬萬歲。」

范軒沒有理會顧九思，和周高朗繼續下著棋，房間裡迴盪著落棋的聲音，顧九思跪俯在地上，一言不發。

片刻後，周高朗抬起頭，笑了笑道：「倒是個沉得住氣的。」

范軒也抬起眼，笑著同顧九思道：「起來吧。」

顧九思恭敬叩首，站起身。范軒平靜道：「今日叫大家來，一來是同大家私下說一聲，老陸走了，日後就由九思頂了他的位子，你們心裡清楚。到時候誰來舉薦，自己商議。」

「微臣明白。」張鈺恭敬道，旁人悄悄打量著顧九思。

這個年輕人，早在幽州就已經讓人側目，政績斐然。但是誰也沒想到會升得這樣快，一年不到，從八品縣令直升正三品戶部尚書。這樣的升遷速度，簡直是古往今來，前所未有。

顧九思心裡滿是疑惑，但他不敢多問，只能再一次謝恩。

范軒擺擺手，隨後道：「你們都是朕心裡最放心的人，也不需要這些虛禮，叫你們過來，還是想問問你們，劉春的案子，你們覺得怎麼辦？」

劉春這個案子怎麼辦？

在場所有人聽著這句話都明白，問的根本不是劉春的案子，而是要不要拿劉春這個案子辦人。

所有人對視一眼，范軒輕笑了聲：「你們這些老狐狸。」

說著，他抬眼看向顧九思，「老狐狸都不肯說話，小狐狸，那你說，這案子，辦不辦？」

「陛下，還是聽聽各位大人的，」顧九思忙道：「微臣資歷淺薄，許多話說不好，怕讓各位大人笑話。」

「這有什麼？」周高朗笑著道：「我說話，還常被他們笑話呢。」

這話一說，所有人都笑起來，葉青文看著顧九思，叮囑小輩一般，溫和道：「九思，我們都是被笑話過來的，你莫擔心，大膽說就是。」

顧九思聽到這話，感激地看了葉青文一眼，明白這是葉青文在向所有人表明和他之間的親暱。

顧九思恭敬道：「那微臣就說了。微臣覺得，這個案子，該辦。」

范軒點點頭，抬手道：「不必顧忌，繼續。」

「陛下，依微臣的想法，此番陸大人一事，背後必有人撮合，陸大人與微臣共事過一陣子，微臣以為，他的脾氣是做不出殺劉春之事來。一來陸大人並非陰狠之人，對害人性命始終心有芥蒂，若非走到某個地步，不會肆意殘害他人性命；二來他對陛下始終有兄弟情誼，不該如此猜忌陛下；三來，看管劉春大人的人，大多都是舊臣，與陸大人不該有太多交情，陸大人哪裡來的能力去見劉大人，乃至殺害劉大人？」

所有人沉默著，但大家心裡清楚，顧九思說得沒錯。

陸永是沒有殺害劉春的膽子和能力的，如果不是有人在背後煽風點火，這件事不會發展到這樣的程度。

所有人心裡都把那個背後的人想到太后身上，而顧九思接下來卻是道：「這背後的人目的很明顯，無非是要將這件事擴大到無法挽回的程度，一定要有人為這個案子出血，他們原本預計的應當是我和陸大人，我們走一個是一個，甚至如果按照他們原本的計畫，可能是先等我問斬，再拿出證據來替我翻案，然後讓陸大人也被懲治。這樣一來，戶部兩個緊要的位子便都空了出來。空出來的位子他們就能安排人接替。那麼如今朝中這樣大手筆的人還能有誰？微臣猜，其一是以太后為首的朝中舊臣，其二……」

「還有其二？」曹文昌詫異道，大家也都眼露疑惑。

顧九思接著道：「其二，便是太子太傅，洛子商。」

聽到這個名字，眾人在短暫呆愣後，便迅速反應過來。

洛子商入朝以來幾乎沒有任何動靜，一直乖乖教著范玉功課，以至於所有人幾乎忘了他的存在，如今被人驟然提起，大家才想起來，這是一位掌管著整個揚州的太傅。

掌管著揚州，以揚州之富、揚州之大、揚州之人口來說，都等同於掌握著一個小國。一個小國國君稱臣，哪裡是這麼容易的事？

「陛下原本計畫，是想著要南伐劉行知，為了南伐，陛下同意不大動舊朝血液，也同意讓洛子商入東都任太子太傅，可如今結果很明顯，陛下能容忍他們，他們卻並不甘心就這樣乖乖待著，他們如今覬覦戶部的位子，就敢以四條人命做局，陛下想想，南伐絕非一日之功，若陛下當真南伐，如此內政，陛下心中可安？」

南伐是范軒早就定下的國策，顧九思這話已經是直問國策了，張鈺聽著，輕咳一聲，慢慢道：「可是，若仍由劉行知發展下去，陛下心中也難安啊。」

「劉行知發展，大夏也在發展。我大夏名正言順，有傳國玉璽傳承，他劉行知亂臣賊子，就算發展，又有何懼？自古以北伐南易，從未見以南伐北成功，哪怕是諸葛神算在世，也止步於五丈原之地，大夏又有何懼？倒是如今強行南伐，恐後院起火，傷了元氣。」

「這話，倒也不錯。」聽了半天，范軒終於開口，他嘆了口氣，看了眾人一眼道：「近日來，朕常常在思慮此事，尤其是在太后越發得寸進尺之後，朕便更加顧慮。朕想著，南伐一事，應當重新考慮，諸位以為如何？」

范軒這口氣，明顯已經定了結果，大家都是聰明人，稍稍一想，便明白過來，忙道：「陛下聖明。」

確定不南伐要穩內政，那劉春案這把刀要怎麼用，便很明顯了。

范軒想了想，接著道：「如今要安內政，如何安，你們可有主意？」

所有人不說話，大家心裡都裝著東西，但卻知道這時候，不該輕易開口。范軒笑了笑，看向顧九思道：「大家都不說話，那你來說吧。」

「如今朝中舊臣很多，陛下要安穩內政，不宜太過，但也需要有能震懾人的魄力出來。微臣覺得，首先要架空太后，讓這些舊貴族群龍無首。太后兩張底牌，一張是雲裳公主的婚事，另一張就是世家支持。我們要釜底抽薪，將兩張牌抽走。先將雲裳公主嫁了，再以劉春案為理由，打擊擁護太后的幾個世家。這個過程要快，不能等這些人做出反應，將消息傳出去，否則恐有內亂。」

范軒點點頭，抬手道：「繼續說。」

「之後，陛下再給這些貴族一些好處，在此之前，陛下可以從這些貴族家中挑選幾個庶出貧寒子弟，與他們達成協議，廢掉他們繼承人後，由庶子重新上位，給他們一些安撫。這樣下來，哪怕消息傳出去，也不會再有亂子。」

畢竟能安穩過日子，誰都不想謀反。

世家和那些天天在外面打仗的人不同，他們的命金貴，也就沒有那麼大的勇氣冒險。

顧九思見范軒沒有反駁，便接著道：「最後，陛下必須在今年重新恢復科舉，廣納賢才，之後逐步換掉舊朝的人，才能不受前朝舊人制約。」

顧九思這些話說完，范軒笑起來，「倒是個聰明的。」

說著，他看向眾人，「諸位愛卿覺得呢？」

范軒已經誇了，所有人自然連連稱讚，而後一行人便開始商議，這些事怎麼做，誰來做。商量到了晚上，大家才離開，顧九思和葉青文一起走出大殿，等周邊沒人了，葉青文才道：「顧大公子，以前一直聽說你是個紈褲子弟，如今才發現，你過去當真是藏拙了。」

「讓伯父笑話了，」顧九思趕忙謙虛道：「以往是不懂事，現在才開竅，以前是真拙劣，如今您要考究我書本，我也是學不好的。」

葉青文笑了笑，他看著天邊星宿，慢慢道：「年輕人，許多事都要慢慢學。九思，伯父勸你一句話。」

「還請伯父明說，」顧九思嚴肅了神色，恭敬請教，葉青文雙手攏在袖中，淡道：「這世上聰明人多得很，年輕時的聰明，總喜歡說出來，但年長之後就發現，真正的聰明，是不說出來。」

顧九思聽到葉青文的話，沉默下來，葉青文笑了笑，「你也別介意，我只是……」

「伯父的意思，九思明白。」顧九思開口，卻是道：「只是，話總得有人來說。」

「可是你如今說這些話，許多事必然就要你做，這些都是得罪人的事，我怕太后一黨此後就盯上你了。」

葉青文見他坦率，也不拐彎：「你我皆為揚州人士，你又是世安好友，九思，聽伯父一句勸，日後，這種話少說。」

「伯父，」顧九思聽著這話，苦笑起來，「您以為，今日陛下召我來是做什麼？」

葉青文愣了愣，隨後聽顧九思道：「陛下召我，就是想我做一把刀。我這刀若是不夠鋒利，便做不了。葉伯父，我不比世安，他有您替他鋪路，我卻是什麼都沒有的。」

「這朝廷之上，站不站得住，根本不是看你得不得罪人，而是看你背後站著誰。您看這滿朝文武，參我沒人顧忌，可誰參世安，是不是都要顧忌幾分？劉春這個案子，若不是發生在我身上，而是世安身上，怕是從最初收押他便難太多，刑部哪一個敢直接到葉府門口抓人入獄？不怕被御史臺參死嗎？」

葉青文聽著這話，沉默下去。顧九思苦笑：「伯父，人當官，都有自個兒的路。世安兄能沉默，可我卻是沒有沉默的機會的。我若不多說話，今時今日，怕是在這裡說話的機會都沒有。陛下要我當一把刀，我只能做一把刀。這把刀做好了，才不會再有如今的事。」

「我明白了。」葉青文嘆了口氣，看向天空，「回去吧，明日我讓人整理好卷宗，後日你該出來了。」

顧九思恭敬行了禮，這才離開。

他還是要回大牢裡歇著的，案子剛移交到御史臺，裝模作樣也要裝一番。

他坐在馬車上，聽著馬車咯吱咯吱的聲音，心裡也不知道怎麼的，突然生出了幾分蕭瑟。

若能沉默，誰不想沉默。

若能安安穩穩往前走，誰又願意做一把刀？

可他也沒什麼法子。

他和葉世安不一樣，他如今只有一個人。

他心裡想著，有些恍惚地回了大牢，剛回去，就看見柳玉茹坐在關押他那間牢房裡，正捧著他平日讀的那本地圖，看得津津有味。

她本就和獄卒混得熟，如今獄卒見宮裡對顧九思態度好轉，更是讓柳玉茹自由來去。她聽見腳步聲，放下書來，抬眼看見顧九思站在門口，有些愣神地瞧著她。

她輕輕一笑，柔聲道：「回來啦？我帶了燉湯給你，趁熱喝了吧。」

顧九思聽著，忍不住慢慢笑了起來。

他往前走了幾步，將人摟進懷裡。

「我終究比他們幸運一些。」他低聲開口。

柳玉茹有些茫然：「什麼？」

顧九思沒說話，他自個兒心裡清楚。

雖然比不上葉世安等人有家中人照拂鋪路，可是，他有柳玉茹啊。

柳玉茹來送好吃的給顧九思，這一番牢獄之災，顧九思每日都在牢房裡待著，加上柳玉茹送的飯，竟是足足胖了一圈。

好在他本就清瘦，這麼胖了些，不顯得難看，反而恰到好處。

顧九思在宮裡待這麼久，回來時本就有些餓了，柳玉茹便守著他，一面看他吃東西，一面聽他說宮裡的事。

他是沒有葉家那些規矩的，盤腿坐在床上，吭哧吭哧吃著麵條，沒有半點儀態可言。

柳玉茹笑咪咪瞧著他，感覺像是小時候養過的一隻小白狗，吃起東西來，高興得很，吃得高興了，還會抬起頭，朝人「汪汪」叫兩聲。

這天下再英俊多謀的男人，相處久了，都會發現這人孩子氣的一面，孩子氣起來，什麼帥氣俊朗都沒有，就是滿心覺得這人可愛。

顧九思同她說著朝廷上的事，她同顧九思說著自己生意上的事。

「我也不想事事都攬在手裡，一個人做事總有限度，我把大的盤子搭建好，剩下的他們自己做就是了。」

「不怕做不好？」顧九思忍不住笑。柳玉茹搖搖頭，「一個人做十分的事，那也只是十分，但若十個人做八分的事，那就是八十分。不能事事都想著要做到自己要的十分，這樣不行。」

「我發現妳這個女人，」顧九思想了想，忍不住道：「怎的這麼有野心？」

聽到這話，柳玉茹抿了抿唇，「還不是你吃太多。」

「妳不要這麼講話啊，」顧九思聽這話不服氣了，趕緊把嘴裡的東西咽下去，立刻道：「妳信不信我……」

「信不信你什麼？」柳玉茹靠在桌上，看著顧九思笑。顧九思瞧著柳玉茹的模樣，愣了片刻後，輕咳了一聲，扭過頭小聲道：「明日少吃一半。」

柳玉茹被這回答搞得呆了呆，隨後笑出聲來。她用帕子捂著唇，怕自己笑得太過誇張，顧九思瞧她高興，自己也高興了。

兩人聊了一會兒後，柳玉茹該走了，她從旁拿了顧九思的地圖，溫和道：「你這地圖我拿去看看。」

顧九思應了一聲，讓柳玉茹拿了書，便起身走了。

柳玉茹拿了冊子之後，回去的路上一直翻看。這是原本大榮的地圖，畫得極為細緻，每一條河，每一條路，幾乎都畫了上去，柳玉茹一面看著畫，一面思索著。

如今他們在東都這邊的米，都是從望都運送過來的。她當初在望都的時候，買了地、安置流民，用讓流民承包了土地的法子來管理他們，結果如今豐收。糧食收了，自然要到處賣，她熟悉東都，知道東都富饒。望都的糧食，她的成本價不過兩文一斗，在東都卻是十文。她想著利潤可觀，加上當初從青州、滄州、揚州收糧的時候損耗並不嚴重，以至於她錯誤判斷，讓望都的糧食送到東都來賣。

然而如今這樣將近一半的損耗，若真的一直運送到東都來賣，成本太高。可東都的糧店已經開起來了，她也不能打水漂。如果按照她和葉韻的商量，把望都的米做成貴族米來售賣，倒還勉強能把這個店撐起來，但利潤始終不夠讓她滿意。

如果能將成本降下來就好了。

柳玉茹思索著，她想了想，又看了看地圖。地圖上河流密布，有些地方有河流，有些地方沒有。柳玉茹手滑過有河流的地方，順著滑上去，而後便發現……都有源頭。

意識到這一點後，柳玉茹突然想，她能不能專門規劃出一條只走水路的路來呢？水路有大小之分，有些地方不能行大船，這是水路一大弊端，如果她在路途上建立倉庫，沿路設立糧店，然後大河用大船，小河用小船，一路賣糧食分攤成本呢？

想到這裡，柳玉茹有些激動。她突然意識到一件事，如果她真的規劃了路線，建立了倉庫，那運送的不一定只是糧食了，她還可以運送許多東西。而這些東西，在合理的路線規劃下，能極大降低成本，保證安全，增加效率。甚至還可以將這條運輸路線公開，專門給那些小商家使用，只要交給他們一部分運輸費用，他們負責將東西一路運送過來。

這個想法尚粗淺，但柳玉茹卻明白，這個設想是在鋪一張極大的網，如果她能想辦法透過建設倉庫、商隊等等法子降低運輸的成本、增加運輸效率，未來無論任何生意，她都能做得比別人好。

柳玉茹心裡大概有了想法，回到家後，立刻將老黑這些人叫來商議，詢問老黑她的想法的可行性。老黑聽了之後，沉默片刻，隨後道：「東家，妳這個想法，是極好的，也是極難的。」

「難在什麼地方？」柳玉茹思索著開口。

老黑說道：「最主要的就是，水路也有水路的門道。當初您是官府的船，而且人多勢眾，就沒人敢攔，但如果是一般商隊，在水路上也是要交過路費的。您要弄這麼一個行船的商隊，首先要和官府打好關係，其次要和路上的水盜打好關係，光是這兩件事就很難了。而剩下的，主要就是錢。」

柳玉茹聽著老黑的話，點了點頭：「我明白。」

「不過東家，」老黑想了想，輕咳了一聲，隨後有些猶豫道：「這些事，對別人來說難，可對您來說，就不算難了。」

柳玉茹有些迷茫，老黑笑了笑，「您畢竟，也是個官夫人了。」

柳玉茹聽到這話，不由得愣了愣，片刻後，她猛地反應了過來。

這些事裡面，最麻煩的就是所謂的「關係」，怎麼和朝廷打好關係，怎麼和水盜打好關係，這是最難的。可如今她是官太太，顧九思出獄之後，便是戶部尚書，而葉世安家中又在御史臺，只要她願意，借著顧九思和葉世安這些人的名頭，去嚇唬一下下面的官員，哪裡還有不給面子的道理？

只要官府擺平了，水盜便是小事，水盜大多和官府有些關係，讓官府打聲招呼，也就完了。若是不聽話的，直接讓官府帶著兵馬清了就行了。

柳玉茹明白過來，反而皺起眉頭，老黑不敢多話，片刻後，他聽柳玉茹道：「這事不要說出去，等時候合適了再說吧。」

老黑應了聲，柳玉茹便讓老黑退了下去。

老黑說的話，恰恰點醒了柳玉茹。如今她做的生意，和官府太密切，日後查起來，別人總會往顧九思身上查。她得為顧九思多做考慮。

她想了一會兒後，喚木南進來，讓他去找幾個熟悉大榮地圖的人來，讓他們三日內給出一個幽州到東都的線路，看看分別在哪裡沿路設置倉庫，能夠成本最低，效率最高。

柳玉茹一面思索著，一面去了房中，看自己的帳目。

第二日，御史臺就在朝中上書，查明顧九思無罪，是被人陷害，他們將當時所有守衛全部關押，確定這些人過去與顧九思沒有任何往來，是有人指使他們陷害顧九思。范軒當朝宣布顧九思官復原職，代任戶部尚書，配合御史臺查明劉春一案。

按照御史臺的摺子，此案可能牽扯甚廣，於是由范軒接管，所有奏摺直接上呈范軒。

這個結果出來，朝野震驚，從大殿中走出來時，所有人的臉色都不太好看，除了顧九思。

顧九思和葉世安、沈明、周燁一起走出來。四個人忙活了這麼久，終於鬆了一口氣。周燁看著顧九思，嘆了口氣道：「你如今沒事了，我也放心了。明日我便啟程回幽州，你們都來送送我吧。」

顧九思笑了笑，「那你可是托我的福，可以和嫂子多待一陣子。」

周燁苦笑，沒有說話。

他與秦婉清感情好，這麼分隔兩地，只有每年過年回東都敘職時能見一見，想一想誰都高興不起來。

顧九思見周燁難過，頓時正了神色，認真道：「大哥你放心，我一定會好好照顧嫂子。」

「是啊，」葉世安也道：「周兄你不必憂心，我們都還在，會幫你好好照顧家人。」

「我倒是放心的。」周燁點頭，沒有多說。

四個人一起走出去，沈明吵嚷著要替顧九思接風洗塵，只是剛走到宮門外，就看見一個藍衫奴僕站在那裡，見顧九思走出來，忙上前道：「可是顧九思顧大人？」

顧九思挑了挑眉：「你是？」

「奴才乃陸永陸大人家中奴僕，奉我家大人之命，請顧大人一見。」

顧九思頓了頓，所有人沉默著，片刻後，就聽顧九思轉頭同三個人道：「諸位，我有些事要先行一步。」

「去吧。」周燁點點頭，「正事要緊。」

顧九思告別了三人，坐上陸家的馬車，馬車一路搖搖晃晃，帶著顧九思到了陸家宅院。陸家的房子修建得極為簡單，和同級別的官員比起來，顯得十分清貧。

顧九思進去之後，恭恭敬敬行了禮：「顧九思見過大人。」

陸永正在練字，聽到顧九思的話，他頭也沒抬，嘲諷道：「如今老朽白衣之身，算得上什麼大人？顧尚書抬舉了。」

聽到這話，顧九思也不奇怪。陸永辭官，一定是范軒授意，如今他沒上朝卻知道自己代任尚書，也是正常。

他沉默著沒說話，陸永抬眼瞧他，淡道：「倒是個沉得住氣的。」

說著，他揚了揚下巴，同顧九思道：「沏茶。」

這話說得極不客氣，顧九思站著想了片刻，便坐到茶具前。

他其實沒沏過茶。

他一貫不是這麼風雅的人，向來都是大口喝酒，煮茶這些事，該當葉世安來做。可沒吃過豬肉，也見過豬跑，他磕磕絆絆倒了杯茶，放在陸永面前，陸永看了茶杯一眼，又看了顧九思一眼，不屑道：「人長得好得很，茶煮得醜得很。」

顧九思聽著，想直接把茶杯倒扣在陸永腦袋上。

但他忍住了，保持微笑：「不知陸老找我過來，是有何事？」

「何事你心裡不清楚？」陸永不高興道：「我如今坐在這裡，不是你找皇上說的嗎？你想要戶部尚書，想要我手裡的人，想要我帶帶你給你鋪路，你以為你想要就能要啊？」

陸永越講越激動，唾沫橫飛在空中。

顧九思站在原地，保持微笑。

陸永拍桌子拍扶手，一面拍一面道：「我和你講整個戶部我最討厭的後生就是你小子，有點小聰明在泥塘裡瞎攪和，還以為自己厲害得很。要不是周高朗護著你，你死一萬次都不夠！」

「陸老，茶快冷了，」顧九思也不氣，提醒道：「喝茶吧。」

陸永被這麼打斷，緩了緩。

片刻後，他拿著杯子，淡道：「這次陛下想要我退，我看明白，他是忍不了我了。我若不退，他日後不好管人。我退了，跟著我還有一批人，他們得有個人護著，也有個去處，陛下給你做了保，讓我把人都交給你。我可以把人交給你，可是我有幾個條件。」

聽到這話，顧九思忍不住笑了。

「陸老，」他坐下來，「都這時候，您還和我提條件？」

陸永面色僵了僵，顧九思靠著椅子，吊兒郎當翹起了二郎腿，有一搭沒一搭敲著扶手，全然不像個官員，反而像個在茶樓裡喝茶閒聊的富家公子：「您的人，必須是有個去處的，他們跟著您站了隊，您倒了，沒有我護著，他們也很快就倒了。他們都散了，您在朝中就真的什麼都沒了。可我不一樣，您給我這些人，我路子順一些，您不給我這些人，陛下如今要拿我當刀，周高朗因為周燁的關係要護著我，御史臺也因為葉世安的關係與我交好，我還年輕，有的是時間慢慢經營自己的人，您說您有什麼資格和我談條件？」

陸永沒說話，顧九思喝了口茶，慢慢道：「條件不該您提，該我給。方才給您倒那杯茶，是因為我對您還是十分敬重的。聽聞您出身於市井，家中沒有任何背景，靠自己一路爬到今日。說句實話，您無甚才學，也無功名，更無背景，當年的官都是捐的，可是陛下卻始終覺得您有能力。您的人，我要不要都可以，可是我需要一位老師。」

陸永抬眼看他，顧九思平靜道：「才能我有，背景我比您好些，我還有錢，可是陸大人，我的確差一樣東西。」

「我不懂做人，更不懂做官。」

陸永聽著他的話，慢慢笑了。

他明白過來。

顧九思和他討教的，是如何讓人舒服的法子。范軒這麼多年覺得他好，甚至其他人明知他貪也不為難他，主要就是在於他會做人。

「那你給我的條件是什麼？」陸永開口。

顧九思想了想，「您不是喜歡錢嗎？」

他淡道：「我想您也有錢，我媳婦會賺錢得很，您要不要考慮把錢交給她，讓她幫忙經營？」

陸永：「……」

和他要人，請他當老師，條件是讓他出錢給他媳婦做生意？

這種條件聞所未聞！

但陸永想了想，最後道：「讓你夫人把她經營的生意的帳本給我一下，我考慮考慮。」

顧九思從陸永家中出來，已經是深夜。陸永在家裡幾乎把他的親信都同顧九思介紹了一遍，雙方接了頭，顧九思算是大致瞭解了他們，大家一起吃了飯，這才回來。

柳玉茹得了消息，說顧九思去了陸府，只是她沒想到，顧九思會待這麼久。原本給他設席接風洗塵，想著等等他便回家了，結果卻是一等等到了深夜。

柳玉茹安排江柔等人先吃，自己就在屋中研究著錢和水路的事。她既然賣糧，建這麼大一個商隊，自然在供糧上也要跟上。這意味著她要買更多的土地，招募更多的人，而這後面，都是錢。

柳玉茹算著錢，等到深夜時，外面傳來了喧鬧聲，有人送顧九思回來了。她忙起身去，就看見顧九思喝得醉醺醺的，被人扶著回來。

扶著他來的人都是她沒見過的，但看上去明顯不是奴僕，應該是什麼官員，顧九思在大醉之下還和他們打了招呼，含糊道：「王大人、李大人，慢走。」

柳玉茹趕忙和對方道謝，對方笑了笑，和柳玉茹告別之後，自行上了馬車離開了。

柳玉茹扶著顧九思往家裡走，心裡有些不大開心，她不喜歡顧九思不回來吃晚飯，更不喜歡他這麼醉醺醺回來。

但她仍舊是克制了脾氣，扶著顧九思回了屋裡，顧九思手搭在她肩上，卻還是努力支撐著自己，怕壓著她，含糊著問：「妳吃過飯沒？」

柳玉茹聽到這話，心裡舒服了些，這人還是掛念著她的。

她應了聲：「隨便喝了碗粥墊肚子，你吃過東西沒？」

「嗯，吃過了。」顧九思被她扶到了床上，他有些累，躺在床上，低聲道：「還喝了好多酒。」

柳玉茹讓人打了水來，幫他擦了臉，他有些難受，說話很艱難。柳玉茹吩咐人煮了醒酒湯，顧九思躺在床上，低聲道：「玉茹，我是不是很討人厭啊？」

「怎麼會？」柳玉茹低著頭，「大家都喜歡你。」

「也不是。」顧九思舌頭有些打結，「只是你們喜歡我的人，喜歡我，好多人，都討厭我的。」

「尤其是，我現在，要得罪很多人了。」顧九思慢慢道：「我不會吹捧人……也不會和人相處……脾氣還大……」

「誰同你說這些？」柳玉茹皺起眉頭，有些不高興，顧九思張開眼睛，看著床帳頂端，慢慢道：「陸永說，我得給自己留條後路。我覺得他說得也沒錯。」

「我不能一直輕狂下去。」

柳玉茹聽到這話，手頓了頓，顧九思開始乾嘔，柳玉茹趕忙讓人拿了痰盂來，顧九思在乾嘔了幾次後，猛地趴在床上，大半身子爬過去，抱著痰盂嘔吐出來。

他難受極了，柳玉茹從未見過他這副模樣，眼淚從眼角流出來，看著讓人心疼。

柳玉茹心裡也不知道是怎麼的，就覺得特別難受，她輕撫著顧九思的背，等顧九思吐完了，又用濕帕子替他擦拭乾淨臉。

顧九思躺在床上，拉著她，低聲吟語：「玉茹，我難受。」

柳玉茹握著他的手，溫和道：「醒酒湯一會兒就來了。」

顧九思不再說話了，他躺在床上，好久後，突然道：「玉茹，我馬上要當戶部尚書了。」

「我知道，」柳玉茹輕笑起來，「今日本來還辦了宴，給你接風洗塵呢。」

「總算是過去了。」他睜開眼，眼中神色茫然，「這些時日其實我怕得很，我以前覺得自己特別有能耐，現在卻突然覺得，自己其實沒什麼能耐。你沒殺人，如果需要你殺，就可以有證據證明你殺人。在權勢面前，哪裡有什麼公正可言？」

「我讓妳受欺負了。」他摸索著，將她的雙手攏在胸口，閉上眼睛，沙啞著重複了一遍：「我讓妳受欺負了。」

「九思……」

出事這麼久，這是他頭一次對她流露出軟弱。

她一直以為他很鎮定，運籌帷幄，可此刻才發現，顧九思入獄這件事不僅僅是衝擊到她，讓她覺得自己無能，其實也衝擊到了顧九思。

他們雙方都是心裡面慌得要死，卻還假裝成對方的依靠。

柳玉茹明白這種感覺，她看著面前的人皺著眉頭，將她的雙手捂在懷裡，許久後，她才道：「所以，今日你去和人喝酒了？」

「我會往上爬的，」顧九思有些睏了，聲音都變了，「爬到誰都不能欺負妳的位子。」

「玉茹，」他認真道：「我馬上，就二十歲了。我長大了，不該任性了。」

柳玉茹沒說話。

她服侍著顧九思喝了醒酒湯，然後脫了衣服。夜裡她躺在他身邊，聽著外面淅淅瀝瀝雨聲，好久後，她側過身，伸出手抱住了他。

「我還是喜歡你任性。」

她低低出聲。

但顧九思睡著了，他聽不見。

顧九思一覺睡醒，頭痛少了許多。他醒過來，柳玉茹已經醒了，帶著婢子親自幫他穿衣服。顧九思有些忐忑，看著柳玉茹幫他穿著腰帶，他認真道：「昨個兒新認識一批大人，第一次見面敬酒，人多了些，我不好意思拒絕，妳別生氣。」

柳玉茹聽到他認錯，不由得笑了笑，抬眼看他一眼，嗔道：「你這麼害怕做什麼？你是為了正事，我心裡清楚。只是以後啊，」柳玉茹替他整了整衣衫，柔聲道：「別這麼實誠喝這麼多，傷身體。您可是顧尚書了，」柳玉茹抬眼，笑咪咪道：「是有身分的人，可得有點架子。」

這話把顧九思逗笑了，他將人撈到懷裡，低聲道：「妳說我聽妳叫顧尚書，怎麼就覺得妳這嘴兒這麼甜呢？」

柳玉茹知道他這是大清早耍流氓，瞪了他一眼，推了他道：「趕緊上朝去。」

顧九思低頭親了她一口，這才離開，走出門時想起來，同柳玉茹道：「哦，玉茹，妳缺錢嗎？」

柳玉茹愣了愣，隨後果斷點頭：「缺。」

顧九思笑了笑，「那妳把花容的帳本給我一下，我介紹個財神爺給妳。」

顧九思說完便離開了，柳玉茹愣了片刻後，突然同身後的印紅道：「我覺得今個兒的姑爺特別英俊。」

印紅有些無奈：「夫人，您這是誰給您錢，您就覺得誰英俊是吧？」

「也不是，」柳玉茹認真道：「比如葉大哥，給不給我錢，我都覺得，他是極為英俊的。」

葉世安上了馬車，忍不住打了個噴嚏。

顧九思早上說介紹財神爺給她，柳玉茹不敢怠慢，早早就準備好帳本，順便去看了看糧店的情況。

如今糧店都是葉韻管，柳玉茹點撥她之後，她便同芸芸請教，而後舉一反三。先是給米取名叫「神仙香」，而後聯絡了宮裡的人，把米送進御膳房，讓范軒嚐了一口。范軒一口就認出來是望都的米，當場詩興大發，寫了一首詩來稱讚這米。於是這幾天望都上下上行下效，官家紛紛來買這神仙香回去嚐一嚐。葉韻為了廣開銷路，還舉辦試吃，在門口架了大鍋，當場煮了一鍋鍋米飯。她準備了花椒飯、麻油飯、槐花飯、桂花飯等等……免費試吃，又限量購買，加上官家熱搶，如今這「神仙香」的米，已經成為了東都街頭巷尾熱議的東西。

原本六分香的米，大家天天排著隊買，也就變成了十分香。甚至才開始賣沒有幾日，葉韻便已經要求加貨了。

因為花容的穩定和神仙香的熱賣，柳玉茹的錢銀還算寬裕。她清晨查完帳，從酒樓裡出來時，心裡很是高興，走了沒幾步，便聽到一個有些耳熟的聲音道：「沒想到在這裡又遇見顧夫人了。」

柳玉茹頓了頓，回過身，看見李雲裳站在那裡。

李雲裳看上去神色有些憔悴，柳玉茹見著，行了禮道：「見過殿下。」

「逛街呢？」李雲裳走過來，同柳玉茹走在一起，「一起走走？」

柳玉茹應了一聲，也沒避諱，和李雲裳走在一起。李雲裳神色平和，兩人一起走上茶樓，找了個雅間。兩人都坐下來後，李雲裳突然道：「如今妳是不是在笑話我？」

「公主金枝玉葉。」柳玉茹低聲道：「哪裡輪得到民女來笑話妳？」

「這大概是咱們最後一次見面了，」李雲裳坐在位子上，神色平和。她面上呈現出一種將死之人的死寂，看上去卻不折半分美麗，她抬眼看向柳玉茹，眼若琉璃，「妳沒有什麼想問我的嗎？」

「我與公主，有什麼好問嗎？」柳玉茹喝了口茶，神色平和。

李雲裳靜靜注視著她，許久後，輕輕一笑，「父皇還在世的時候，曾同我說，我是他最疼愛的女兒，希望我的婚事不要成為政治籌碼。他活著，他會照拂我，他死了，太子哥哥會照拂我，我可以任性一輩子。」

說著，李雲裳轉頭看向窗外，神色苦澀：「誰知道，他們竟都走得這麼早。父皇走之前，還在想著我擇婿的事情。我其實那時候心裡是有人的。」

李雲裳抬眼看向柳玉茹，「不問問是誰？」

「與我何干？」柳玉茹神色平淡。

李雲裳愣了愣，片刻後，卻是笑了，「還是與妳有些關係的，其實我最早挑中的駙馬，就是顧九思。本來想著等他來東都見上一面，只要他真的像江尚書說得那樣好，我就求父皇下令賜婚。」

說著，李雲裳沉默下去，似乎在回想什麼，好久後，她慢慢道：「他比我想像要優秀，他很有能力，很有原則，也長得很好。我第一次見他，就覺得遺憾，這本該是我的人。其實我挺嫉妒妳的，每一次我聽說他保護妳，看見他陪伴妳，就會忍不住想，這本該都是我的。」

「我本該有和政治無關的婚事，」李雲裳眼裡帶著嚮往，「我本該嫁給一個喜歡的人，一直過得很好。」

柳玉茹聽著這話，溫和地笑了笑，「殿下，其實您也不是喜歡他，您只是覺得，顧九思對於您，像是一個美好生活的標誌。妳若真的和他成婚，怕是會後悔的。」

說著，柳玉茹眼裡有了懷念，「他以前不是這樣的，您也不會喜歡以前的他。」

李雲裳聽著，許久後，她笑起來，「或許吧。」

「殿下還有其他事嗎？」柳玉茹看了看外面的天色，「我還有其他事要忙，可能不能一直陪伴您了。」

李雲裳點了點頭，柳玉茹和她告別，她走了幾步，站在門口，突然想起來，轉頭問李雲裳道：「聽聞您要嫁給張大公子，日後還望殿下好好生活。」

聽到這話，李雲裳笑了，「我會的。」

她轉頭看向窗外，淡道：「鳳凰這種東西，非梧桐不棲，非清露不飲，我會一直過得很好。」

柳玉茹點了點頭，李雲裳看著她，忍不住笑了，「我以為妳會詛咒我。」

「嗯？」柳玉茹有些疑惑，片刻後反應過來，她笑了笑，「不瞞您說。」

她聲音溫和：「我對弱者，向來報以寬容。」

李雲裳愣了愣，而柳玉茹沒有再與她交談，提步走了出去。李雲裳看著空蕩蕩的雅間，片刻後，忍不住笑出聲，笑著笑著，卻落下淚來。

直到這一刻，她才真正體會到柳玉茹這個人的厲害。

一句話，不鹹不淡，禮數周全，卻是直直扎在人心上，疼得人抽搐起來。

李雲裳抓了旁邊的杯子猛地砸在地板上，隨後痛苦地閉上眼睛。

柳玉茹回了屋中，便見到顧九思帶來的人，他是陸永的管家，柳玉茹帶著他進了書房，單獨和他談了一會兒，然後將花容的帳目遞給他。

「陸大人想要賺錢，我這裡有許多店鋪可以讓他入股，不過我還在籌畫一件事，陸大人如果感興趣，等籌備好後，會親自登門造訪。」

陸管家點了頭，便帶著帳本離開。出門時，陸管家已經和柳玉茹十分熟悉的模樣了，陸管家對柳玉茹印象很好，應該說，如果沒有什麼特殊關係，一般人和柳玉茹交談，都會印象不錯。這大概就是生意人的本能和天賦。

柳玉茹送陸管家上車，最後終於道：「我家郎君是個不大懂事的，他尚年輕，日後需要大人多多指點照顧。」

聽到這話，陸管家笑了笑，「不滿您說，我家大人說了，顧大人這個人，除了年輕氣盛些，其他都無需他人多言，是個狠人。」

「狠人」這個評價，讓柳玉茹不太認同，她總覺得，顧九思在她面前，總是有些孩子氣的模樣，怎麼都和「狠」這個字搭不上邊。

然而隔了幾日，就發生了一件讓朝野上下震動的事情。

顧九思花了五天時間清點庫銀，最後盤點出庫銀一共丟了近五百萬兩銀子。而這個偷盜庫銀的案子，與劉春直接相關，參與偷盜庫銀之人，顧九思整理出來，竟接近兩百人之多。而顧九思一個沒少，全部參奏。

一人一日之內連參兩百多個官員，這創下了近百年來參人之最。當日一位老官員不知死活與顧九思當庭對罵，然後被氣得吐了血。

下朝的時候，葉青文走在顧九思身邊，輕咳了一聲，同顧九思道：「那個，九思，考不考慮來御史臺兼職？」

顧九思笑了笑，婉拒了葉青文的提議。而後笑著回了家。

看著顧九思遠走的背影，滿朝文武瑟瑟發抖。

這種狠人，還好沒去御史臺。

第三章 江河

顧九思一連參兩百人的壯舉，柳玉茹隔日就聽到了。滿大街都在議論顧九思的事，無論是在茶樓、飯店、花容、神仙香……

任何一個地方，她都能聽到顧九思的名字。

好聽點的，無非是：「顧大人剛正不阿，有骨氣，有魄力。」

不好的，便是：「顧九思這傻子，這麼做官，都不給自己留點退路。」

柳玉茹聽久了，心裡發慌。其實不只是別人說，她自個兒對這件事也有些慌。她向來是個喜歡把刀子藏起來的人，見著顧九思這麼鋒芒畢露，不由得有些擔憂。

只是她相信顧九思有顧九思的打算，便忍住不問，低頭做著自己的事情，盤著自己的帳。

她找了許多人規劃水運一事，終於規劃出一條河路，而後她便派人出去，按照他們規劃的路，從頭到尾走一遍，順便再從幽州買了糧送過來。

這條水運的路，從頭到尾走一遍，從幽州到東都，大約需要半個月。於是柳玉茹便老老實實等了半個月。

而這半個月，顧九思忙得腳不沾地。他先送走了周燁，而後參了這兩百個人。參了兩百人的第二日，據說就有一百個官員參了他，參奏原因五花八門，諸如他見到長官不夠恭敬、上朝佩飾歪斜、在路邊辱罵他人、上次朝堂上罵人言語粗鄙、在家不夠孝順和父親吵架等等。

這些事雖然不算大，但是這麼多人參他，他也必須要解釋。

於是他先把最關鍵的問題——不孝，這個事情解決了。

他帶著顧朗華上了朝，由顧朗華親自在朝堂上澄清這是個誤會，據說當日顧朗華為了證明顧九思非常孝順，在朝堂上狠狠抽了兒子一頓。這一頓抽下來，再也沒有人說顧九思不孝順了——畢竟自己沒這麼孝順，能給自己的爹這麼抽。

當然，這件事的結果，就是顧九思和顧朗華回來之後，父子倆隔著屏風對罵到大半夜。

柳玉茹和江柔一直勸，完全勸不好兩個人。

柳玉茹去拉顧九思，規勸顧九思道：「九思，咱們回去了，公公打你是不對，但也不是為了你好嗎？」

「為我好個屁！」顧九思怒喝，指著臉上的痕跡道：「妳瞧瞧，玉茹妳瞧瞧我的臉，這是親爹嗎？他好久沒機會打我了這是公報私仇呢！」

「你放屁！」顧朗華在裡面罵：「老子打你還需要公報私仇？」

「顧朗華你摸著良心，」顧九思站在門口，「你良心被狗吃了嗎？你當著這麼多人的面這麼打我，我不要臉的？」

「哦，你不得了了，翅膀硬了要飛了，顧尚書了，我打不得是吧？」

顧朗華這話出來，懟得顧九思大火，他覺得這話比直接罵他還難聽，他繼續回嘴，柳玉茹忍不下去，直接拖他，「行了行了，回去了，再不回去我可就惱了。」

「妳也欺負我！」

顧九思甩開柳玉茹，氣得一屁股坐了下去，盤腿坐在大門口，指著站在旁邊的一圈人道：「你們都幫著他，都欺負我，今日挨打的是我，你們還不准我來討個公道！還嘲諷我？我當個官有什麼用？當個尚書有什麼用？在家還不是要被罵，還不是要被欺負？我不幹了，柳玉茹我和妳說，今日妳還幫他，我真的不幹了。我明日就去辭官，這個家，我算什麼大公子？」

「老子還是老爺呢！」

「我算什麼尚書？我算什麼天子寵臣？我算什麼一家之主？」

柳玉茹：「……」

柳玉茹勸不住了，嘆了口氣，同顧九思道：「好吧好吧，那郎君，你先罵著，我還有事，去把生意上的事忙完了，你罵完自個兒回來。」

說完，柳玉茹同旁邊木南道：「木南，去拿碗雪梨湯，要是公子累了，記得給他喝點潤潤嗓子，他明日上朝還得繼續罵人。」

顧九思聽到這話，有些愣，不由得道：「妳不勸我啦？」

柳玉茹搖搖頭，「您受了委屈，我也不能讓您受著。我還忙，先走了。」

柳玉茹說完，便起身走了，顧九思坐在門口，一時有些尷尬，看著柳玉茹的背影，不由得道：「妳要不再勸勸唄？」

柳玉茹沒理他，擺擺手，轉彎走了。

這裡一下子剩下顧九思一個人坐在門口，顧朗華坐在門內洗腳。

他今日占了便宜，有些高興。顧九思一個人坐著，沒什麼戲唱，不一會兒後，他輕咳一聲，故作鎮定地站了起來，拍了拍屁股道：「我該說的也都說了，今日天色已晚，我明日再來。」

說完，顧九思轉身離開。

他自個兒回了屋裡，柳玉茹果然還在忙，這幾日來他們兩人都忙，見面的時間也沒多少，顧九思想想方才柳玉茹的態度，便不大高興了。他覺得自己在家裡一點地位都沒有，柳玉茹一點都不幫著他。

他在床上輾轉反側，等了許久之後，柳玉茹終於回來，她一上床，顧九思就撲了上來，壓在她身上。柳玉茹愣了愣，隨後詫異道：「郎君，你還沒睡啊？」

顧九思有些不高興：「妳也知道晚了，為什麼不早些回來？」

「我忙。」柳玉茹笑了笑，抬手撫著顧九思的背道：「你平日也是這麼忙的，今日你被打了，陛下放了你假，不然你哪兒有時間這麼早早等我？」

一聽這話，顧九思更不高興了，「妳既然都知道我被打了，還不心疼我？」

「我忙啊。」柳玉茹嘆了口氣，顧九思將臉埋在她肩頭，嘟囔道：「忙也可以擠時間，妳就是心裡沒我，所以才忙。」

柳玉茹：「……」

她覺得自己得罪顧九思了。

她左思右想，輕咳一聲：「我心裡有你的，你可別冤枉我。」

「好啊，我說句話妳就說我冤枉妳了，可見妳是找著理由給我扣帽子了。」

柳玉茹：「……」

柳玉茹被顧九思搞得沒轍，嘆了口氣道：「那我補償你吧？」

「那是自然的。」顧九思一臉認真。

柳玉茹看著他，「要補償什麼？」

顧九思聽著這話就樂了，臉上的表情有些興奮，趕緊同柳玉茹咬著耳朵說了許多。柳玉茹臉越聽越紅，最後終於道：「這麼晚了……還去洗澡，不好吧？」

顧九思頓時興致缺缺，他從柳玉茹身上滾下去，嘆了口氣道：「說得也是，明日還要早起。玉茹，」他裹著被子，眼裡滿是哀怨，看著柳玉茹道：「再這麼下去，我覺得陛下這是要我斷子絕孫。」

柳玉茹被他逗笑：「你可別瞎說了。」

「真的，」顧九思認真道：「我方才說的妳都等著，等我把劉春這個案子收了尾，我一定要和陛下請假，與妳大戰三百回合。」

「你閉嘴。」柳玉茹見他口無遮攔，翻過身閉著眼道：「睡了。」

顧九思從後面抱著她，也不多說了，怕自己再多說幾句就睡不著了。

柳玉茹見他安靜了，想了想，終於道：「這案子什麼時候才是個頭？」

「戶部的人至少要換一半。」顧九思閉著眼道：「陛下要清理太后的人，現在藉著這個案子到處動人，馬上就要秋試了，等秋試之後，後面會慢慢好起來的。」

柳玉茹應了一聲，過了許久後，慢慢道：「九思，要小心啊。」

顧九思沒有說話，他在夜裡慢慢睜開眼睛，抬手將柳玉茹抱緊，「嗯，妳別怕。」

「我不怕。」柳玉茹柔和道：「我只是擔心你。九思，其實我希望你官別當太大，當個不大不小的官，不要出頭，不要站隊，一直平平穩穩的過，最好了。」

顧九思聽著這話，忍不住笑了，溫和道：「我也想的。」

他也想的，只是不能的。

哪裡都有風雨，他能做的，只有成為一棵大樹，庇護他想庇護的人。

柳玉茹明白顧九思的意思，於是沒再多說，回頭將利潤拿出來，私下收養了一批孩子，根據天賦分開來，會讀書的免費讓他們進學，體質好的則請了武師來教授，算是為商隊培養人才。

而這些時日，不斷有人上門來找柳玉茹，有送錢的、有送禮的，柳玉茹紛紛拒了。一開始她還問問別人送了什麼，後來就不問了，顧九思聽聞了這事，不免有些好奇，詢問她道：「怎麼不問問他們送什麼了？」

柳玉茹翻了個白眼，有些不高興了，「知道自己失去了什麼，我怕我把持不住。」

顧九思被她說笑了，他歪著頭想了想，「那我送妳一個東西，就當彌補妳的損失了。」

柳玉茹聽到顧九思要送她東西，頓時有些高興，想著顧九思一定是要送她一個十分值錢的玩意兒，才能彌補她的損失。

只是顧九思說完這話，彷彿忘了一般。繼續每日忙他的事情。

沒了幾日，柳玉茹便聽到太子班師回朝的消息。太子班師回朝，也就意味著太后這個案子要到尾聲了。

范軒會把案子在太子班師回朝前解決，因為跟著太子去的五千兵力，幾乎都是太后的人，他們必須在這些人回來前把事情料理乾淨。

柳玉茹猜想，這些時間，一定會有更多人來找她，於是她乾脆閉門不出，等著案子完結。這麼熬了幾日，就傳來了李雲裳大婚的消息，李雲裳嫁的是左相張鈺的兒子，滿朝文武自然受邀過去，顧九思也在邀請之列。

於是柳玉茹終於出了門，她穿了紫色廣袖外衫，內裡著了白色單衫，用一根玉簪束髮，看上去溫婉高雅，和之前剛來東都時的窮酸模樣截然不同。

她畢竟也在東都摸爬滾打了一陣子，早就摸透東都的底，跟著顧九思出門，她自然是不想落了顧九思的面子的。

兩人坐馬車過去，去的路上，柳玉茹感慨道：「李雲裳也是好命，我聽說張雀之是個脾氣極好的公子哥兒，她如今嫁給張雀之，倒是許多姑娘求都求不來的好姻緣。」

顧九思聽著這話，卻是笑了笑，沒有多說什麼。

柳玉茹不免奇怪：「你笑什麼？」

「張雀之人不錯，」顧九思笑著道：「但若說好姻緣，卻是未必。」

柳玉茹愣了愣：「這怎麼說？」

「妳可知張雀之為何至今不婚？」

「為何？」

「張雀之與他夫人感情極好，而他夫人是死於前太子，也就是李雲裳哥哥之手，如今陛下賜婚，等於逼著張雀之娶她，妳覺得這門姻緣如何？」

柳玉茹聽到這話愣了，呆了片刻，突然想起一件事。

她聽葉世安說過，李雲裳這門婚事，是顧九思建議的。

她一路沒說話，到了張府，柳玉茹看到一個青年穿著一身紅衣站在門口，他面容清俊，神色冷漠，穿著喜服，卻在胸前別了朵純白色的玉蘭。

喜袍上掛白花，這樣不吉利的裝扮，柳玉茹見都沒見過。

柳玉茹和顧九思一起下了轎，同張雀之行禮，張雀之面無表情回了禮。

顧九思和柳玉茹一起入席，等了一會兒後，就被請去觀禮。

李雲裳的婚禮比起她的身分來說，可以說是落魄了。她像普通女子一樣，跟著張雀之一起站在大堂。這大堂之上，正上方坐著張鈺和他的夫人，側位上卻是放著一個牌位。

大家看不明白這是什麼情況，只見張雀之領著李雲裳拜了父母，在夫妻對拜之前，他突然停住，同李雲裳道：「殿下，還請往妳的右上角一拜。」

李雲裳頓了頓，片刻後，她輕柔出聲：「敢問為何？」

「在下曾同髮妻發誓，這一生只有她一位妻子。」張雀之面無表情，聲音冷漠。李雲裳捏緊手中紅色錦緞，聽張雀之道：「這門婚事非我所願，公主既然一定要嫁進來，那請公主先拜見過大夫人。」

拜見大夫人。

按規矩，只有妾室進門才會先拜見大夫人，得到大夫人的許可。

所有人倒吸一口涼氣，座上張鈺輕咳一聲，卻沒有做聲，所有人都默許張雀之的做法。

柳玉茹看著堂上的李雲裳，她挺直了腰背，冰冷道：「本宮不拜呢？」

張雀之冷聲道：「行禮。」

話剛說完，旁邊的人突然衝上來，按著李雲裳的頭猛地壓了下去。

那力道太大，李雲裳被壓著當場跪了下去。李雲裳整個人都在顫抖，張雀之平靜道：

「殿下，我娘子當年曾經跪在公主府前一天一夜，請公主為她做主，公主可還記得？」

李雲裳咬緊牙關，片刻後，她輕笑起來，「我明白了。」

說著，她慢慢站起來，卻是猛地掀了蓋頭，看著張雀之，怒喝道：「張雀之你個孬種！時至今日，拿這種辦法給你夫人報仇是吧！」

「好了，」張鈺開口，平靜道：「殿下喜怒，吾兒只是太過思念夫人。這是陛下賜婚，繼續吧。」

「本宮不嫁了！」李雲裳將喜帕一甩，怒道：「本宮再落魄也是公主，輪得到他這樣的人娶本宮？張雀之你有本事，你怎麼不手刃了我哥？如今娶我來羞辱，你以為就能報仇了？我告訴你，你當年沒保住你夫人，是你沒本事！」

「你記住，」李雲裳咬牙，「本宮不嫁你這種人，你這種人，也不配有人嫁。」

說完，李雲裳便衝了出去。周邊鬧哄哄一片，喜娘去追李雲裳，張雀之冷聲道：「不准追。」

「還是追回來吧。」張夫人開口，「送回房休息，這禮就辦到這裡。」

一場大婚辦成這種樣子，誰的臉上都不好看，柳玉茹和顧九思吃過飯，便匆匆回去。到屋裡，沒多久就聽侍衛回來與顧九思傳話道：「主子，張府出事了。」

顧九思正在洗臉，低頭用水潑著臉道：「說。」

「公主殿下在屋中自盡了。」

聽到這話，顧九思的動作頓住了。

柳玉茹抬起頭，滿臉震驚。片刻後，房間裡響起顧九思的聲音，平淡道：「哦，知道了。」

柳玉茹呆呆看著帳本，突然想起李雲裳之前的話。

鳳凰這種東西，非梧桐不棲，非清露不飲。

柳玉茹說不出是什麼感覺，胸口突然有些悶，顧九思擦完臉，抬眼看她，「妳的算盤從剛才就沒動過，在想什麼？」

「九思，」柳玉茹抬眼，也沒打算瞞他，她看著顧九思，慢慢道：「你是不是算好的？」

「算好什麼？」顧九思平靜地看著她。

柳玉茹知道他明白她的意思，她捏著衣袖，慢慢道：「李雲裳的事情，從她嫁給張雀之到現在。」

顧九思沉默了一會兒，卻是道：「我算好，或者不算好，有什麼差別嗎？」

柳玉茹沉默了，片刻後，開口道：「能不能告訴我為什麼？你為什麼，要向陛下建議，讓她嫁給張雀之？」

「妳是不是懷疑，我是為了妳，所以算計她到死？」

顧九思一雙眼看得通透，他盯著柳玉茹，環胸靠在門邊，勾起嘴角：「就算這是真的，又怎麼樣？她不該死？她算計妳我，她給妳上刑，她逼著妳喝毒酒，如果那杯酒是真的毒酒，妳現在的屍體都涼透了還會在這裡同我說話？」

「張雀之要羞辱她是為什麼？是他哥哥弄死了張雀之的岳丈！是張雀之的夫人去討個公道，在公主府跪了兩天，得了她一句『天生賤命』！我算計她？這是她的報應！妳現下可憐她？人死了，她做過的一切都可以原諒了是嗎？」

顧九思看著柳玉茹平靜的眼，忍不住煩躁。

那雙眼太安靜，太通透，彷彿把人心看穿，讓人忍不住惶恐退縮。

柳玉茹等他吼完，抬手抿了口茶，低下頭，看著帳本，平靜道：「九思，我不是在可憐她，也不是在為她鳴不平。」

「我只是擔心你。」她聲音平和：「她的生與死，與我沒有關係。可我希望你答應我一件事，」她抬眼看他，神色平穩，「記得你為什麼當這個官。你是為了保護我，不是為了報復別人。你是為了文昌說的『安得廣廈千萬間』，不是為了讓自己掌控他人生死，為所欲為。」

「錢和權迷惑人心，我希望你我未來永遠記得，自己是為了什麼走上這條路。」

顧九思聽著這話，一時說不出話來，他靜靜凝視著柳玉茹，許久後，沙啞道：「那妳是為了什麼想賺錢？」

柳玉茹愣了愣，片刻後笑起來，「若我說是為了你，你信嗎？」

「這麼早就喜歡我了？」

顧九思聽到這話，忍不住笑起來。柳玉茹有些不好意思。

「倒不是喜歡，」她答得有些底氣不足，怕顧九思生氣，「那時候你說要休了我，我怕你真的休了我，就想著，有點錢，總還是好的……」

顧九思：「……」

「那我給妳的銀票……」

「後來存起來了。」

顧九思：「……」

「玉茹，」顧九思嘆了口氣，走到柳玉茹身邊，半跪下去將她攬進懷裡，「別懷疑我，我不是那樣的人。」

「我知道。」柳玉茹輕輕靠著他，「可是你走這條路啊，一不小心就掉下去了，我得提醒你。」

「九思，」她平和道：「別把自己變成一個政客。」

「嗯。」

顧九思抱著她，感覺整個人都平和了下來。

他知道自己在氣惱什麼，人氣惱，無非是因為那個人說在讓自己疼的地方。

他慢慢道：「李雲裳是一定要嫁的，陛下不能讓她嫁給她可能操控的人，嫁給張雀之，不是我為了報私仇故意羞辱她，我沒想過她會死。」

「可是妳說得沒錯。」顧九思閉上眼睛：「在諫言讓她嫁給張雀之的時候，我知道一點，她會過得不好。而我，希望她過的不好。」

「我是個凡人，也有七情六欲。她傷害過妳，我祝福不了她。可我希望玉茹，我不好，妳就拉我回來，因為這一輩子，我變成什麼樣子，我都是顧九思，我都愛著妳。」

李雲裳死的第二日，顧九思上朝後回來，便同柳玉茹道：「這幾日妳先去東都外的護國寺上休息一下，別留在東都城了。」

柳玉茹聽著這話，頓了頓，抬頭想問什麼，但見著顧九思神色不善，便知道不該問，只是道：「那我把家人都帶過去吧，許多年沒去寺廟裡住住，怕是佛主都覺得我們不誠心了。」

顧九思應了一聲，沒有再說什麼。

當日晚上，他們躺在床上，顧九思見柳玉茹久久不睡，翻過身拉了她的手道：「等妳從護國寺回來，我便要準備加冠了，陛下允我三日假期，我陪妳出去玩好不好？」

柳玉茹聽著，抿了抿唇，抬起手握住他的手，柔聲道：「原來郎君才二十歲。」

「是呀，」顧九思有些得意，「我厲害吧？二十歲的尚書，妳去哪兒找？等我再立點功，妳的誥命夫人也不遠了。」

柳玉茹看著他的模樣，知道他是在安撫她，沒有多說，只是將頭靠了過去，聽著他的心跳，一言不發。

第二日柳玉茹帶著全家人悄悄出行，去了護國寺禮佛。他們住進寺廟之後，沒過多久，宮裡就傳來消息，說太后在宮中氣得嘔了血，太醫建議靜養，於是范軒收拾了一下，把太后挪到靜心苑去好好休養。

靜心苑的位置離冷宮不遠不近，明白的人都知道，名義上是靜養，其實是削權。

柳玉茹在護國寺裡燒著香，神色動了動，沒有說話。

當日晚上，她一夜沒睡，帶著木南和印紅上了山頂，眺望整個東都。

半夜時分，東都傳來喧鬧聲，遠遠的聽不真切，卻能聽到喊殺之聲，那喊殺之聲一直到啟明星升起來才結束，而後就沒了聲音。

柳玉茹坐在山崖上，一直看著東都，沒有動彈。

等到天澈底大亮，虎子奔上了護國寺。

他從望都一路跟著顧九思到了東都，在望都的時候他當乞丐頭子，到了東都後他繼續當乞丐，但實際上卻是顧九思布在東都的眼線。

他一路狂奔上護國寺山頂，找到坐在山頂的柳玉茹，喘著粗氣道：「少夫人。」

柳玉茹轉過頭，一雙通透的眼瞧著他，「說吧。」

「九爺讓小的來接少夫人回家。」

虎子說著，露出虎牙笑了起來。

柳玉茹眼裡有喜色波動，可面上還是克制住情緒，轉頭同印紅道：「吩咐下去，收拾收拾，回去吧。」

柳玉茹從護國寺下山，入城的時候，東都的街道已經打掃乾淨，恢復了平日的熱鬧模樣。

柳玉茹行到半路被人攔住，范軒身邊的大太監張鳳祥站在那，笑咪咪道：「顧少夫人，陛下請您進宮一趟。」

范軒叫柳玉茹過去，柳玉茹自然是不敢不去的，她跟著張鳳祥進了宮，這時宮中還在清掃地上的血跡，柳玉茹的馬車一路滾過血水，直接進到御書房門口。

這種行為，明顯是范軒的恩寵，不用說柳玉茹也知道，這次顧九思必然是立了大功。

柳玉茹坐在馬車裡定了定神，還沒聽到外面出聲，車簾就被人驟然捲起，而後看到身著緋紅色官服的青年站在馬車門口，笑意盈盈朝她伸出手，高興道：「下來。」

柳玉茹愣了愣，覺得顧九思在殿前這個樣子，有那麼些冒失。她輕咳一聲，用眼神示意顧九思不要太放肆，隨後抬起手搭在顧九思的手背上，藉著顧九思的力氣起身下了馬車。

下了馬車之後，顧九思直接反手拉了她，而後領著柳玉茹進了御書房，跪下叩首道：「陛下，內子來了。」

范軒看著顧九思高興的樣子，忍不住笑了，轉頭同身後周高朗等一干人道：「你們瞧瞧他孩子氣的樣子，哪裡有尚書的模樣？要不是我親眼見著，都不敢信這是昨晚在宮裡運籌帷幄的顧大人。」

大家跟著范軒笑起來，柳玉茹搞不清情況，就跟著顧九思跪在范軒面前。范軒讓他們先起來，隨後同柳玉茹道：「顧少夫人，妳家郎君昨日晚上立了大功，朕要嘉獎他，原本想送他十個美女，百兩黃金，結果他一聽就嚇跪了，磕著頭求我放他一條生路，說家有猛虎，不敢攀折嬌花。」

柳玉茹聽著，完全能想像的出顧九思的樣子。她不知道該高興還是該生氣，只能溫和道：「陛下說笑了。」

「我沒說笑，」范軒擺擺手，「美女他不敢要，黃金他收下了，然後他向朕求了一個嘉獎，說妳要當誥命夫人，朕就將妳叫來，玉茹妳看，顧愛卿如今只有三品，我給妳個二品誥命，品級比他高，妳看怎麼樣？」

「陛下，」顧九思嘆了口氣，「您這是欺負臣啊。」

這話逗得范軒開心，立刻道：「就這麼定了，玉茹，這小子太混，在朝上沒人能治他，妳回去可得好好收拾。」

范軒說完，立刻當場擬旨，然後柳玉茹就這麼渾渾噩噩，彷彿小孩子過家家一般，領了個二品誥命回家。

回家路上，柳玉茹還有些懵，顧九思坐在旁邊，搖著摺扇搧著風道：「怎麼，還沒回神呢？妳不是喜歡當誥命嗎？這次我掙來了，高興不？」

柳玉茹被他喚回了神，輕咳一聲，隨後道：「昨夜怎麼回事？」之前她知道顧九思不好說，也就不問，如今事情了了，便要問問了。

顧九思聽她說正事，卻不見嚴肅，手撐在旁邊小桌上，抵著頭搖著扇子道：「李雲裳死了，我這邊又動了許多人，之前太后黨的人幾乎被我們藉著劉春的案子清洗了一半，然後陛下又削太后的權，太后哪裡忍得了？昨日早上宣布讓她搬進靜心苑，晚上就起事了。但我們就等著他們鬧呢，他們以為我讓太子領五千精兵出去是做什麼，遊山玩水嗎？」

顧九思輕嗤一聲：「太后習慣陛下的忍讓了，陛下當初在她的幫助下登基，她就一直以為陛下不會殺她，要殺早殺了。可她卻忘了，陛下雖然是文臣出身，但始終是當年的幽州節度使，骨子裡帶著血性，不殺他們完全是為了南伐的計畫。他們如今在朝中上躥下跳影響了南伐之事，陛下要安內，自然會安得漱漱底底乾乾淨淨。昨日夜裡我們在宮城裡布防，等著他們攻城呢。」

「清理乾淨了？」柳玉茹倒了茶給顧九思，顧九思點點頭，淡道：「乾淨了。」

他說這話太隨意，讓柳玉茹忍不住抬眼瞧了他一眼。

如今這些事對於顧九思而言，彷彿已經成了習慣，見怪不怪了。柳玉茹起身坐到他身邊，拉了他的袖子往上捲去，檢查道：「你沒受什麼傷吧？」

「沒有。」顧九思趕緊邀功，「我昨夜還帶了一支小隊突襲了他們主將，他們主將的首級是我斬下的。玉茹，妳看，妳家夫君真是文可治國武可安邦，簡直是文武雙全，妳的眼光太好了。能從千百紈褲子弟中選出我顧九思，這一定是妳這輩子做得最好的買賣。」

他說得起勁，柳玉茹看出他高興極了，也沒打攪他，只是看著他抿著唇笑。顧九思自誇了一會兒，突然想起來，轉頭同柳玉茹道：「哦，還有個事。」

「嗯？」

「我舅舅，」顧九思猶豫著道：「後天應該就會從牢裡出來，在他找到府邸前暫時會先住在我們家，妳安排一下吧。」

柳玉茹應了一聲，溫和道：「放心吧，家裡的事我會安排妥貼。」

「我舅舅這個人，」顧九思慢慢道：「可能有點難搞。」

「嗯？」柳玉茹抬眼，有些茫然，「難搞？」

「嗯，」顧九思有些擔心，他想了想，同柳玉茹道：「要不妳拿個紙筆來記一下？」

柳玉茹茫然，顧九思從旁邊翻了紙筆過來，遞給柳玉茹，隨後道：「妳準備記，我開始說了。」

柳玉茹提著筆，點了點頭，就聽顧九思描述道：「首先要準備四個侍女專門伺候他起居，這四個女人必須長得好看，還不能是一樣的好看，得各有風情，各有所長，一個會跳舞、一個會奏樂、一個會按摩、一個會做事。他每日早上定時在早朝前半個時辰起床，他的衣服必須用出雲閣的龍涎香薰過，髮冠必須在南街珍寶齋專門訂製，他的漱口水必須是晨間露水，以前需要花露，咱們家院子裡花不夠，就先算了，但是得趕緊種起來，至少要表個態度。他的口味複雜，每日都需要不同的菜系，所以得請個什麼菜系都能做的大廚，而且他特別挑……」

柳玉茹聽著顧九思的話，一開始還在記，後來慢慢崩潰了。顧九思說了半天，有點渴，喝了口水，緩了緩，接著道：「妳記好了嗎？還有……」

「九思，」柳玉茹打斷他，認真道：「你知道按照你舅舅這個開銷，他一個月需要花多少錢嗎？」

顧九思愣了愣，片刻後，他緩了過來，輕咳一聲道：「那個，他脾氣不太好，要是……」

「你為什麼這麼怕他？」柳玉茹皺起眉頭，有些不理解，「他來我們家做客，就該遵守我們家安排。他若脾氣不好不給我們家臉，我們還要給他臉嗎？」

聽著這番話，顧九思用一種不知死活的眼神看著柳玉茹。柳玉茹看著顧九思的眼神，心裡有些疼，覺得顧九思小時候受了舅舅多大的虐待才能這麼怕他。

柳玉茹抬手握住顧九思的手，溫柔道：「九思，你別怕，你已經長大了，你還娶了我，我不會讓他欺負你的。他敢來咱們家耍橫，我就收拾他。」

「可是……」顧九思猶豫，「可是……」

「可是什麼？」柳玉茹皺起眉頭，「你大膽說出來，我會想辦法。」

「可是，他有錢啊。」

「舅舅在牢裡時和我說了，」顧九思眼裡帶著光，「他私下還有一座小金庫，住在咱們家這些時間，他可以供我們全家開銷。」

一聽這話，柳玉茹立刻挺直了身子，認真道：「舅舅明日才來嗎？要不今日我們就去迎接吧。哦，九思，舅舅以前喜歡打你嗎？喜歡用什麼棍子，我替他準備一下。」

顧九思：「……」

江大人沒有立刻來顧家，但他很講究的讓顧九思先去準備了。

江柔非常熟悉這位弟弟的作風，她領著柳玉茹去買了馬車，挑了美女，然後買了一眾金燦燦的衣服掛在櫃子裡，熟門熟路訓練了一批人來照顧江河。

柳玉茹看著江柔臨時抱佛腳，忍不住道：「婆婆，既然舅舅這樣麻煩，為何不早點訓練人？」

江柔嘆了口氣，「玉茹，咱們家不比以前富有，萬一他出不來，這錢不就浪費了嗎？」

柳玉茹一聽，覺得江柔所言甚是，買馬車買美女買衣服訓練下人的錢，如果沒有人報銷，的確是一筆不菲的費用。

收拾好屋子，第二日顧朗華便帶著全家去刑部門口等江河。路上顧九思跟她大概介紹一下這位舅舅。

他們江家原本是東都首富，江柔這一輩，江家一共有兩子一女，江河是最小的兒子。按江老爺原本的打算，是讓江家的大公子江山從政，讓小兒子江河經商，誰知道江山當官不過五年，就因為牽涉奪嫡一事被流放到南疆，然後病死在路上。江老爺被政治鬥爭傷害到之後，更是不願意江河當官，誰知道江河十五歲那年偷偷參加科舉，連中三元，成了當年天子門生。至此在官場上平步青雲，而立之年便扎根於朝堂，從工部、戶部到吏部，成為了六部之首吏部尚書，主管整個大榮朝堂官員考核升貶。如果不是出了梁王的事情，江河或許如今已經位居丞相也不一定。

當然這些都是官方的說法，按著顧九思私下介紹的就是：「我這個舅舅脾氣特別差，但平時笑咪咪的，可妳要記得，一定不要招惹他。」

「他的性格囂張，要是說話傷到妳，妳一定要見諒，我會幫妳罵他，妳準備好大夫，記得給我上藥，他喜歡打我臉。」

「其他的妳不必害怕，一切有我，只要準備好大夫就可以了。」

顧九思渲染了很久的氣氛，柳玉茹終於跟隨著大部隊到了刑部門口，然後他們全家規規矩矩站在門口，不一會兒，裡面傳來了腳步聲，緊接著，一個身影出現在門口。

柳玉茹見到這個人的第一眼，便是滿眼一片金色，他穿著金燦燦的外袍，內著白色單衫，腰上懸著和田白玉，頭上金冠鑲珠。

他看上去三十出頭，生得極為英俊，眉眼間帶著和顧九思相似的好顏色，只是他或許是因為長開了的緣故，生得更加明豔一些。他手裡拿著一把小扇，走出門，陽光落在他身上，小扇「唰」的一張，將扇子反擋在額前，抬眼看向遠處，用華麗的音色感慨道：「啊，真是好久沒見到這麼刺眼的太陽了。」

說著，他轉過頭，掃了顧家眾人一眼，隨後笑了笑，「好久不見啊，姐姐、姐夫、小九思。」

「念明，出來啦。」顧朗華強撐著笑容，叫了江河的字，隨後道：「我們把家裡準備好了，趕緊先回家，吃頓好的吧。」

「讓姐夫操心了。」江河收了扇子，矜雅頷首表示感謝，隨後便抬眼一掃，直接往江柔買好的那架金燦燦的馬車走了過去。

那馬車用金粉塗面，看上去極為奢華，事實上，如果有賊大著膽子去刮一刮，的確可以偷點金粉去換錢。但江河不在乎，他就喜歡這種有錢的感覺。

他上了馬車之後，柳玉茹靠近顧九思，悄悄道：「你舅舅看上去挺好相處的。」

顧九思勉強勾起笑容，「妳開心就好。」

江河上了馬車，所有人鬆了口氣，柳玉茹和顧九思正打算去另一架馬車，就看江河挑了簾子，同顧九思熱情道：「小九思，幹嘛和舅舅這麼生分呢？上來和我敘敘舊，哦，」說著，江河把目光落到柳玉茹身上，「那個是小姪媳婦兒吧？一併上來吧。」

聽到這話，顧九思頓時苦了臉，可他沒有違背，低著頭認了命，領著柳玉茹上了馬車。

這輛馬車非常大，裡面坐著四個美女，都是江柔選好的，柳玉茹和顧九思進來的時候，江河靠在一個美女身上讓她揉著腦袋，腳搭在另一個美女身上讓她捏著腳，旁邊還有一個美女跪在地上餵著葡萄，邊上坐了一個美女，抱著琵琶，同江河道：「大人想聽哪支曲？」

柳玉茹覺得自己是個土包子，在這一刻，她真的被江河震撼住了。

可顧九思非常習慣這種場面了，他帶著柳玉茹坐得遠遠的，一臉鎮定道：「我先和你說好，你想打人可以打我，你想罵人可以罵我，你想找麻煩可以找我，別動我媳婦兒。」

聽到這麼嚴肅的開場白，柳玉茹有些害怕。江河抬眼，仔仔細細打量柳玉茹一會兒後，嗤笑出聲，隨後撐著身子從女人身上起來，靠在車壁上道：「你見我什麼時候找過女人麻煩？小九思，舅舅不是這麼沒品的男人。」

說著，江河往柳玉茹身上上下一掃，隨後摺扇微張，遮住了唇，輕笑道：「你眼光可真不錯，怪不得我給你的公主都不要，要找這麼個揚州小傻妞。」

這話把柳玉茹說愣了，她頭一次聽人用這種詞形容她，倒也不覺得氣惱，甚至有那麼幾分可愛。

可顧九思明顯不覺得這是什麼好話，他僵著臉道：「舅舅，你克制一點。」

江河聳了聳肩，攤手道：「我還不算克制嗎？你們給我一輛這麼寒酸的馬車、這麼幾個長得寒磣的侍女，還有這麼一套登不上檯面的衣服我都沒說什麼了，你還覺得我不算克制？」

「九思啊，」江河語重心長，「我早就讓你來東都多見見世面，至少要學會怎麼花錢。人家都說外甥像舅，你看看你，除了長相有點像我，完全沒有繼承我半點風流氣度。舅舅我又沒兒子，你不好好繼承一下我這份風度，以後別人怎麼知道我們江家的風貌啊。」

「夠了舅舅，」顧九思黑著臉，「你可以找個舅媽再生一個。」

「啊，舅媽，」江河抬手捂住額頭，似乎提到什麼苦惱至極的事情，想了想，他抬眼看向柳玉茹，溫柔道：「玉茹妹妹，妳們家還有和妳一樣美麗溫柔雲英未嫁的姐妹嗎？」

「江河你個老色胚！」顧九思抬手就抽了過去。

江河用扇子擋住顧九思的拳頭，笑咪咪看了過去：「小九思長大了。」

顧九思聽著這話，不知道為什麼，突然有點慫，就在那一瞬間，柳玉茹看見江河一腳踹了過去，顧九思直接被踹出馬車，滾到地上。

柳玉茹立刻驚叫起來，「停車！」

話沒說完，江河的扇子就壓在柳玉茹肩上，巨大的力道逼著柳玉茹坐下來，江河同外面車夫用不容質疑的音色道：「不准停。」

車夫不敢停，顧九思翻過身爬起來，追著馬車跑，怒道：「江河！江河你有本事給我停下！」

江河用扇子挑起車簾，看著顧九思，笑咪咪道：「小九思，你最近身體不行啊，還是鍛煉一下，追著來吧。」

說完，他便放下車簾，笑咪咪看向柳玉茹。

顧九思一走，柳玉茹瞬間感覺到整個車廂裡有一種無形的壓迫感展現出來，江河看著她，柳玉茹故作鎮定，許久之後，江河輕笑一聲：「我倒是真沒想過，柳家那種小門小戶，能養出妳這樣的姑娘來。」

柳玉茹聽到這話，鬆了口氣，知道江河這一關她算是過了。

她不說話，江河重新躺倒美女身上，自己手撚了葡萄，慢慢道：「我查過妳，也知道妳做過的事，顧家一路能走過來，應當多感謝妳。我這個姪兒，個個以為他是個紈褲子弟，但其實聰明得很。他算是我一手教大的，原本我是想著讓他至少要娶個公主這般的人物，沒想到居然讓妳撿了漏。」

柳玉茹不明白江河同她說這些是要做什麼，她靜靜等著，聽江河道：「我不喜歡女人，除非是我姐姐那樣的女人。妳嫁給他，別想著自己一輩子就依附一個男人了，自個兒好好掙錢，以後妳掙錢，九思當官，這樣顧家的基石才穩。」

說著，江河抬眼看她，「我說這些妳聽不聽得明白？」

「明白的。」柳玉茹聲音溫和，面上帶笑，江河皺了皺眉，似是覺得敷衍，隨後就聽柳玉茹道：「姪媳也就一個問題，聽九思說，您在顧家的時間會承擔顧府一切開銷，這是九思說著玩的，還是？」

江河愣了愣，片刻後，他慢慢笑起來。

「妳這個小姑娘，」他的扇子靠在唇邊，壓不住笑，「倒是有趣得很。」

柳玉茹笑而不語，片刻後，江河似是有些疲憊，閉上眼睛，「既然妳明白，我也就不多問了。我這裡有點錢，日後你們在東都有什麼難處，可以同我說說。」

「舅舅這樣說，玉茹便有些不解了。」柳玉茹搖著團扇，看著面前面容俊美的青年，「玉茹見舅舅如今容光煥發，在獄中應當沒吃什麼苦，不知舅舅在牢獄中待這麼久，是自願的，還是被逼無奈？」

江河聽著這話，轉頭看向柳玉茹，目光裡帶著笑，「妳是什麼意思？」

「舅舅，」柳玉茹轉頭看向馬車外，顧九思正在艱難地追著馬車跑，所有人看著顧九思，柳玉茹壓著嘴角的笑意，柔聲道：「九思一直堅信你是冤枉的，是以自己的性命擔保才讓陛下放您出來，並位任戶部侍郎。玉茹希望您把九思當家人，坦誠相待。」

「妳覺得我有什麼不坦誠？」江河笑咪咪看著柳玉茹，柳玉茹沒說話，許久後，柳玉茹抬眼看向江河：「江大人，您和梁王之間，是真的沒有勾結嗎？」

江河不再說話了。

片刻後，他笑了笑，轉頭看向窗戶外：「妳這個小丫頭片子呀。」

說著，神色裡帶了些悵然：「都死了的人，說這些，還有什麼意義呢？」

他沒有避諱，柳玉茹聽到這話便明白了。她遲疑著，終究沒有將想問的話問出口。

馬車一路行到顧家大門前，江河在所有人面前下了馬車。

顧府如今是在一條巷子裡，遠比不上江河過去的府邸，江河一下馬車就忍不住道：「都來東都了，怎麼不買個好點的宅子？這種地方住著，你們不覺得憋屈嗎？」

話正說著，一輛馬車停了下來，所有人抬頭一看，發現顧家的馬車堵住了對方的路。

顧家的後門在後面，馬車在正門放了人，從後門入，這個角度來說，這輛馬車也擋了顧家的路。

於是兩家馬車對峙著，江河挑了挑眉，看了追著跑了上來的顧九思一眼，顧九思才剛跑到門口，便看見這種情況，抹了把頭上的汗，趕緊上去道：「這位兄臺不好意思，麻煩您退一步……」

「顧大人。」

話沒說完，馬車裡傳來帶了笑的男聲，顧九思聽到這個聲音，頓時冷下臉，隨後看見一把小扇挑起車簾，洛子商藍衫玉冠，坐在車中瞧著顧九思，似笑非笑，「好久不見。」說著，他抬起眼來，掃了周邊一圈，隨後將目光落到江河臉上。

江河和洛子商對視，江河微微一愣，洛子商面上也明顯呈現出詫異的神色。他們明顯是認識的，然而卻在這短暫的交視後，迅速將目光錯開，明顯誰都不想認出誰。

顧九思看著兩人的互動，隨後道：「在下尚未聽到太子回東都的消息，沒想到洛太傅就提前回東都了？」

「太子殿下已駐紮在城外不遠處，修整之後，明日就會入城。」洛子商笑了笑，「在下身體不適，就提前回來休息了。」

「如此。」顧九思點了點頭，隨後道：「這路洛大人到底讓不讓？」

洛子商：「……」

洛子商沒想到顧九思會問這個話，片刻後，他輕咳一聲，隨後道：「讓是應該的。」

說著，洛子商想了想，抬眼看向柳玉茹。

他只是匆匆掃了一眼，顧九思頓時像一隻被人覬覦了骨頭的惡犬，怒道：「你看什麼呢！」

洛子商笑了笑，放下車簾，同下人道：「退吧。」

下人驅使馬車退出巷子，給顧家讓出路來，顧九思到柳玉茹身邊，嘀咕了一聲：「他真是賊心不死。」

柳玉茹有些無奈：「人家一句話都沒說。」

「他看妳了。」

「他還看你舅舅了。」柳玉茹小聲道：「下次別這麼聲張，怕別人不知道他看過我？」

顧九思撇了撇嘴，沒有說話。

江河進了屋裡，倒沒有多說什麼，他吃了飯，便自己休息。江河休息，顧九思也輕鬆了下來，他洗了個澡，和柳玉茹坐在一起做事，柳玉茹算著帳，顧九思處理公務。兩人一面做事，一面有一搭沒一搭的閒聊。

「今日洛子商回來，你沒什麼好奇的？不同他多說幾句話？」

「有什麼好說的？」顧九思翻著文書道：「他會說的，我應該都知道了。剩下的他也不會說，我何必和他浪費這個時間？」

柳玉茹覺得他說得也不錯，想了想道：「他到底為什麼提前回來？」

「回來看看能不能搶救吧。」顧九思覺得很是高興，抬頭看了柳玉茹一眼，「我和陸大人聊過了，當初劉春那事就是他指使陸永的。所以很明顯了，他肯定是太后那邊的，太后倒了，他還有什麼戲唱？等著吧，」顧九思淡道：「太子一回來我就參他，保證他日子不好過。」

「你也別逼太狠了，」柳玉茹嘆了口氣，「如今陛下都要供著他，他手裡拿著揚州，萬一逼急了投了劉行知，到時候怪罪到你的頭上，我看你怎麼辦。」

「他有本事就投，」顧九思提著筆道：「大不了我辭官。我有媳婦養，他有嗎？」

顧九思一臉理直氣壯的模樣，把柳玉茹逗笑了。

她從旁邊撿了個墊子砸了過去，顧九思接住墊子，搖著頭道：「看看這隻母老虎，有了錢，果然氣勢就不一樣，都敢打自己的郎君了。」

「顧九思，」柳玉茹哭笑不得，「你什麼時候才能正經些？」

「想看我正經啊？」

顧九思抬手撐著頭，認真想這個問題。

打從與柳玉茹認識近兩年來，他長高了許多，身形修長，面容清俊。

他的長相繼承了江家的美麗，又帶了顧朗華那份英俊，於是在他身上雜糅出一種難以言喻的俊美來。

此刻他身著白色絲綢單衫，墨髮隨意散開，白皙的肌膚在燈火下泛著如玉的光輝，他隨意撐著頭，唇邊含笑，認真思索的模樣，帶了一種禁欲的美感。

柳玉茹本只是匆匆掃上一眼，但見著這人的樣子，竟愣了。

顧九思轉過頭，看見她愣神的模樣，唇邊笑意更濃。

他披著外衫站起身，赤腳步行到她身邊，然後單膝跪地半蹲下來，一隻手搭在自己的膝蓋上。

柳玉茹抬眼瞧他，他離她極近，他靜靜注視著她，墨色的眼裡流淌著光。

他伸出如白玉雕琢般的手，輕輕捏住她的下巴，迫使她抬頭注視他。

柳玉茹有些不好意思，開口道：「郎……」

那郎字便被吞入了口裡。

外面明月當空，秋海棠在月下緩緩盛開。

顧九思輕輕放開她，看著柳玉茹帶著水氣、有些迷蒙的眼，忍不住動了動喉結，隨後華麗清朗的嗓音裡帶了幾分沙啞，抬手用拇指抹過她的唇，低聲道：「妳的郎君，現下正經了嗎？」

柳玉茹紅了臉，哪怕已經成婚許久，面對這些事，她始終還是比不過顧九思這份坦誠猛浪的。

她緊捏袖子，努力控制聲音，可她的聲音還是彷彿能滴出水來一般，低低道：「這哪裡是正經？好好看你的文書去。」

顧九思笑了笑，目光追隨著她，彷彿他的視線是一隻手，一路慢慢滑下去。這目光看得柳玉茹無法呼吸，顧九思從袖裡取了小扇，代替自己的手，挑開了衣衫，同柳玉茹道：「妳要我正經，無非是想討妳喜歡，那現下妳若喜歡我，我便是正經，妳若不喜歡，我便是不正經。可我又聽，女人大多愛的就是不正經，所以妳說，當一個男人，是正經得好，還是不正經好？」

柳玉茹沒說話，捏緊了手裡的算盤。

顧九思看著她衣衫凌亂，歪頭笑了笑，還是不忍她受苦，將人抱回床上。

酒足飯飽，第二日上朝的時候，顧九思明顯心情極好。

旁邊的葉世安不由得道：「你怎麼這麼開心？」

不等顧九思回話，沈明便道：「肯定是吃飽了。」

葉世安愣了愣，有些不解。顧九思輕咳了一聲，隨後道：「世安，你的摺子準備好了嗎？」

「什麼摺子？」沈明不明白。

顧九思抬手撩了落在耳邊的碎髮，雲淡風輕道：「昨日我遇見洛子商了，他提前回東都，太子今日會入城。」

聽到這話，葉世安瞬間冷了臉色。

他轉頭就道：「我這就去寫。」

沈明：？？？

「那個，」沈明看著葉世安去找紙筆，有些不安道：「給陛下的摺子這麼草率，這樣不好吧？」

「有什麼不好的呢？」顧九思雙手攏在袖中，溫和道：「反正陛下也想讓人參他。要不是我最近參的人太多，今日還用世安寫摺子？」

沈明愣了愣，他不知道為什麼，從顧九思的語氣裡聽出幾分遺憾的味道。

過了一會兒後，沈明想了想道：「九哥，昨個兒洛子商是不是又去對玉茹姐獻殷勤了。」

自從柳玉茹幫沈明私下找點夥計賺些零花錢後，柳玉茹也變成玉茹姐，而不是少夫人了。

顧九思被沈明看穿心思，冷冷地瞟了沈明一眼，「沒有，你在想什麼？」

「沒有不對啊，」沈明立刻道：「你這麼小心眼的樣子，明顯是得罪你才行。洛子商得罪你最狠的事也就是他總關注玉茹姐，昨個兒他不騷擾玉茹姐，你會這麼積極的在今日參他嗎？」

「我喜歡你這個詞。」顧九思聲音平淡，

沈明下意識重複：「什麼詞。」

「騷擾。」顧九思咬重了字音。

沈明有些無奈，他就說，洛子商一定騷擾柳玉茹了。

葉世安辦事效率很高，尤其是在報家仇這件事上。他去借了紙筆，趁著還沒早朝，趕緊奮筆疾書一份摺子。

這份摺子洋洋灑灑罵了洛子商一大篇，罵得行雲流水沒有半點思考空間，可見葉世安對於罵洛子商這件事早有準備。罵完了之後，就是一個重點：這個人不配當太傅，趕緊換人。

顧九思看了葉世安的摺子，點了點頭道：「很不錯，我很動容。」

「那就這樣了。」葉世安冷著聲道：「陛下如今已經開始懷疑他，也確定不再南伐首先安內，不可能讓他繼續當太子太傅。他離太子遠點，以後我好好教導太子，這才能保證太子不受他蠱惑。」

顧九思點點頭，沒有反駁。

雖然他打從心裡覺得，以葉世安的說教水準，很難和洛子商這種專業馬屁精抗衡。

可這並不重要，今日的重點事件只有一件事，參他。

於是早朝開始後不久，在范軒詢問「有事起奏」這句話時，葉世安一個健步邁了出來，大聲道：「陛下，臣有本要奏，臣認為，洛子商師德不顯，不宜為太子太傅！」

這話一出，顧九思立刻出列，贊成道：「臣附議。」

沈明愣了愣，看著兩兄弟站了出去，覺得自己不能落後，於是立刻跟著出列，一臉認真道：「臣也一樣。」

第四章　黃河

某種意義上說，葉世安代表了葉家的態度，顧九思代表了周高朗的態度。於是在沈明站出來後，一大批大臣陸陸續續站了出來。

洛子商站在前方，神色從容淡然，范軒看向前方的洛子商，沉聲道：「洛太傅，你有何話好說？」

洛子商笑了笑，「陛下是君，臣是臣，陛下覺得怎樣，微臣怎敢多言？一切聽陛下吩咐。」

這話說得大氣，若是范軒還要幾分面子，就會給洛子商一個臺階。然而范軒卻是點點頭，直接道：「洛太傅這樣的才能，當太子的老師未免太過屈才，還是要還玉於寶閣，讓洛大人能為朝廷做更多事才好。」

說著，范軒想了想，卻是道：「修史乃國之大事，洛大人師從章大師，又是太子太傅，如此重要之事，便交由洛大人來做吧？」

大夏保持了大榮的規矩，按照大榮的規矩，每個國君的政績之一就是修史。因此國家再窮再苦再亂，皇帝也會堅持讓人修史。而修史之人常在後期受到重用，算是一個政治跳板，畢竟比起處理那些雜七雜八的事，修史這件事最不容易出錯，又最容易升官。讓太子太傅修史，算得上是給太子面子，是恩寵了。

但顧九思心裡清楚，按著范軒的意思，他是打算先收拾了劉行知再回來收拾揚州，洛子商若是失了揚州，在朝中沒什麼依仗，修史這件事並無實權，到時候收拾洛子商也來得更方便。

他明白這一點，朝堂上除了幾個老狐狸以外，大多數人卻是不太明白的。葉世安緊皺著眉頭，打算再次諫言，然而開口之前，卻看洛子商跪了下去，恭敬道：「臣謝過陛下厚愛，但微臣雖師從章大師，在史學一事上卻並無建樹，陛下想讓臣為朝廷、為百姓多做些事，臣心中十分感激，臣過去學過一些雜學，想請陛下調臣入工部，監管黃河修繕一事，以學所之長回報於朝廷，還望陛下恩准。」

「黃河？」范軒皺了皺眉頭，洛子商跪在地上，從懷中取出摺子，「陛下，太子今日才入東都，尚未來得及稟報，此次太子巡視黃河，發現前朝舊疾，黃河多處需加防修繕，今年殿下已經命人以沙袋加防，但若不加緊修繕，日後怕是要出大亂。」

聽到這些話，朝臣不禁擔憂起來。如今到處都需要錢，朝廷本就捉襟見肘，要是黃河再出事，怕不等南伐劉行知，大夏內部就要先亂。

范軒沉默下來，片刻後，他終於道：「等太子入城後，你同他一起到御書房與朕細說此事。」

洛子商叩首應聲，朝上無人敢再說他太傅位子一事了。

大家心裡清楚，所謂師德這種事，無非是想要趁著太后失勢找找洛子商麻煩罷了。畢竟洛子商過去在揚州雖然名聲不好，但任太傅以來，沒有半分逾矩，如今參他，不過是舊事重提。當初讓他當太傅的時候不追究這些，如今追究，分明是找事。在黃河水患面前這麼赤裸裸爭權奪利，傻子也不會去幹這麼不討好的事。

顧九思和江河從朝堂上一同走出來時，江河面上帶著笑，看著顧九思有些不高興，江河手持笏板，笑咪咪道：「參洛子商之前，沒想到他有這一手吧？」

顧九思看了江河一眼，有些奇怪道：「你知道了？」

「黃河的事我不是不知道，」江河懶洋洋出聲，「可我若是洛子商，進東都之前就會想到這些了。太后倒了，陸永辭官，你當了戶部尚書，皇帝決定停下南伐之事，那下一個要收拾的肯定是他。再考考你，」江河挑眉，「你覺得等會兒洛子商進了宮，會做什麼？」

顧九思沒說話，他認真思考起來，江河伸了個懶腰，「換個說法吧，你覺得若你是洛子商，你如今會做什麼？」

顧九思順著江河的話想。

他如果是洛子商，如今皇帝心裡一定是想換太傅的，因為他怕自己繼續影響太子，可是洛子商已經教授太子一段時間了，該影響早影響，太傅這個位子，留不留無所謂，當務之急是讓皇帝信任他。

畢竟洛子商不是劉行知，如果洛子商表忠足夠，范軒相信他，說不定真的會把他當臣子重用。

「他要取信於范軒。」

「對咯。」江河笑著開口，「所以呢？」

顧九思頓住腳步，片刻後，笑起來道：「舅舅你先回去，我得去找一個人。」

說完，顧九思便轉過身，找了正打算離開的葉世安。

此番讓洛子商躲了過去，葉世安心中正氣惱得很，他上了馬車，冷著臉，正準備打道回府，就聽到顧九思道：「世安，等等！」

「嗯？」

說著，顧九思一個健步跨了上來，進了馬車內道：「世安，幫個忙。」

「我帶你進宮哭一哭。」

「啊？」葉世安是懵的。

顧九思打量著他道：「你哭得出來嗎？」

「你到底要做什麼？」

「沒什麼，我估計今日下午洛子商一定要去陛下面前說好話了，咱們要先下手為強，給陛下提個醒，狼崽子養不熟。」

葉世安是個聰明人，顧九思稍稍說說，他便明白過來。

他的品級是不太好見皇帝的，可顧九思就不一樣了，顧九思如今已是戶部尚書，帶著他回了宮，恭恭敬敬請人通報之後，由范軒召見，終於來到御書房。

到的時候，范軒正在批摺子，他聽著顧九思和葉世安叩拜了他，讓他們站起來，隨後道：「有什麼事說吧。」

「陛下，」葉世安哐噹跪了下來，叩首道：「洛子商絕不可留做太傅。」

范軒筆頓了頓，片刻後，他嘆了口氣道：「世安，你的意思我明白，但如今不好提這事，再等等。」

「陛下，如今太后剛失勢，朝內動盪，此時不提，日後便更不好提，」葉世安跪在地上，急切道：「太子乃大夏未來之希望，放由他這樣的人教導，多一日便多一日的危險，陛下，此人不可再留。」

「世安，」范軒有些頭疼，「我理解你的心情，但朕有朕的考慮，黃河水患之事才是最重要的……」

「陛下！」葉世安提了聲音，「黃河水患重要，難道我大夏的未來，太子的德行，這不重要？」

「陛下，」葉世安抬起頭來，認真看著范軒，「過去臣擔心陛下覺得臣對洛子商是因私擾公，不敢多做他言，可今日話已說到這裡，臣也豁出去了，陛下可還記得，臣的父親是如何死的？」

范軒愣了愣，葉世安身子微微顫抖，他捏緊了拳頭，紅了眼眶，倔強地看著范軒道：「陛下可知，洛子商掌權之時，有多少百姓無辜冤死，多少人家破人亡。洛子商心中根本就沒有百姓，他心中只有權勢，為了權勢什麼都做得出來。他這樣的人，提什麼黃河水患？不過都是鬥爭之中的托詞，陛下近日若不廢他，日後又拿什麼理由廢他？」

范軒沒有說話，葉世安直起身子，胸膛劇烈起伏，極度控制著自己的情緒，他一貫是翩翩君子，少有克制不住自己情緒的時候，偶然這麼一次，便看得人心裡難受起來。

「陛下，」葉世安聲音沙啞，「臣當年，也是父母健在、家中和睦，臣少年成名，順風順水，當年參加前朝科舉前，父親還同陛下一起喝酒，說想要看看臣的本事，看臣能否在此次科舉之中三元及第，不負我葉家盛名。」

葉世安說著，眼淚落了下來，范軒靜靜看著葉世安，葉世安閉上眼，低啞道：「可我父親看不到了。只因為葉家不願意向王善泉低頭，只因為我父親想保留一份風骨，不願向洛子商折腰。陛下，這樣沒有底線、不擇手段的人，您多留一日，就不怕太子殿下變成下一個王家公子嗎！」

「葉大人！」張鳳祥在一旁聽到這話，急促道：「太子殿下怎能同王家那些上不了檯面的貨色混為一談？您……」

范軒沒讓張鳳祥說下去，抬起手打住了張鳳祥的話。

他看著葉世安，眼裡帶了些回憶。

許久後，范軒出聲道：「你的話，朕明白。你回去吧。」

葉世安狠狠叩首，同顧九思一起告退。

顧九思同葉世安走出來，他們並肩走下臺階，顧九思沉默很久，終於道：「當年在揚州的時候，我未曾想過，竟真有看你哭的一天。」

葉世安聽著，笑了笑，「不過做戲罷了，都是過去的事了。」

顧九思沒說話，他沒有揭穿葉世安的話。

葉世安不是個會演戲的人，他向來知道。

可是人總得留些尊嚴，於是顧九思想了想，抬手搭在葉世安的肩上，高興道：「我打小就知道你是我認識的人裡最聰明最有能耐的，你放心吧，咱們兄弟聯手，那就是天下無敵。別管什麼王善泉洛子商劉行知，幹他就是了！明日我就帶沈明先去堵洛子商打一頓，等改些時日成熟了，咱們把他抓過來，你喜歡清蒸還是油炸？」

葉世安知道顧九思是說笑，洛子商好歹是朝廷命官，哪裡能說打就打？

他明白這是顧九思的安慰，於是乾脆地說了聲：「謝謝。」

「謝什麼？」顧九思輕輕搥了他一拳，「你的事就是我的事。」

兩人笑著出了宮，顧九思送葉世安上了馬車，等顧九思轉身要離開時，葉世安捲起車簾，叫住顧九思道：「九思。」

顧九思回頭，看見葉世安坐在馬車裡，認真地看著他道：「有你這個兄弟，我很高興。」

顧九思愣了愣，片刻後，有些無奈地攤了攤手，「沒辦法，誰叫我這麼優秀呢？」

葉世安笑出聲，他擺擺手，放下車簾。

顧九思看著葉家馬車噠噠離開，在宮門口站了站，看見宮門頂上白鴿振翅飛過，在陽光下劃過一道優美的弧線。他笑了笑，回到顧家馬車上，噠噠離開。

他們離開後不久，洛子商便跟著太子進了宮中。進御書房之前，洛子商同范玉道：「殿下不必解釋，也不必同陛下說情，周大人與陛下是生死交情，殿下說得越多，陛下就只是覺得殿下不懂事罷了。」

范玉冷著臉，克制著憤怒道：「周高朗那個老頭子，就是見不得孤有自己的人。他的算盤孤清楚，不就是想慫恿著父皇再生個兒子，然後廢了孤。以父皇的身子，哪裡等得到那個孩子長大？到時候他們不就可以挾天子令諸侯，誰都管不了他們嗎？這份狼子野心路人皆知，父皇念著過去情誼，他們念了嗎？」

「殿下息怒，」洛子商嘆了口氣，「陛下是感情用事的人，您如今不宜再和陛下置氣，您說得越多，陛下對您成見越大，如今不妨順著陛下，您是陛下的兒子，天下早晚是您的，一切等到時候再說。」

范玉聽洛子商規勸，終於冷靜了些，洛子商繼續道：「等會兒殿下就按照我準備給殿下的話說就好，只提黃河水患情況，其他一律不要多說。」

「太傅，」范玉嘆了口氣，「若陛下真的讓你去工部，日後孤就當真是一人在宮中了。」

「殿下，」洛子商溫和道：「臣只是去幫殿下做事，微臣永遠是殿下的臣子。微臣如今去工部做事，將黃河修繕好，等日後殿下登基，也少幾分擔憂。」

「太傅，」范玉聽著洛子商的話，有些難過道：「若朝中大臣都如您這般，不要總想著爭權奪利，那便好了。」

「殿下乃聖明之君，」洛子商低頭道：「等殿下澤被天下，自有這一日。」

兩人說著到了御書房門口。范玉先進去，洛子商看了守在門口的太監一眼，小太監在洛子商路過時，小聲道：「顧葉二人方才拜見。」

洛子商面不改色，彷彿什麼都沒聽到一般，跟著范玉進了御書房，跪下去恭敬行禮。范軒聽到行禮聲，抬眼看了兩人一眼，讓范玉起來，卻沒管洛子商。

洛子商便一直跪著，范軒詢問范玉出行之後的事，范玉恭恭敬敬答了。

這次他答得很沉穩，詳略得當，范軒很快就清楚情況，范軒忍不住看了這個兒子一眼，感慨道：「出去一趟，長大了不少。」

「見了民生疾苦，」范玉沉穩道：「才知自己年少無知。過去讓父皇為兒臣費心了。」

頭一次聽到范玉說這樣的話，范軒不由得欣慰許多。

他一生事事都掌握在手中，唯有范玉這個兒子，讓他無所適從。如今范玉終於有了幾分自己期待的模樣，范軒不由得高興道：「知道百姓不容易，你終於懂事了。」

范玉笑了笑，轉頭看了洛子商一眼，「是太傅教導的。」

這話讓范軒愣了愣，洛子商還跪在地上，沒有多說什麼。范軒沉默片刻，想了想，同范玉道：「情況我明白了，我會吩咐人去辦，這次你做得好，先回去吧。」

范玉猶豫片刻，想了想後，恭敬道：「兒臣告退。」

范玉離開後，房間裡就剩下范軒和洛子商。范軒看著洛子商，喝了口茶道：「洛大人，這些時日，你將太子教導得很好。朕從未見過他這麼聽一個人的話，實在讓朕有些詫異，洛大人果然手段了得。」

明眼人聽著這話，都明白這是嘲諷。洛子商沒有抬頭，許久後，他慢慢道：「陛下，其實您也可以。」

「哦？」范軒笑出聲，「朕可沒有洛大人這副玲瓏心腸。」

「陛下，」洛子商平和道：「讓一個人聽勸，不需要手段，只需要用心。」

「你的意思是，朕對太子不夠用心？」范軒皺起眉頭。

洛子商慢慢道：「陛下作為天子，自然是用心。可作為父親，陛下捫心自問，算得上用心嗎？」

這話讓范軒愣了愣，片刻後，卻是不敢出聲了。

他知道，洛子商說得沒錯，其實范玉成長至今日，他作為父親的確沒有盡好責任。

范玉母親去得早，以前他太忙，總將范玉交給家中奶娘帶著，等後來范玉成人，已經是這個性子。

「陛下不瞭解太子，遇到事情，要麼寵溺退讓，要麼叱責辱罵，陛下從未打心底肯定過殿下，又讓殿下如何認可陛下呢？陛下認為臣手段了得，臣其實不過就是以真心換真心罷了。」

范軒沒說話，這些話都說在他心裡，他一時竟真想和洛子商討教一下。可是又不自覺在腦海中閃過葉世安跪在地上顫抖著的脊梁。

他心裡頓時冷下來，淡道：「洛大人原本在揚州也是一方諸侯般的人物，如今到了大夏當太傅，還如此盡心盡力，讓朕十分感激，都不知該如何嘉獎才是了。」

洛子商聽著，笑了笑道：「陛下也不必嘉獎，若陛下真的體恤微臣，還望陛下讓臣入工部，主管黃河修繕一事，為百姓做點實事吧。」

范軒沒說話，洛子商如此果斷，他一時失去了和洛子商繞彎的想法，從旁邊端了茶，淡道：「洛子商，其實朕的意思你也明白，朕不太明白。」

「臣知道，」洛子商平靜道：「陛下不能理解，臣放棄揚州自立為王的機會，來大夏當個臣子是為什麼。甚至於陛下一直在防範臣，陛下心中，臣始終是外臣。」

「既然知道，你還要留在大夏？」

「陛下，」洛子商抬起頭，認真道：「若臣告訴陛下，臣有不得不留在大夏的理由，陛下信嗎？」

「洛子商，」范軒看著他，真誠道：「你若說出來，朕可以信你一次。」

洛子商聽到這話，慢慢笑起來。

「陛下，洛某可以同您說一件事，」洛子商苦笑，「其實，洛某並非當年洛家大少爺洛子商，洛某只是洛家一個私生子。」

「這與你留在大夏有什麼關係？」

洛子商沒有說話，神色有一瞬間恍惚，似乎想起了什麼，片刻後，他苦笑起來，「陛下，以揚州之能力，揚州不可能自立，最後必然是依附於他人。微臣要麼依附於劉行知，要麼依附於陛下。微臣沒有什麼親人，所以微臣不想與自己的親人兵戎相見。」

「你的親人？」范軒疑惑：「你的親人在大夏？」

「是。」洛子商苦笑，「微臣的父親，在大夏。縱然這一輩子，他或許都不知道，知道了也不會認我，而微臣也不想認他，可是微臣還是希望，這唯一的親人，能夠好好的。」

范軒沉默下來，許久後，范軒終於道：「那你的父親是？」

洛子商聽著，苦笑起來。他將額頭點在地上，低啞著說出一個名字。

范軒驚愣在原地，片刻後，他露出恍然大悟的表情，許久後才道：「那你……當初為什麼還要做那些事？」

「陛下，」洛子商苦笑，「以微臣的手段，若真的下了死手，又怎麼會讓人逃出去？」

「陛下，」洛子商重新低頭，額頭點在地上，保持著恭敬的姿勢道：「人生在世，難免身不由己。微臣知道陛下一直介意當年微臣在揚州所做的一切，可是那時候，微臣又有什麼能選？微臣不做那個惡人，王善泉在一日，自然有人做那個惡人，只有微臣做了那個惡人，才能保下更多人，給大家一條生路。」

「微臣知道朝中許多人對微臣有誤解，可是微臣還是希望陛下明白，微臣之所以明明可以為諸侯卻來到大夏成為一個太傅，明明可以逼著陛下保留太傅之位卻不留，都只是因為微臣想在大夏討一個位子。」

「這裡有微臣的家人，微臣傾慕的女子，微臣在這世上所有牽絆的、留戀的盡在大夏，微臣不可能對大夏做什麼。因為微臣，畢竟也只是個凡人。」

凡人就有七情六欲，有愛恨嗔癡。

劉行知能給他的，大夏也能給，而大夏還有著他的家人。

范軒看著地上跪著的青年，一時有些不知如何抉擇。許久後，他嘆了口氣，終於道：「你說的話，朕會考慮。你先去工部吧，你說的是真是假，朕會慢慢看。」

「謝陛下。」洛子商認真回答。

范軒點點頭，讓他退下，洛子商行禮起身，臨去之前，范軒突然道：「你……要不要我幫你同你父親說一聲？」

洛子商背對著范軒，許久後，他出聲道：「不必了。」

他聲音低啞：「我知道他們的存在就好。我做過什麼，不指望他們明白，我自己心裡清楚便是。如今說出來，對誰都不好。」

范軒沒有說話，他知道洛子商說的不錯。許久後，他嘆了口氣，「朕明白了。」

洛子商告退離開，等出宮之後，他舒了一口氣。

侍衛看著洛子商靠在馬車上，有些擔憂道：「主子，如今局勢對您不利，我們是否早做準備？」

「不利？」洛子商睜眼，有些奇怪道：「我怎麼不知道呢？」

侍衛愣了愣，洛子商笑了笑，靠在車壁上，沒有再說話。

顧九思回到屋裡時，柳玉茹正在屋中算帳，他聽柳玉茹的算盤打得劈啪作響，進門就道：「我一聽這算盤聲，就感覺聽到了銀子撞在一起叮叮噹噹的聲音。」

柳玉茹聽到顧九思的話，抿唇抬頭看了他一眼，責備道：「你以為錢不需要賺的？」

「需要呀，」顧九思趕忙道：「我每日賺錢很辛苦的。」

「那你倒是說說你賺了多少銀子？」柳玉茹抿唇笑起來。

顧九思把外套脫給木南，大聲道：「少說得有幾百兩吧。」

「這麼多銀子，我怎麼沒見著影子？」柳玉茹看他走過來，調笑道：「別騙我婦道人家。」

「這些銀子都是妳給的，妳還不知道嗎？」

顧九思坐到她邊上，撒嬌一般挽住她的手，靠在她肩膀上，捏著嗓子道：「這可都是人家伺候柳老闆換來的賣身銀，柳老闆都不記得啦？」

柳玉茹聽這話有些哭笑不得，抬手戳了戳顧九思：「德行。」

「妳戳了我，」顧九思伸出手來，「給錢。」

柳玉茹愣了愣，顧九思接著道：「不給錢也行，看在妳長得好看的份上，用妳自個兒抵也行。」

「顧九思，」柳玉茹見他玩得高興，不由得道：「今日活兒少了是吧？」

「夫人面前，什麼活兒都得讓道。」顧九思一臉嚴肅，「只要夫人臨幸顧某，顧某赴湯蹈火、翻山越嶺，也要來赴夫人雲雨之約。」

話剛說完，柳玉茹就把帳本拍在顧九思臉上，拿了一疊紙，起身道：「就知道耍嘴脾氣，我不同你說了，我找財神爺去。」

「嗯？」顧九思愣了愣，「什麼財神爺？」

「舅舅說好負責咱們府上開支的，也快到月底了，我去看看舅舅給不給得起，若是給不起，還是早點讓舅舅搬出去吧。」

顧九思聽到這話，趕忙翻身起來，跟著柳玉茹道：「這麼做是不是顯得太勢力眼了？」

「怎麼會是顯得勢利眼呢？」柳玉茹認真道：「我們就是勢利眼啊。」

顧九思愣了愣，柳玉茹笑著轉進了江河的屋裡。顧九思在門口反省一下自己，他覺得柳玉茹說得很對，這些時日，他果然太虛偽了。

他跟著柳玉茹進了江河的房中，江河聽到通報，讓他們進門，顧九思掃了屋裡的布置一眼，全都是名畫古玩金雕玉器，旁邊四個美女盡職盡責服侍著他，文書都用念的，過得要多滋潤有多滋潤。

看見他們進來，江河坐起身，笑著道：「姪媳婦兒有事？」

「是呢，」柳玉茹柔聲道：「如今到月底了，玉茹特地來跟舅舅報一下這個月顧府的開銷。」

江河明白了，柳玉茹是來要錢的。

他點點頭道：「妳找江韶拿錢。」

江韶是江河帶過來的僕人，聽說以前就跟著他。柳玉茹應了聲，隨後同江河道：「舅舅確定不看一下帳？」

「不就是一府開銷嗎？」江河擺擺手，不在乎道：「能有多少？」

「那我就去找江先生領錢了。」柳玉茹沒多說，站起身，「舅舅好好休息吧。」

「等等，」江河不知道為什麼，突然萌生出不安，「這個月花了多少錢？」

「兩千五百兩。」

「什麼？」江河詫異道：「怎麼會這麼多？」

他覺得自己以前已經算很奢華了，一個月一千兩就是極限。畢竟一個普通下人一個月不過就是二兩銀子，上等丫鬟八兩銀子，兩千五百兩都夠雇一千二百五十個普通下人，誰家閒著沒事在東都地價這麼高的地方雇傭一千多個下人？不需要地盤放人的嗎？

柳玉茹早料到江河的反應，從旁邊拿了開銷清單過去，同江河道：「舅舅，這是開銷清單，您過目一下。」

江河一把抓了清單過去，從上往下掃，其他開銷都算正常，只有最後一排開銷上寫了一個「顧九思專屬療養費」，後面金額寫著兩千兩。

「這是什麼東西？」江河立刻指著這個療養費詢問，柳玉茹笑了笑，「哦，這個是專門為您準備的特別服務。」

「什麼？」江河有些懵懂。

柳玉茹拉過顧九思，同江河道：「舅舅，玉茹知道您壓力大，平時需要發洩，九思皮糙肉厚，隨便打都沒有問題的。每個月您可以隨意管教他，放心抽他罵他，不用手軟，這些您都已經交過錢了。九思如今也算戶部尚書，我算過了，每個月身價也該有兩百兩，誤工費……」

「我明白了。」江河盯著柳玉茹，嘲諷笑開，「妳這是替妳夫君報仇呢？」

「舅舅怎麼能這麼說？」柳玉茹抬眼，面上一派溫和，笑著道：「大家都是生意人，有買有賣，這不是很正常嗎？九思如今畢竟是我的人，舅舅要打他，自然是要付一些費用的。您若覺得貴了，還有商討的餘地。」

江河不說話，柳玉茹想了想：「舅舅是想賴帳？付不起錢沒關係，舅舅，我替您看了您以前那個府邸，現下……」

「好了好了，」江河擺了擺手，「我明白妳的意思了。以後不打他就是了。妳這小娘子說話拐彎抹角的，麻煩死了。」

柳玉茹笑著沒說話，江河瞪了顧九思一眼，「趕緊走吧，免得你家娘子又趕我。」

顧九思聽到這話，忍不住笑了，看著江河道：「舅舅，下次多踹幾腳，多來光顧啊。」

「滾！」江河從旁邊抓了枕頭。

顧九思立刻道：「砸一下一百兩。」

江河的動作僵住了，片刻後，他怒道：「滾滾滾！」

說完，旁邊的人湧上來，把他們夫妻倆推了出去。

柳玉茹和顧九思一起被關在門外，柳玉茹看了看顧九思，輕咳一聲道：「我是不是太過分了？」

「這有什麼過分？」顧九思立刻道：「他過分很多年了！」

躺在裡面的江河聽到外面小夫妻的話，大吼：「滾遠點說！」

顧九思撇了撇嘴，拉著柳玉茹大搖大擺走了。

走出了院子，顧九思忍不住大笑出聲，抱著柳玉茹道：「還是妳厲害，不然他老是欺負我。」

「哪裡是我厲害，」柳玉茹笑了笑，「是因為你疼愛我，舅舅給我面子罷了。」

顧九思聽到柳玉茹的話，抱著柳玉茹，高興道：「不管怎麼樣，我有媳婦兒疼，就是高興。」

柳玉茹抿唇笑了笑，挽了顧九思的手，低笑著道：「小聲些，被人聽見，要說你孩子氣了。」

兩人說說笑笑走了，江河躺在榻上，旁邊美女搖著扇子，江河手枕在頭下，生無可戀道：「聯手欺負一個老人家，太過分了。」

美女抿著笑，江河看著房頂，好久後，終於羨慕道：「我也想娶媳婦兒啊……」

顧九思和柳玉茹在江韶那裡道了歉，兩個人便一同回去。

柳玉茹將自己正在考慮弄出一條專門運送貨物的道路的想法說出來，顧九思聽著，隨後拿了柳玉茹的地圖過來，看了看道：「妳想得也差不多，有什麼需要我幫忙的？」

有，有很大的問題。

她需要錢，也需要有人打通各個地方的關係。

這條路線有十一個停靠的點，每個地方她都要建立倉庫，建立好了之後，和官府的關係非常重要。

可是這些她都沒說，笑了笑道：「沒什麼，我如今只是在籌備而已，你不用擔心。」

顧九思聽著愣了愣，其實這麼大的事，哪能沒什麼需要他幫忙的？如今他是戶部尚書，多少人求著他幫忙都來不及，可柳玉茹卻一點求他的話都沒說。

他立刻便想明白柳玉茹的顧慮，沒多說什麼，只是道：「和陸先生那邊的人談得如何？」

「陸先生那邊有一些錢，」柳玉茹笑笑，「我手裡有好幾個可以讓他投錢的事，他還在選呢。」

顧九思點點頭，兩人一面閒聊一邊回了床上，到了睡前，顧九思才道：「不久就是妳生日了，妳想怎麼過？」

「這個不急，」柳玉茹笑道：「先等你加冠吧。」

顧九思應了一聲，沒有多說。

昏昏沉沉睡過去，等到第二日早上，顧九思上了朝。上朝之後，顧九思發現洛子商站的位子不太對，他的官服顏色也不太對。太子太傅原本是從二品，著紫服，此刻他卻穿著緋色官服。

顧九思打量洛子商一眼，心裡便有了數。應當是昨日葉世安那一番痛哭有了效果。

等下了朝，顧九思到了工部去問，果然聽到洛子商調任到工部，任工部侍郎的事。

這調任令下得悄無聲息，范軒明顯不想聲張。范軒不聲張，其他人也不敢張揚。但很快，洛子商調任到工部這件事所有人都聽說了。

范玉得知這個消息的當晚就去了范軒的寢宮，他來得氣勢洶洶，看見范軒後，他忍住氣，低聲道：「父皇，你為什麼將洛太傅調到工部去？」

「這不是朕的處置，」范軒平靜道：「是洛大人自己請任的。」

「父皇，您不用拿這一套敷衍我，」范玉焦急道：「你不放心他，想調走他，這件事所有人都知道。洛太傅自己為什麼要去工部，您心裡不清楚嗎？他就是希望您放心，他都退到這樣的地步了，父皇您還不滿意嗎？」

范軒低著頭，看著洗腳盆裡泛著波瀾的水。水面倒映著他有些疲憊的面容，聽范玉道：「太傅讓我不要和您吵架，不要和您爭執，兒臣改不了您的決定，可兒臣還是要說一句。」

「父皇，洛太傅是個好人，不該被這麼誤解。」

范玉說完，便甩袖離開。

等他走了之後，范軒嘆了口氣。

誰是好人，誰是壞人，他都不清楚，又怎能指望一個不到二十歲的毛孩子呢？

洛子商調到工部後，所有人都在等著看他的笑話。

工部原本就已經有兩個工部侍郎，他調過去，不可能挪其他人，於是就將侍郎的職位加成了三個，他專門負責今年黃河的修繕。

這樣突然的調任，一方面工部其他人必然不服，另一方面因為毫無根基建樹，他不太可能做成什麼事情。於是大家都在等著，看洛子商打算怎麼做。

然而等了沒幾日，等到了洛子商擬出來的一份黃河修繕計畫。

這是他根據這次陪太子巡查黃河時候的記錄做出來的一份計畫，從問題到解決方案寫得明明白白，甚至連花銷預算都寫了出來。

工部拿給專門的人看過之後，所有人都對洛子商做出來這個計畫十分滿意，唯獨一個問題，這個計畫十分耗費人力。

在洛子商做計畫的時候，東都不知道為什麼開始流傳起一個謠言，說黃河今年必有水患。

而黃河修繕的問題，就成了大街小巷的熱議話題。

於是等這個計畫出來時，工部雖然知道這個計畫十分費錢，卻也硬著頭皮將計畫交了上去。

畢竟，如果不提出計畫，這是工部的問題，提出計畫後沒有錢，這就是戶部的問題了。

計畫送了上去，工部尚書廖燕禮大加讚揚，同范軒道：「陛下，黃河若按照此法修繕，百年之內，必無憂患，這實乃罕見之良策。」

范軒點點頭，抬頭看向在旁邊一直站著的顧九思，詢問道：「九思以為如何？」

「很好啊。」顧九思盯著廖燕禮，皮笑肉不笑開口：「那先從廖大人家開始抄起？」

「什麼？」

范軒和廖燕禮愣了愣，顧九思拿了摺子，指著上面的預算，看著廖燕禮道：「咱們國庫多少銀子廖大人心裡沒數嗎？現下沒錢，不如從廖大人家裡抄起？」

這話把廖燕禮的臉色說得不大好看，他僵著臉道：「顧尚書，這個計畫雖然耗錢，但這是百年大計，必然耗錢一些。工部出計畫，錢的問題是顧尚書該解決的問題，顧尚書說來說去，無非就是戶部如今沒有能力解決這件事。那以後其他各部提出任何計畫，戶部一句沒錢就完事了，大夏還能幹什麼？什麼都不需要幹，最省錢不過。顧尚書眼裡只有錢，人命哪裡比得上錢重要？」

這個大帽子蓋下來，廖燕禮覺得氣順了。

罵架這種事，首先得站在道德制高點上，後續無論顧九思再如何說，只要問他想過黃河百姓沒有，顧九思便輸了。

廖燕禮等著顧九思回話，顧九思聽著這些，沒有出聲。

他心裡清楚，如果這個事他攬著，黃河日後任何問題，都要他揹鍋。可是他不攔，這麼多錢必然要出亂子的。

洛子商這是送了一道難題給他，而他又不能不接。

他能怎麼辦？

顧九思思索著如何才能說服皇帝不去接受這個事情，可是又覺得不能隨便開口，想了許久之後，不知道為什麼，腦海裡突然想起了柳玉茹。

如果是柳玉茹，會怎麼樣？

她向來不是一個知節省的人，從來覺得開源比節流重要。她的生意需要錢，可她總能弄到錢。如果這件事不能拒絕，他去哪裡弄錢？

顧九思腦子裡飛快過了許多人，猛然之間反應過來。

如今最有錢的人是誰？

當初王善泉缺錢，就找了顧家麻煩，如今大夏缺錢，而最有錢的人，應當就是管著揚州的洛子商！

如果放在過去，出於對揚州的考慮，必然不敢隨便找洛子商麻煩的。

可如今情況不一樣，是洛子商在爭取皇帝的信任，洛子商提出的計畫，就找洛子商要錢。洛子商如果不給，皇帝就不可能信任洛子商，就算顧九思最後拿不出錢，洛子商也要付一半責任。

如果洛子商願意給錢，更好。

顧九思想著，忍不住慢慢笑起來。

他抬眼看向廖燕禮，如寶石一般的眼裡帶了幾分涼意，聲音平穩道：「廖尚書，按您所說，黃河這件事，工部是當真沒有其他法子了？」

「沒有！」廖燕禮梗著脖子，怒道：「黃河水患，這可是關係千萬百姓的事情，人命關天，不能為了省錢有半分差池！」

「廖尚書說得極是。」顧九思點頭，贊成了之後，又道：「敢問廖尚書，這計畫是誰提出來的？」

「自然是工部眾人合議而出。」

「那是誰主管呢？」

「你問這個做什麼？」廖燕禮警惕道：「想找人麻煩？」

「廖尚書誤會了，」顧九思笑了笑，「這個計畫顧某沒有異議，但有一些細節花費之處想要找人詢問一下，顧某該去問誰？」

顧九思態度平和，彷彿真的接受了這個計畫，廖燕禮一時有了那麼幾分心虛。

其實大家都明白，這個計畫好是好，但是勞民傷財花錢太多，對於剛建起來的大夏而言，是極大的負擔。修好了，的確是百年大計，可是誰知道大夏能不能有幾百年呢？

廖燕禮原本是打算讓顧九思來提出廢掉這個計畫，這樣無論是民怨還是後續黃河出了事，找的都是顧九思。可誰曾想顧九思居然一口應下了，廖燕禮不由得有些擔憂，這麼多銀子，誰出？

「廖大人？」顧九思見廖燕禮不應，再問了一遍，「這計畫是出自哪位大人之手？」

范軒見顧九思一口應了，也不好當著廖燕禮的面再勸，於是輕咳一聲道：「那就這樣吧。」

說著，范軒便讓廖燕禮先下去，之後他坐在位子上，猶豫片刻後慢慢道：「九思，年輕人不要太衝動。」

顧九思笑了笑，「陛下，我明白您的意思。只是黃河這件事的確需要解決，工部提出了法子，只是差錢，我們就得給這個錢。」

「上次你清點國庫，一共剩下五千萬兩是吧？」范軒詢問。

顧九思應聲道：「是。」

原本國庫裡其實根本不足三千萬兩，但是陸永答應吐出來的、後來查辦庫銀案裡其他人吐出來，以及劉春案抄了幾個大臣家之後，國庫裡驟然有了近五千萬兩銀子。銀子算不上少，但是到處都要花錢，於是就顯得捉襟見肘起來。

范軒猶豫著道：「按照工部這個計畫，整個黃河修建下來，接近一千萬，這一千萬兩銀子，是不是太多了點？」

「陛下，微臣會想辦法，」顧九思沉聲道：「只要陛下允微臣一件事。」

「嗯？」

「微臣打算同揚州要錢。」

這話說出來，范軒愣了，顧九思平靜道：「陛下，黃河這件事，民間如今已經傳遍了，都說黃河接下來必有水患，現下工部給了法子，如果我不按照工部的法子做事，一旦黃河真的出事，必定民怨四起，到時候百姓就會把這事都怪罪到陛下頭上。」

天災臨世，對於君主而言本就是極大的打擊，要是這個君主還沒處理好，可以預知到後續就不僅僅是一場洪災的問題了。

顧九思見范軒神色嚴肅下來，便知他是聽進去了，顧九思繼續道：「陛下，這幾年來，山河飄搖，唯獨揚州獨善其身，只有些許內亂，如今黃河要修，最合理的應當是揚州拿出錢來，一來揚州如今也算是我大夏境內，庫銀盡該歸屬大夏，他們拿錢也是理所應當；二來，修繕黃河，其實最大的受益者除了百姓，就是揚州商人。黃河修理得當，日後揚州商人可由黃河水運入司州經商，對於揚州而言是好事。」

范軒沒有說話，顧九思不再多說，過了許久後，范軒道：「這事讓我想想。」

顧九思應聲，范軒便讓他下去。

等到了晚上，顧九思回了家裡，心情頗好，柳玉茹看著顧九思的模樣，不由得笑了，「你好像很高興，是在高興什麼？」

「我正愁修黃河的錢哪來，」顧九思坐到柳玉茹背後，給柳玉茹揉捏著肩膀，高興道：「洛子商就送上門來了。」

「嗯？」

柳玉茹挑了挑眉，有些奇怪，正要再問，顧九思就將白日裡的事說了一遍。

「我本來還在愁，如果他們修繕黃河這個計畫，要的錢不多不少，給肯定是要給的，給了這些錢，我要怎麼省吃儉用準備其他錢。結果洛子商就給我來這一齣，一千萬，除非我去搶，不然絕對不可能吐出這個錢！」

「那，」柳玉茹思索著道：「他如今回去修修改改計畫，交出一個花錢不多不少的計畫，你怕是還得出錢。」

「不會的，」顧九思笑了笑，「放心吧，」他靠到柳玉茹腿上，閉上眼道：「廖燕禮把這個計畫誇得像朵花一樣逼著我給錢，要是要洛子商交錢，他就給我一個省錢的計畫，妳想陛下會怎麼想？」

「如今啊，他要是不給錢，從此以後他在陛下面前就裝不下去了，陛下收拾他是必然的。他要是給個省錢的方案，還不如不給呢，吃力不討好，陛下肯定會看出他是想藉著黃河的事為難我。妳想他為什麼攬黃河這個爛攤子，就是為了自個兒有個好名聲，要是最後錢跟不上壞了他的事，他心裡可不得嘔死？」

「所以呀，」顧九思高興道：「今個兒這一千萬，他出定了。」

柳玉茹看著顧九思高興成這樣，不由得抿唇笑起來，她抬手點在他額頭上，笑著道：「你別太得意了，他這人聰明著呢，怕是還有後手。」

「不怕，」顧九思擺了擺手，「他鬥不過我的。」

「玉茹，」顧九思突然想起來，「再過七日我就加冠了，妳想好我的禮物沒？」

柳玉茹愣了愣，片刻後，紅著臉小聲道：「準備了。」

顧九思聽到她當真準備了禮物，立刻高興了，也不問準備了什麼，只是拉著手道：「妳準備禮物給我，今年七夕，我也準備禮物給妳。」

「嗯？」柳玉茹抬眼看他，「七夕也有禮物嗎？」

「當然有啊。」顧九思撐著下巴，趴在地上看她，「過年過節，都要有禮物，七夕這樣的日子，更該有禮物。玉茹，」顧九思說著，抬眼看她，目光裡帶了些愧疚，伸手覆在她的臉上，唇邊帶了些苦澀，「嫁給我以來就沒讓妳安寧過，妳受苦了。」

柳玉茹聽到這話卻是笑了，「不覺得苦。」

說著，她用雙手握住他的手，溫柔道：「我覺得怪得很，在你身邊，如何都覺得不苦。」

和柳玉茹說完這些話，等到第二日，皇帝批了工部的計畫，同時讓顧九思和洛子商聯手全權管理此事，所有開支由顧九思負責。

這事當朝宣布，等出了大殿的門，葉世安和沈明圍了上來，也不顧江河還在一旁，葉世安便急促道：「九思，此事你知道嗎？」

顧九思眨眨眼，點頭道：「知道啊。」

「那你為何不拒了？」葉世安立刻著急起來，「洛子商那個計畫，戶部如何拿得出錢？戶部若是出不了錢，有任何問題，都落在你身上了。」

「是啊是啊，」沈明立刻著急道：「他明擺著就是找法子坑你啊。」

「無妨，」顧九思笑了笑，轉頭看向站在一旁的江河，「不還有舅舅嗎？」

「嗯？」江河抬眼看過來，「顧尚書，這事可是您負責，在下區區侍郎，不堪如此大任。」

「舅舅自謙了，」顧九思趕緊道：「您縱橫官場二十多年，這事難不倒你。」

「難得倒。」江河點點頭，「太難了，我得趕緊回去睡覺了，小九思，」江河拿笏板拍在顧九思肩上，「好好表現，陛下看著呢。」

說完，江河便打著哈欠離開了。

等江河走了，葉世安和沈明看著顧九思，顧九思手持笏板，嘆了口氣道：「舅舅不幫我，我也沒辦法了，走，咱哥們幾個去洛府走一趟。」

「嗯？」

「做什麼？」

沈明和葉世安同時發問。

顧九思攤攤手，「要錢啊。」

得了這話，葉世安和沈明愣了愣，顧九思自己先往前去，片刻後，葉世安猛地反應過來，「你這是找洛子商要錢？陛下准許？」

「沒有陛下准許，我敢去要錢？」顧九思淡道：「走吧。」

說完之後，三個人直接去了洛府，洛子商接到拜帖時，愣了愣，不由得道：「他來做什麼？」

「怕是要和您商討黃河修繕之事。」侍衛笑著道：「您給他這麼大個難題，他如今大概焦頭爛額了。」

洛子商聽著這話，卻是笑不出來。

若顧九思和廖燕禮吵個天翻地覆，那當真是焦頭爛額了。可顧九思這麼一口應下來，他反而有幾分不安。如今顧九思出現在他家門口，洛子商心裡更是難安。

但他還是讓人將顧九思請進院子，抬手請顧九思坐在棋桌對面。顧九思帶著葉世安沈明兩人往洛子商對面一坐，顯得氣勢十足。

洛子商讓人奉茶，笑了笑道：「不知顧大人今日來我府中有何事？」

顧九思不說話，攤出他白淨的手。

洛子商有些不解，發出疑惑的聲音：「嗯？」

顧九思面上有些不耐，直接道：「給錢。」

「顧大人的意思是？」

「咱們打開天窗說亮話，」顧九思直接道：「修黃河沒有問題，你的計畫我也特別贊成，但是國庫裡沒有錢，一千萬兩，從揚州拿來。」

洛子商愣了愣，片刻後，他低笑道：「顧大人說笑了，洛某只不過是個工部侍郎，怎麼能從揚州拿出錢來？」

「洛大人，何必呢？」顧九思嘆了口氣，「都什麼時候了，還裝大尾巴狼，有意思嗎？你讓人到處散播黃河的事情，又在這時候搞個修繕黃河的百年大計出來，無非就是想從我這裡拿錢。錢是這事裡最難辦的，我要是拿得出來，黃河你修的，功勞都在你身上，日後陛下要動你，就要看看民意允不允。我要是拿不出錢來，那就是戶部辦事不利，你這一招，分明就是在找我麻煩，你也別揣著明白裝糊塗，修黃河這件事於你名聲有利，也方便揚州通商，你出這筆錢，對你很划算。」

「顧大人對在下似乎有很多誤會。」洛子商笑了笑，「洛某提出這個計畫，只是覺得這個計畫好而已。這個計畫是整個工部一起決議選出來的，並非洛某特地做出這個計畫針對您。」

說著，洛子商替顧九思倒了茶，恭敬道：「而揚州是王公子管轄，在下不過只是他曾經的謀士，如今在下已經來了東都，是陛下的臣子，又怎麼可能從揚州要出一千萬？洛某可以去試試，可是這錢能不能要出來，不是洛某能定的。」

「洛大人是推托？」

「顧大人不要強人所難。」

洛子商和顧九思對視著，片刻後，顧九思輕輕笑開：「洛大人，我勸你還是現在給錢，不要鬧得太難看。」

「洛某不是不想給，」洛子商皺起眉頭，「是當真給不了。」

「行。」顧九思點點頭，起身道：「我明白了。洛大人，以後我每日都會上門要錢一次，我一定會要到這一千萬，您且等著吧。」

「顧大人，」洛子商嘆了口氣，「何必呢？戶部要是當真沒錢，又何必一定要這個計畫？工部還有其他計畫，廖大人難道沒有一併給過去嗎？」

「人命關天，錢難道比人命還重要嗎？黃河之事，一定要做到最好，我們不能因為心疼錢就選一個次要的計畫，我們不能讓一個黃河口子決堤，不能讓一畝良田浸灌沖毀，更不能讓一個百姓喪失性命、流離失所、家破人亡！」

這一番冠冕堂皇的話下來，洛子商的笑容有些撐不住了，他勉強道：「顧大人說得極是。」

「所以揚州的錢什麼時候到？」

「我說了……」

「黃河之事刻不容緩，錢一到，我們便可立刻開工。」

「顧大人……」

「一千萬，」顧九思靠近洛子商，一把抓住洛子商的手腕，用誠懇的語氣快速道：「洛大人，只要一千萬，就可拯救百姓拯救蒼生，揚州這麼有錢，洛大人你不能這麼鐵石心腸！」

「顧大人！」洛子商終於壓不住脾氣，怒道：「這錢在下可以儘量同王公子說一些好話，可揚州不是洛某的，顧大人您不要再這麼不講道理逼迫在下了！」

說著，洛子商想要甩開顧九思的手，但顧九思的力氣極大，他抓著洛子商的手腕不放，繼續追著道：「洛大人你別這麼不講道理，當初來東都你是怎麼和陛下說的？要不是揚州其實是你在管，你以為你這樣毫無資歷的謀士身分怎麼能成為太子太傅，又成為工部侍郎？你和王家的關係大家都清楚，聽說王公子和您有些不清不楚的關係……」

「顧九思！」

洛子商聽到這樣的話澈底惱了，他從沒見過這麼死纏爛打不要臉的潑皮打法，他用了全力，一把推開顧九思，怒喝道：「你這是來我府上找事？你戶部要錢，就去揚州找王公子要，我告訴你，我這裡一分錢都要不出來，你給我滾出去！」

說完，洛子商轉身便走，同旁邊侍衛道：「送客。」

顧九思哪裡會讓洛子商這麼輕易就走，他趕緊追上去，急切道：「洛大人別走，這一千萬我們還可以……」

「顧大人，」洛子商的侍衛隔在顧九思面前，抬手攔住顧九思的去路道：「您該走了。」

「洛子商！」

顧九思繞過侍衛想去抓洛子商，侍衛驟然出手，一拳砸了過來。

沈明見侍衛動手，哪裡容得了？趕緊過去，三個人頓時和洛府的侍衛打成一片。

洛子商被顧九思氣極，同管家吩咐一聲「扔出去」之後，便直接往自己房裡去了。

顧九思帶著沈明葉世安在院子裡被追得亂竄，洛子商的院子裡可謂是臥虎藏龍，明顯有許多江湖高手，被車輪戰許久後，三個人都累了，終於放棄抵抗，被侍衛抓著抬到門口，打開大門，直接扔了出去，然後「哐」一下乾淨俐落的關上大門。

三個人用狗吃屎的姿勢撲在洛家大門口，一點都不想動，怕臉抬起來被人發現。

然而旁邊早已圍滿了人，大家看著這三個穿著官袍的人指指點點，過了片刻後，顧九思終於放棄顏面，抬起頭撐著身子起來，乾脆在洛家門口盤腿坐下，大聲道：「洛子商，我告訴你，今日你不給修黃河的錢，我就不走了！」

「洛子商我和你同是揚州人，我可清楚你的底細得很，你這個小雜碎，原先在王善泉身邊當個謀士，專門拍馬屁，把王家上下哄得服服貼貼，你在揚州，迫害百姓，搜刮錢財，貪贓枉法，中飽私囊，自己富得流油，見打起來了，想找個靠山，便來了東都。揚州說是王家人在管，其實明明是你在打理，整個揚州官場上上下下，誰不是你的人？如果不是看在這個面子上，你沒功名在身，也沒什麼功勞，怎麼一入東都就成為太子太傅，不靠揚州你靠什麼，靠你那張小白臉嗎？」

顧九思坐在門口，如市井潑婦一般數落起洛子商在揚州做的事，旁人聽到他說這些，都圍了過來，顧九思說得繪聲繪色，旁人聽得津津有味。

顧九思在外面胡說八道，洛府侍衛在裡面聽了幾句，跑去找洛子商道：「主子，顧九思坐在外面編排您，這怎麼辦？」

洛子商手撐著額頭，痛苦道：「他都編排些什麼？」

「都……都是些不正經不著調的。」侍衛尷尬道：「就是說您揚州的事，他也沒直說，但是現下百姓都猜，猜小公子……」

「小公子什麼？」洛子商抬起頭，冷著聲詢問。

侍衛閉了眼，乾脆道：「說小公子是您的私生子！」

「混帳！」洛子商猛地起身，氣得一腳踹翻了面前的桌子，怒道：「下流！無恥！混帳玩意兒！」

洛子商知道不能再讓顧九思這麼胡說八道下去，便起身帶著人衝了出去。

他一開門，就看見坐在大門口的顧九思，他臉上帶傷，衣衫不整，頭髮凌亂，但這麼坦然瀟脫盤腿一坐，居然有了幾分天地為席的豪爽味道。

他面前放了杯水，明顯是有人還端了水給他，周邊裡三層外三層圍了一圈百姓，沈明和葉世安有些尷尬地站在一旁的柳樹下，顯然不太想和此刻的顧九思混為一談。

顧九思還在裡面胡說八道，洛子商讓人分開百姓，壓著情緒走到顧九思身邊，勉強擠出笑容道：「顧大人，您和在下起了衝突，也不必這麼自降身分在這裡誹謗在下。還是早些回去，有什麼事，明日我們朝中再談吧？」

聽到這話，顧九思抬眼看向洛子商道：「這塊地你家的？」

洛子商僵了臉，侍衛立刻道：「就算不是我們家的，你誹謗公子，也是你不對。」

「我誹謗他？我有沒有和大家說這些事不一定是真的？」

「說了。」所有百姓一起回答，亮著眼看著顧九思，顧九思繼續道：「我有沒有說大家不要相信？」

「說了。」百姓繼續回答。

顧九思接著問：「講故事也算誹謗嗎？」

「不算。」大家繼續說，隨後，一個孩子小聲道：「顧大人，你還講不講啊？」

顧九思聽這話就樂了，他高興地輕咳了一聲，轉頭同洛子商道：「洛大人你看，我沒誹謗你，我講故事呢，大家都不會當真的，您放心好了。我呢，發現自己新的特長和愛好，我覺得您門口這些百姓非常淳樸，也和我很有共同話題，現在主要的事，就是向您要黃河的修繕款項，您拖一日，我就多來一日，和百姓多交流交流，是吧？」

顧九思看向大家，張開手揮了揮道：「給點掌聲。」

大家看熱鬧不嫌事大，趕緊鼓起掌來。在一片掌聲中，顧九思轉頭看向洛子商，「洛大人，我勸你呢，也不要掙扎了，該給錢給錢，黃河這事耽誤不得，那是要人命的，反正你早拖晚拖，這錢都是要給的，早死早超生，何必為難我們呢？」

「對啊，」一個百姓道：「洛大人，我們剛才都聽明白了，揚州有錢，如今國庫沒錢了，黃河必須修，您就發發慈悲，讓揚州給錢吧。」

「我沒錢！」洛子商壓著脾氣，克制著道：「各位，你們不要聽他胡說，我只是一個工部侍郎，哪裡能從揚州搞到錢？」

「那您找姬夫人啊，」一個百姓立刻道：「或者那個王公子，您和王公子，呃……」

「放肆！」侍衛怒喝。洛子商知道說不清楚了。

這世上謠言永遠比真相跑得快，尤其是這種帶了風月之事的，誰都不願去探究真相，而且事實上，他輔佐姬夫人，的確是因為有一些私交在，只是他們之間的私交並非這些百姓心中所想。可這些百姓哪裡又會信他的話？

他們早就被顧九思煽動，只等著看熱鬧呢。

洛子商有些頭疼，抬手按著額頭，終於道：「顧大人，這事我們明日商量，您也是個三品大臣，這麼坐在門口，不好看。」

話剛說完，人群中就傳來一聲詫異的詢問：「郎君？」

顧九思一聽這個聲音，嚇得趕緊從地上跳了起來，柳玉茹從人群中走出來，看了看洛子商，又看了看顧九思，疑惑道：「這是？」

「娘子來了。」顧九思沒想到自己這副熊樣會被柳玉茹看到，尷尬道：「今日怎麼沒去店裡？」

「正巧路過。」柳玉茹說著，目光落到顧九思臉上，立刻驚道：「郎君，你這是怎麼了？」

「沒……沒……」

顧九思結巴起來，只是話還沒說完，旁邊一個百姓就大聲道：「夫人，方才顧大人被洛家侍衛打了。」

柳玉茹驚訝地看向洛子商，顧九思趕緊道：「不嚴重……」

「被扔出來的！」另一個百姓立刻補充。

柳玉茹立刻看向顧九思的臉，顧九思接著道：「真的不……」

「臉著地的『哐』一下，聽著就疼！」

「你能不能閉嘴！」顧九思終於忍無可忍，朝著百姓大喝。百姓靜靜看著顧九思，顧九思有些尷尬地回頭，接著解釋道：「真的不太疼……」

然而柳玉茹還是當場紅了眼眶，她一把握住顧九思的手，怒道：「夫君，他們欺人太甚了！」

「嗯……」顧九思低著頭，不敢說話。

柳玉茹回過頭，盯著洛子商道：「洛子商，我家郎君好歹是正三品尚書大人，你居然放縱侍衛毆打朝廷命官，還有沒有王法，有沒有尊卑？」

「柳玉茹妳要講道理，」洛子商被這麼一問，簡直要被這對夫妻氣得發瘋，他抬手指著顧九思，怒道：「是他上我家門來找我要錢，我不給，他就死賴著不走，不僅想動手打我，還打傷了我家許多侍衛。」

「你胡說！」柳玉茹立刻一把抓過顧九思道：「我家郎君向來斯文得體，你看他雖然長得高些，可身形瘦弱，你們家多少人，他能打你家侍衛？洛大人，您要誣陷人也要有個限度。」

「我誣陷？」洛子商一把抓過旁邊侍衛，指著他臉上的瘀青道：「那妳倒是告訴我這是誰打的？當所有人眼睛瞎嗎？」

「那明顯是沈明沈將軍打的！」柳玉茹理直氣壯回答，旁邊柳樹下正吃著剛買的豆腐花的沈明「噗」的噴了出來。

柳玉茹指著沈明道：「看體型，看凶狠，怎麼都是沈將軍幹的，我夫君一個文臣，能做出這種事來？」

洛子商：「……」

沈明、葉世安：「……」

顧九思站在柳玉茹背後，拚命點頭。

柳玉茹深吸一口氣，接著道：「方才我路過聽明白了，如今要修黃河，您不願出錢，錢這東西誰都在意，我是商人，這個道理我懂，可是為此打人，是不是太過了？」

「我不是不願出，是我沒錢！」洛子商快要崩潰了，「你們夫妻能不能講講道理？」

「九思，」柳玉茹回頭，握住顧九思的手道：「洛大人的心始終在揚州，百姓生死與他沒有半分關係，你也不必求他了，我們想辦法，我們賣商鋪、賣房子、召集百姓，一起捐錢，總能把黃河修好。天下沒有比百姓更大的事，我願陪你風餐露宿，一起吃苦，你是一個好官，我們不能學某些人。」

「娘子說得對，」顧九思嘆了口氣，「是我想差了，我本以為洛大人也是個好官，體恤百姓，沒想到……罷了罷了。」

顧九思擺擺手，「我這就告辭。」

「告辭。」

夫妻倆說完，柳玉茹挽著顧九思走了。

顧九思走得一瘸一拐，柳玉茹還不忘擔憂道：「郎君，你這腿沒事吧？」

「沒關係，」顧九思嘆了口氣，「娘子不必擔心，應當沒斷。」

兩人互相攙扶著上了馬車，等上了馬車後，兩人對視一眼，忍不住笑出聲。

葉世安和沈明跟著上了馬車，看見坐在一旁抱著肚子笑的兩個人，葉世安嘆了口氣道：「浮誇了。」

「管他呢？」顧九思坐在一邊，拋著蘋果道：「反正呢，如今該說的都說了，之前他到處散播黃河的事，淨在外面胡說八道，搞得好像修黃河這事誰攔著誰就是罪人，那今日我就以其人之道還治其人之身，讓他感受一下大帽子扣下來的感覺。」

「不是站得高就是對的，」顧九思嗤笑，「天天扣高帽，搞得大家都做不了事，這種人，我也送他個帽子戴。」

「你們啊，」柳玉茹嘆了口氣，從旁邊拿了藥瓶，坐到顧九思身邊，替他上著藥道：「去鬧就去鬧，怎麼還讓人打成這樣子？我聽說你們被人打了，嚇死我了。」

柳玉茹聽說他們三個人在洛府門口被人扔出來，便趕緊跑了過來，一過來就遇上顧九思罵街，見顧九思精力旺盛，她才稍微舒服些。

顧九思被她吹著傷口，有些疼，齜牙咧嘴道：「不留點傷，明個兒就說不清楚了。還好今日世安和沈明跟我來了，不然我可能真的被他們家侍衛揍死在洛府。」

說著，顧九思想起什麼，趕緊同葉世安和沈明道：「明個兒洛子商肯定參我們，臉上的傷千萬要留著，明日陛下只要開口說這事什麼都別說，直接跪著道歉，其他話我來說。」

「那你還上藥？」沈明有些氣憤：「還沒人給我們上！」

「自己娶媳婦兒去。」顧九思有些得意。

這話出來，旁邊兩個人都沉默了。

柳玉茹聽到顧九思的話，猶豫了一下，「那這藥還上不上了？」

「上上上。」顧九思立刻道：「我還要吹吹。」

「夠了！」

葉世安和沈明齊聲開口，把顧九思拖了過來，顧九思掙扎，兩個人就按著他，顧九思哇哇大叫起來，柳玉茹在旁邊笑著看著，轉頭看向窗外，夕陽西下，正是好時光。

三個人晚上都沒處理傷口，第二日醒過來，傷口顏色更深了些，他們就頂著這張臉上朝。上朝，說完了大事之後，范軒就道：「顧九思、葉世安、沈明，我接到一封摺子，說你們三人強闖洛大人府邸，還打傷了他府中許多侍衛，你們作何解釋？」

「陛下，」三個人整齊劃一出來，乾淨俐落跪下來，齊聲道：「微臣知錯。」

道歉道得這麼誠懇這麼迅速，讓在場的人說不出話來。

顧九思抬起他帶傷的臉，認真道：「陛下，微臣知錯。只是微臣昨日也是為黃河款項一時著急，才同洛大人起了衝突，為國情切，還望洛大人見諒。」

「無論如何，在他人宅邸動手，都是你們不對。」范軒輕咳了一聲，隨後道：「就罰你們三個月月俸吧。」

三人謝了恩，這事就算完了。

等出門之後，沈明嘟囔道：「咱們該辯解一下。」

「事情解決了。」顧九思開口。

葉世安看過來，有些茫然道：「什麼事情？」

「洛子商同意放錢。」顧九思伸了個懶腰，「我也放心了。」

「你怎麼知道？」沈明有些懵，葉世安想了想道：「咱們三個人臉上帶傷，明顯是我們嚴重些，可陛下完全想都沒想就罰了我們，必然是在替洛子商表個態。而陛下對洛子商態度好轉，自然是洛子商答應給錢。」

「聰明。」顧九思雙手攏在袖中，往前走去，「洛子商如今心中，怕是嘔出一口血了吧。」

「揚州越弱，日後他的路就越難。」葉世安皺起眉頭，「不過我不明白，你說到底為什麼他一定要來東都呢？」

「是啊，」沈明立刻道：「怎麼算都覺得，他一直待在揚州坐山觀虎鬥，是不是更好？」

這問題讓顧九思沉默下去，許久後，他慢慢笑了笑，「誰知道呢？他自然有他的原因，我們不必多想，就等——」顧九思勾起嘴角，看向遠處洛子商的馬車，「事情發生那天吧。」

葉世安和沈明順著顧九思的視線看過去，便見遠處洛子商捲起車簾，他察覺到他們的目光，遠遠朝他們點了點頭。

三人行了個禮，算是回禮。

被罰了三個月月俸後，過了幾日，范軒就將顧九思叫到宮中。

「洛子商聯絡了姬夫人，」范軒敲打著桌面道：「一千萬，揚州會給出來，但是有個條件。」

「嗯？」

「一千萬不是白給，」范軒思考著道：「姬夫人的意思是，希望大夏將幽州債的模式，運行至全國，成為國家負債。揚州願出一千萬，單獨購買大夏國債。」

聽到這話，顧九思沉默下去。

天下大亂後，王善泉在揚州自立為懷王，王善泉死了之後，揚州一番內鬥，最後從王善泉十五個兒子裡選了最小的王念純當了懷王，剩下十四個都被洛子商殺了。而王念純的母親，便是姬夫人。

這位姬夫人出身舞姬，聽聞曾是前朝貴族，家道中落後被充入娼籍，後來因善舞貌美被王善泉納入府中，生下王念純後當了妾室。

洛子商之所以在一群夫人中選擇了王念純和姬夫人，最重要的就是容易控制。王念純如今不滿五歲，而姬夫人身分低微，如果不依仗洛子商，根本沒有壓住揚州的能力。如今洛子商和姬夫人合作，姬夫人替他守住揚州，他在東都任官。

且不論洛子商為什麼一定要留在東都，但以他和姬夫人的關係，很明顯，這一千萬需要債務方式給予，明顯不是姬夫人的意思，是洛子商的意思。

可話顧九思不能說太多，太多了難免有黨爭之嫌。

從這個條件來看，洛子商始終還是想為揚州保存一份實力，如果大夏發行整個國家範圍的大夏債，自然是會保證信用體系，洛子商買了這個，就算之後轉賣，也能有一筆錢，大夏也不會自毀長城，放棄還國債。因為一旦放棄，再想賣國債就很難了。而這是一筆極大的流動資金。

他突然有些佩服洛子商，這個人總能在絕境下，找出一條更好的路來。

「你覺得如何？」范軒抬眼看他，顧九思看著范軒，卻是道：「臣並無想法，全聽陛下吩咐。」

范軒沉默著，好久後，他終於道：「洛子商同朕說，這一大筆錢，要揚州全拿出來，他壓不住其他人，必須要給個安撫。朕明白他的難處，若朕在他這個位子，也的確做不到，他願意把一千萬兩銀子拿出來，便已經證明了他的誠心，這事你覺得，朕當如何？」

顧九思聽范軒發問，明白范軒在猶豫，他想了想，同范軒道：「微臣以為，國債是不能放的。開放國債，其實是基於百姓信任，前提是能有一個穩固政局和好的稅收。幽州債之所以能運行，是因為內子清楚算過未來幽州財政稅收以及其他收入，有足夠的償還能力。可如今這筆錢用在黃河上，陛下能保證盈利嗎？若是不能，又怎敢開放國債？」

「揚州購買了國債，然後轉手賣出去，接手的就是老百姓，到時候若是還不上這筆錢，朝廷名譽怎麼辦？」

范軒嘆了口氣，他點點頭道：「朕明白。但如果不給揚州一些甜頭，洛子商怕是弄不到這筆錢。」

顧九思沒有再說話，范軒抬眼道：「算了，你回去再想想，我再找人問問。」

顧九思應聲下去，等回了屋中，柳玉茹正領著人在查看帳本。

如今神仙香在東都做得不錯，第二批米也從望都運送了過來。柳玉茹看顧九思回來，似是愁眉不展，葉韻看了柳玉茹一眼，柳玉茹輕咳一聲，同葉韻道：「我先去看看九思。」

葉韻笑了笑，沒說什麼便轉身離開，她抱著帳目，想著去清點米糧一事，想得太入神，低頭急急往前走著，突然撞在一個人身上。她被撞得差點摔下去，對方一把拉住她，笑著道：「姑娘走路可要小心了。」

這聲音極為好聽，如清泉落峽，葉韻愣愣抬眼，入眼便是一張極為俊美的面容，看上去不過三十出頭，但那眼中卻帶了幾分歷經世事的通透。葉韻一時看愣了，片刻後，她猛地回過神，退了一步道：「見過江大人。」

她早聽聞顧九思的舅舅江河住進了顧府，看著這張和顧九思有幾分相似的面容，不難猜出這個人的身分。

江河聽到葉韻的話，挑了挑眉道：「喲，識得我？」

「民女乃神仙香的主事葉韻，聽少夫人提起過您。」葉韻回答得恭敬。

江河聽到這話，不由得多看了葉韻幾眼，笑咪咪道：「葉家大小姐是這麼個脾氣，倒是出乎我意料之外。看來玉茹身邊的姑娘，個個都厲害得很。」

葉韻低著頭沒說話，她從沒見過這麼好看的男人，這人和顧九思長得很像，但卻多了幾分顧九思沒有的氣度，這樣的氣質對於女人來說是致命的。

江河見她窘迫，笑了笑，柔聲道：「葉小姐有事先去忙，江某便不送了。」

葉韻沉穩應聲，便退了下去。等她出門之後，沈明從院子裡出來，高興道：「我聽說葉韻來了，人呢？」

「葉小姐走了。」下人笑著道：「沈大人下次要來早些才好。」

沈明聽到這話有些不高興：「她也不知道等等我。」

旁人抿著唇笑，江河聽了一耳朵，出聲道：「追姑娘呢，可要主動些。」

「誰追姑娘了！」沈明立刻怒了，嘀咕道：「我、我有事找她呢。」

說完沈明也不想同江河說話，轉身跑了。

柳玉茹送走葉韻，便去找顧九思，顧九思進屋之後一直沒說話，他坐在房間裡，低著頭想什麼。柳玉茹走過去溫和道：「怎的了？」

「洛子商答應給錢了。」顧九思嘆了口氣，「可他說，光是他答應不行，揚州要拿出這麼多錢，阻力重重，必須要給揚州一些甜頭才行。」

柳玉茹聽著，思索著道：「他說的也不無道理。」

「我明白，」顧九思抬起頭看柳玉茹，「所以我才愁啊。國債不可能放給他，因為這筆錢我不打算還。我讓揚州出這麼大筆錢，就是要削弱揚州，不然揚州天天看著我們和劉行知龍爭虎鬥，萬一洛子商有異心，簡直是養虎為患。」

「陛下應當也想到。」柳玉茹思忖著，「揚州要出這筆錢，其實簡單。」

「嗯？」顧九思抬眼看向柳玉茹。

柳玉茹笑了笑道：「九思你想，揚州當官的，大多都是家族經商，官商密不可分，對吧？」

顧九思愣了愣，他們都來自揚州，對於揚州官場政商一體這事，顧九思的確是明白的。

柳玉茹溫和道：「所以揚州官場，代表的其實是揚州商人的利益，一旦揚州商人同意了這件事，那也就沒了阻力。他們要甜頭，我們給這個甜頭就是了。」

「那這個甜頭給什麼好？」顧九思看著柳玉茹，連忙詢問。

柳玉茹猶豫片刻，終於道：「九思，不如我去找洛子商談談。」

「妳去談？」顧九思愣了愣。

柳玉茹點頭道：「對，我私下找他談。」

顧九思沒說話，柳玉茹抬眼看他，明白他在想什麼，她沉默片刻，終於道：「我讓韻兒去談……」

「妳去吧。」顧九思深吸一口氣，突然開口。

柳玉茹愣了愣，隨後有些詫異道：「你……你不是不喜歡……」

「我是不喜歡。」顧九思苦笑起來，「可是我本來就是個醋罈子，妳是要做生意的人，我見這個不喜歡妳不能去談，見那個不喜歡妳不能去談，這樣顯得我太小心眼了。」

說著，顧九思大方道：「所以妳去談吧，只要妳的心在我這，去見誰都行。」

柳玉茹聽到這話，用團扇遮住半張臉，低低笑起來。

「妳笑什麼？」顧九思皺起眉頭，故作不高興道：「這時候，妳不該感動才對？」

「郎君孩子脾氣，」柳玉茹抿著唇，「洛子商與我一共說過三次話，你就記到現在，你說自己是個醋罈子，的確不錯。」

這事上顧九思也覺得自己敏感了些，他覺得理虧，趕忙換了話題道：「妳什麼時候去找他？」

柳玉茹想了想，轉頭看了外面的天色一眼，隨後道：「要不就現在吧。」

「啊？」

「不妥？」柳玉茹轉頭看他。

顧九思輕咳了一聲，隨後點頭道：「妥妥妥。」

柳玉茹定下來，便讓人去準備東西，她拿了自己準備的商道地圖和各種預算，換了身衣裳，便去了洛府。

柳玉茹前腳出門，顧九思後腳立刻換了套衣服跟著出門。顧九思一路尾隨著柳玉茹，到了洛府之後，柳玉茹遞了拜帖，顧九思便繞到後院去，思索著怎麼翻牆進去。然而想了半天，他發現要悄無聲息進去難度可能有點大，而且進去後也做不了什麼。

他有些沮喪，想了想，又有了個絕妙的主意，他趕緊去了一家成衣店，一進去就同老闆道：「老闆，快，來替我打扮一下！要把我打扮得特別好看，是個女人見著就喜歡那種！」

柳玉茹的拜帖送進去時，洛子商正在釣魚，管家把顧家的拜帖送進來，洛子商看見顧家拜帖特有的花紋，眼皮一跳，立刻道：「不見。」

「是顧少夫人。」管家恭恭敬敬悼。

洛子商愣了愣，下意識道：「顧九思呢？」

「顧大人沒來。」

洛子商皺起眉頭，他想了想，有些捉摸不透柳玉茹一個人來是什麼意思，但最後還是點了頭，讓人將柳玉茹請了進來。

柳玉茹畢竟是女眷，洛子商見她不能像見顧九思一樣隨意，便特地換了套衣服，然後才來到客廳。

他到客廳的時候，柳玉茹正在看客廳裡一幅山水圖。

她穿著一身水藍色長裙，水藍薄紗，白色單衫，脖頸長度適宜，這長裙顯出她修長的脖頸，看上去如同一隻優雅的孤鶴，落入他的宅院之中。

他沒有驚動她，在門口靜靜站了一會兒，注視著柳玉茹的背影。片刻後，柳玉茹回過頭，看見洛子商站在門口，她愣了愣，隨後從容地笑起來，柔聲道：「洛大人。」

「柳夫人。」

洛子商點點頭，卻是叫了她另一個稱呼。

她做了許久生意，如今生意場上大家開始以「柳夫人」作為她的尊稱。能夠不依附於夫家的女子，才能有資格冠上自己的姓氏。

柳玉茹並不糾結於稱呼，笑了笑算做應答，洛子商走進客廳，讓柳玉茹入座，等坐下之後，洛子商才道：「柳夫人對方才那幅畫有興趣？」

「這幅畫作，是洛大人親筆吧？」柳玉茹看著洛子商，卻是道：「是揚州城外一個地方，妾身識得。」

洛子商沒有說話，他喝了口茶，點頭道：「的確，柳夫人也去過？」

「年少時，母親每月都會帶我去隱山寺祈福，這地方是認識的。」

洛子商喝著茶的動作頓了頓，片刻後，他換了話題道：「柳夫人無事不登三寶殿，應當不是來找洛某敘舊的吧？」

「這自然不是，」柳玉茹從旁拿了幾張圖紙，「玉茹此番前來，是想同洛大人談一筆生意。」

說著，她將圖紙鋪在桌上，洛子商走到桌邊，看著桌上的圖紙，疑惑道：「這是？」

「這是玉茹日後的商隊路線。」柳玉茹聲音平和，指著圖上道：「這支商隊主要幹道是水運，會從幽州出發，南抵揚州，西達司州，東出海外，沿路再轉成陸路，這張運輸網，可保證在最低成本下，最大程度將貨物賣到每一個地方。」

洛子商沒有說話，他靜靜盯著這個圖，他不知道柳玉茹是怎麼想到這樣的東西，透過建立倉庫、規劃路線、合理搭配陸路和水路的方式降低成本，他怎麼想都不明白，一個女人怎麼會想這些。

柳玉茹見他不說話，繼續道：「這條路線裡，揚州如果要到司州，黃河會是很關鍵的一條河道。」

聽到這話，洛子商抬眼看她，他勾起嘴角，「柳夫人說笑了，黃河並不適合通航。」

柳玉茹搖搖頭，「黃河適不適合通航，端看洛大人。」

洛子商沒說話，柳玉茹鋪了第二張圖，第二張圖是洛子商提出治理黃河的計畫。黃河治理，一方面重在修繕堤壩，另一方面則是如何規劃分流。

而洛子商提出的方案，河道從故道接入泰山北麓的低地中，地勢平緩，水流自然不會太急。

「如果按照洛大人這個計畫，黃河未來百年，都將適合通航。」柳玉茹指著洛子商規劃出來的幾個關鍵點道：「而洛大人的計畫裡，只要有這個堤壩口往南開，就可以分流入淮水，借由淮水一路通行到揚州。到時候，商隊可以借由這條水運，從揚州直入司州。」

洛子商聽著柳玉茹的話，盯著地圖，再三確認後，發現柳玉茹說得不錯。

如果按照這個法子治理黃河，日後揚州水運便會更發達。

柳玉茹見他沉思，開始細細解說起來，從哪裡開始出發，用什麼船，花幾日可到……

柳玉茹說話的時候，離他不遠，她不能分開太遠，因為圖紙就這麼大，他看不清。可她又沒有太近。克制在極其得體的距離，然而這個距離下，他還是可以聞到獨屬於她身上的玉蘭香若有似無飄地過來，繚繞在他的鼻尖，讓他有些心緒不寧。

過了片刻後，柳玉茹終於說完，抬眼看他，「洛大人覺得，妾身這個想法如何？」

洛子商被這一問喚回了神，不著痕跡退了一步，笑了笑道：「柳夫人的想法是極好的，只是在下還是不明白，柳夫人來說這些是為什麼？」

「洛大人，」柳玉茹低頭收地圖，聲音平和，「妾身來說這些，就是希望能與洛大人合作。修繕黃河一事，洛大人可以回去同揚州那些人再商討商討。方才我給您算過，如果這條航道修通，所有運輸成本至少降低一半。揚州因水運發達立足，修繕黃河對於揚州來說，一定是利事。而洛大人修繕了黃河之後，」柳玉茹笑了笑，「妾身可以將此當做洛大人投入妾身商隊的成本，日後凡揚州貨物在我的商隊運輸，都可以少一成的費用。」

洛子商聽到這話，點點頭道：「在下明白了，柳夫人，」洛子商笑起來，「這是為了夫君來當說客了。」

「既是為了夫君，也是為了自己。」柳玉茹喝了口茶，淡道：「洛大人要不要考慮拿點錢進來入商隊的股份？」

這話把洛子商說愣了，柳玉茹繼續同洛子商分析商隊的利潤。

這個商隊若是真的建成了，利潤可以說是驚人的，哪怕是見多識廣如洛子商，也忍不住心動起來。

柳玉茹說話很平穩，這種平穩反而給人一種說不出的信任感，覺得她並非在說服你，而是在和你說一件客觀的、無需置疑的事情。

「若洛大人不放心，可以先投錢，商隊開始運營後，您不願意繼續，那每一年，我都要以原價還您一部分錢。就當這錢是您借我的，您看如何？」

洛子商聽著這話，心裡蠢蠢欲動。

雖然當官，可是誰都想要自己的私產。他心裡非常清楚的知道，柳玉茹要做這的件事，只要能做下來就能賺到多少錢。

柳玉茹看著洛子商的神情，知道他心動了，便道：「洛大人，其實您也不用多想，這件事對您來說，只有賺沒有虧的。您如今只需要做兩件事，給錢，修黃河。錢這件事上，如果生意好，您可以繼續分紅；要是虧本，本金我還您，可以說是毫無風險。而黃河這件事，修好了，是利國利民的百年大事，日後青史之上，必有您的名字。而且修好之後，您在百姓中的聲望便不一樣了，到時候任何人要動您，都要掂量一下百姓。」

「說得這樣好，」洛子商想了想，「柳夫人為何還找洛某呢？」

「這個問題，很明顯。」柳玉茹喝了口茶，毫不猶豫道：「因為你有錢。」

洛子商愣了愣，片刻後，忍不住笑起來，有些無奈道：「柳夫人，妳這個人真的是……」

柳玉茹面色不變，洛子商喝著茶，搖了搖頭道：「罷了罷了，柳夫人，說實話，您的口才太好，我實在想不出什麼回絕的理由。那容再下最後問兩個問題。」

「您請。」

「如果我拒絕，妳打算怎麼對付我？」

柳玉茹聽到這個問題，抬眼看他，洛子商饒有興致地盯著她，完全沒想過她會不回答。

柳玉茹頓了片刻後，回答道：「若洛大人拒絕，我會建議陛下對所有揚州來的貨物徵稅。」

洛子商做出倒吸一口涼氣的表情：「果然唯女子與小人難養。那，」洛子商接著道：「最後一個問題。我過往做過這麼多事，您還與我合作，沒考慮過葉世安、顧九思怎麼想嗎？」

柳玉茹聽著這話，許久後，慢慢道：「我是一個生意人。你們的事，與我無關。」

得了這話，洛子商拍著腿笑道：「柳夫人，您可真不會說謊。」

柳玉茹面色不動，洛子商緩下笑聲，靠到椅子上，盯著柳玉茹，溫和道：「柳夫人不說實話，我替柳夫人說，柳夫人想的必然是，短暫合作無所謂，先把錢騙到手，日後再來收拾他。」

柳玉茹聽著這話，全然沒有半分被揭穿的羞惱，洛子商看著柳玉茹，等著她的反應，過了片刻後，柳玉茹放下茶杯，淡道：「把話說得這麼明白，妾身都有些不好意思了。」

「所以，」柳玉茹的目光落到洛子商身上，「洛大人怎麼決定呢？」

「唔，洛某這個人，天生反骨，若是其他人來，洛某大概還要再想想。不過，」洛子商看著柳玉茹，軟了聲響，「若是柳老闆，在下心甘情願被騙。」

「哦？」柳玉茹笑起來，「洛大人說得當真？」

「當真。」

柳玉茹得了這話，露出溫柔的笑容，「那您要不要考慮再拿點錢來，我這裡還有個工程……」

洛子商愣了愣，隨後就聽柳玉茹開始介紹她下一個缺錢的規劃。

洛子商好半天才緩了過來，他抬起手，拍在自己額頭上，痛苦道：「啊，柳老闆真是不好騙。」

「既然騙不了洛大人，在下就告辭了？」

柳玉茹站起身，洛子商也沒留她，送柳玉茹出了洛府。

等她走出去後，洛子商停在客廳，看著客廳中的山水墨畫，許久後，低頭笑了笑。

而柳玉茹出門之後，剛進馬車，就看見顧九思坐在馬車裡。

他身著紅衣外袍，白色單衫，頭頂金冠鑲珠，手握一把小金扇，紅色袍子上金線繡著金菊，整個人看上去豔麗非常。

顧九思的容貌是極其適合這樣的打扮的，只是他容顏極盛，若再穿成這樣，便好看得有些過於奪目，讓人根本移不開目光。

柳玉茹愣了愣，片刻後，便看顧九思轉過頭朝她笑了笑，柔聲道：「想妳，便來等著妳了。」

柳玉茹聽到他這樣說話，再對上那雙漂亮的眼睛，心跳不由得快了半拍。

她笑了笑，低下頭道：「那便回家吧。」

顧九思應了一聲，讓柳玉茹坐到自己身邊。

柳玉茹坐到他身旁，手裡抱著圖紙，片刻後，她實在忍不住，笑出聲來。

顧九思愣了愣，隨後道：「妳笑什麼？」

「九思，」柳玉茹抬起眼，看著面前似乎還特地上過妝的顧九思，壓著笑道：「你吃醋的方式，還真是不同尋常。」

顧九思一聽這話，便知道柳玉茹看穿了他的心思。他也不覺得害臊，乾脆道：「優秀的男人從不懼怕競爭。」

說著，他笑著睨了柳玉茹一眼，「尤其是，俊如妳家郎君這樣的。」

第五章　成玨

顧九思那斜斜一睨，帶了種說不出的風流韻味。

江河在東都當了二十多年風流公子，憑的就是那雙眼睛，顧九思的眼睛生得像他，又多了幾分少年的清澈，貴公子挑逗人心的本事混雜著少年人的乾淨，那才真是能讓一個女人快溺死過去的情動。

柳玉茹忍不住紅了臉，扭過頭搖著團扇岔開話題道：「事情我談妥了。」

「嗯？」顧九思有些好奇，「如何談妥的？」

柳玉茹將情況說了一遍，顧九思聽著，有些不安道：「洛子商會這麼好說話？」

「自然是的。」柳玉茹笑了笑，「他願意入股我這個商隊，那他就是老闆，事關他的錢，自然會賣力。修繕黃河這件事，對於他來說，名已經是他的了，如今又給了他利，而且黃河修繕對揚州商人也是好事，商人那邊問題也解決了，他若還是不聽勸，那可就真的給他們加稅了。」

顧九思聽著點點頭，隨後道：「還是夫人厲害，夫人出馬，什麼事都能搞定。」

「我也是為了自個兒的生意，」柳玉茹想想，隨後道：「這事你便裝作不知道吧。說句實話，我是不願你同我的生意牽扯太多的。」

「嗯？」顧九思有些疑惑：「是怕我影響妳做生意嗎？」

「是怕影響你。」柳玉茹嘆了口氣，隨後道：「九思，我不想有一日成為你的拖累。」

「這怎麼會？」顧九思笑起來，「放心吧，我們家若是說拖累，也是我拖累妳。妳瞧瞧，今日妳為著我，又去給人送錢了。」

「這哪裡是送錢？」柳玉茹瞪了他一眼，「我明明是去談生意的。他若不修黃河，我這邊到東都還需繞好幾條路。修了黃河，我就能直通到揚州去了。」

「是是是，」顧九思點頭道：「都是妳聰明。」

兩人說說笑笑回了家裡，等過了幾日，洛子商便轉交了來自揚州的摺子，說明黃河修繕一事，揚州願意承擔全部工款。

這話出來，所有人的心都放了下去，緊接著朝中開始籌備去修理黃河的隊伍。

朝堂之上一番鬥爭確定修繕黃河之後，柳玉茹便四處遊說商家給錢讓她籌備商隊。

籌備商隊這件事絕非她和洛子商兩人的錢就足夠鋪這麼大的局的，洛子商占了籌備商隊三成的成本，為了保證話語權，柳玉茹自己出資兩成，加上她作為整件事的主管，以工代股又拿到兩成，她手中一共四成，剩下還有三成，則需要其他人加入進來。

柳玉茹知道陸永和江河手裡有錢，便天天上陸府找人，晚了則回來，找江河念叨。

江河不堪其擾，只能找顧九思，同顧九思道：「你管管你媳婦兒，她想錢想瘋了，張口就找我要一百五十萬兩，一百五十萬兩，她以為國庫是我家？簡直是瘋了。」

顧九思看著江河朝他發火，雙手攏在袖中，斜靠在長廊柱子上，笑著道：「舅舅，不就一百五十萬兩嗎，玉茹這麼可愛，她想要就給她嘛。」

江河聽到這話，震驚地看著顧九思，片刻後，他深吸一口氣，「是我錯了，你腦子有病，我不該同你說這些。」

說著，江河拿了一錠銀子給顧九思，揮了揮手道：「趕緊走吧，找個大夫好好看看，多吃藥，別耽誤病情。」

「謝謝舅舅打賞。」顧九思高興，趕緊道：「我這就走了。」

江河見告訴顧九思無效，只能換另一個法子，躲著柳玉茹，這一躲，就躲到了顧九思加冠那日。

顧九思加冠宴請了很多人，甚至連范軒都來了。

范軒能來，足以讓眾人看出范軒對顧九思的恩寵，顧九思連忙讓范軒上座。

「我今日是以長輩的身分來的，若不嫌棄，便讓我做個大賓吧。」范軒落座後，朝顧朗華開了口。

顧朗華微微一愣，隨後立刻和顧九思等人一起跪了下來，高興道：「謝過陛下。」

由范軒做大賓，等於是范軒來賜字。得皇帝親自賜字，那是比天子門生更大的榮耀。

顧九思心裡明白，這是范軒在替他鋪路。他看了范軒一眼，行了個大禮，認真道：「謝過陛下。」

一切準備就緒後，加冠禮正式開始。這一日的顧九思沒有嬉笑打鬧，他神情嚴肅，按照禮儀，分別在江河的幫助下，戴上了緇布冠，而後戴上了皮弁，最後戴上爵弁。

他每換一次頭冠，就要向所有人展示一遍，然後由范軒唱上祝詞。

柳玉茹坐在位子上，看著顧九思身著禮服，頭頂華冠，神色鄭重，同所有人行禮，有種說不出的感覺從心裡湧現出來。

像是你種了一朵花，自己落了子，然後看它破土而出，看它張揚盛放。這一路陪他走過，看見花開的那瞬間，便會比旁人多出那麼幾分動容。

等加冠完畢，顧九思跪在地上等著范軒賜字，范軒看著顧九思，溫和道：「愛卿如今年不過二十，卻已是朝廷棟梁，肱股之臣。朕常對太子說，日後的天下是你們年輕人的，這話如今朕也要同顧愛卿說一遍。日後的天下，是你們年輕人的。顧愛卿有驚世之才，日後當屬國之重器，朕願顧愛卿有如玉之品性，似玉之高華，因而給愛卿賜字『成玨』吧。」

聽到這個字，顧九思眼神微微一動，低頭叩首謝恩。

加冠禮完畢後，大家留下來用宴。范軒單獨被安排在一個廳中，由顧九思陪著。

范軒看著面前加冠後的青年，好久後，笑了笑道：「你可知朕為何給你取字成玨？」

「玨乃雙玉，」顧九思平淡道：「玉中之王者。陛下一來希望微臣成為一個君子，二來是在提醒臣，需得好好輔佐太子。」

兩塊玉才成玨，若只有一塊玉，只是個普通的君子罷了。沒有主子的臣子，不過是在黑暗中摸索的路人。

范軒笑了笑，溫和道：「朕向來知道你聰明。九思，」他抬眼看向顧九思，嘆了口氣道：「你還年輕，時日還長，日後，太子便靠你了。」

顧九思聽到這話，垂下眼眸，躬身道：「臣必當盡力。」

范軒就是在等顧九思這話，他點了點頭，有些疲憊道：「行了，你去陪你朋友吧，朕老了，在你們這些年輕人的局裡，不大合適。」

范軒和顧九思說完，顧九思送范軒到門口，終於送范軒離開了。

等回來之後，顧九思一入院子，就看見院子裡的石桌上擺滿了酒罈。沈明、江河、葉世安等人圍了一圈，就等著他回來。

江河撐著下巴，看著顧九思走過來，笑著道：「來，小九思，今日你加冠，舅舅便讓你知道，一個男人該如何喝酒。」

顧九思露出害怕的表情，退了一步道：「那個，不必了吧？」

「九哥，你別怕。」沈明立刻拽住顧九思，「我會幫你看著的，等你醉了，我把你扛回去。」

「這個，玉茹會不高興的。」顧九思繼續推辭，「萬一喝醉了怎麼辦？」

「無妨，」葉世安笑了笑，「我已同玉茹說過，玉茹不會說什麼的。」

三個人一連串說下來，顧九思嘆了口氣，坐到石桌前，只能道：「沒辦法，那我只能捨命陪君子了。」

說著，顧九思舉起酒罈，看著江河，一臉赴死的表情道：「舅舅，來吧。」

江河興致勃勃，同顧九思喝起來。

酒過了好幾巡，天上明月當空，三個人趴在桌上，只有顧九思依舊保持著一片清明，他撐著下巴，另一隻手撥弄著碗沿，淡道：「還喝嗎？」

江河擺擺手，痛苦道：「不喝了。」

顧九思嗤笑一聲，站起身道：「不喝我就回去了，你們沒媳婦兒我還有呢。」

三人：「……」

說著，顧九思便轉身回去，等他飄飄然走了之後，江河撐著頭，艱難道：「他怎麼這麼能喝？」

「江……江叔叔，」葉世安打著嗝道：「他在揚州……揚州……」

話不用說完，江河懂了。

這小子以前在揚州，每日醉生夢死鬥雞賭錢，酒量非尋常人所能比。江河看著滿臉通紅的葉世安，知道他醉得厲害了，正打算讓人帶他回去，就聽到一個平穩的女聲道：「哥哥。」

三個男人回過頭，便見到葉韻站在長廊上，她看著葉世安，走上前，和下人一起扶住葉世安，嘆了口氣道：「哥哥怎麼喝成這樣了？」

「葉……葉韻！」沈明聽見葉韻的聲音，一下子醒了，他看著葉韻，眼睛亮晶晶的，高興道：「妳也來了？」

「沈公子。」葉韻點了點頭，隨後嘲旁人吩咐道：「沈公子醉了，扶他回房吧。」

旁人來扶沈明，沈明卻不肯走，他抓著葉韻的袖子，嘀咕道：「葉韻，妳最近怎麼總是在查帳，妳做的紅豆糕不夠分。」

葉韻哭笑不得，旁邊江河撐著下巴，酌著小酒，笑著看著沈明埋怨著葉韻沒有及時跟上的紅豆糕。

葉韻哄了半天，下人把沈明帶走，這時候葉韻才來得及回頭看江河，她猶豫片刻，隨後道：「江大人可需要人扶您回去？」

江河聽到這話，挑眉笑了，「怎麼，我需要的話，妳還來扶我不成？」

江河這話把葉韻說愣了，江河見葉韻呆著，才反應過來這是晚輩，他擺了擺手，笑道：「逗妳玩的。芙蓉，」他朝著一直候在一旁的侍女招了招手，兩個侍女趕緊過來，扶起江河，江河瞧了葉韻一眼，同侍女道：「拿件外套給葉小姐，夜裡風大露寒，她可別接了哥哥，病了自個兒。」

說完他沒看葉韻，手搭在侍女身上，由著侍女送回房去。

葉韻在院子裡站了站，片刻後，她才回過神來，讓人扶起葉世安，等走到門口的時候，江河的侍女已經拿了外套等在門口，看見葉韻後，她將外套遞過去，笑著道：「這披風是從少夫人那兒借的，少夫人還沒穿過，葉小姐別嫌棄。」

葉韻點了點頭，她看了侍女一眼。江河身邊常跟著四個侍女，這個侍女是其中之一，似乎叫白芷，生得最為清麗。葉韻瞧著她，恭敬地說了聲：「謝謝。」

侍女愣了愣，全然沒想過一個世家小姐會同她說這樣的話。而葉韻披上披風，便上了馬車。

葉世安在馬車裡醉著，見葉韻上來了，他張了眼，看了葉韻一眼，低聲道：「韻兒，哥以後會給妳找個好人家的。」

葉韻愣了愣，隨後聽葉世安說著胡話，低聲道：「以後哥哥，不會再讓妳受欺負了。」

葉韻垂了眼眸，好久之後，她才出聲：「我過得很好，哥，你別擔心。」

葉韻領著葉世安離開的時候，顧九思剛從淨室裡出來。他頭髮上帶著水氣，柳玉茹拿帕子替他擦乾。

她一面擦，一面隨意道：「方才舅舅來同我借了件衣裳，說是給韻兒的，他當真細心得很，不僅想著給韻兒加衣服，借衣服的時候還想著以葉韻的身分，他侍女的衣服是不方便穿的。」

「那是自然，」顧九思輕嗤出聲，「妳也不想想，他這輩子哄了多少姑娘。我和妳說，我娘說的，他還是個嬰兒的時候，就只要漂亮的女人抱。十四五歲，喜歡他的女人就從東都排到揚州。他十六歲來揚州待過一段時間，不用報自個兒身分，憑一張臉都能在揚州哄姑娘，所以妳說他對女人細不細心，體不體貼？」

柳玉茹聽著，微微皺眉：「舅舅到底幾歲了？」

顧九思輕笑：「妳猜？」

「得有三十三吧？」柳玉茹認真思索了一下。

顧九思搖搖頭，隨後道：「三十六了。」

柳玉茹愣了愣，卻是完全沒想到的，顧九思嘆了口氣，隨後道：「我知道妳的意思，是想著撮合一下葉韻和他，但是這事吧，我覺得妳還是放一放。」

「怎的呢？」柳玉茹有些疑惑。

其實她也不是故意要撮合的，只是江河送衣服給葉韻，就突然想起這事來。葉韻還年輕，總歸要有個著落，孤孤單單過一輩子，若是她選的還好，可柳玉茹清楚知道，這從來不是葉韻想要的人生。

江河好，他有閱歷，有能力，最重要的是，以江河的性子，必然不會介意葉韻的過往，甚至還有幾分欣賞的。

顧九思聽柳玉茹發問，想了想，終於道：「妳可知他為何至今未娶？」

柳玉茹不大明白，顧九思接著道：「細節我其實也不清楚。但我知道一件事，以前我小時候，在他府邸裡見過一個牌位，那牌位沒有寫名字，但是他一直放著，誰也不知道這個牌位是誰的，我娘猜是他喜歡的人。」

「喜歡的人？」

「對。」顧九思點點頭，接著道：「我娘說，他也不是一直不想娶妻，十六歲時他同家裡說過，他打算娶一個姑娘，但是後來再也沒提過，家裡問了，他就說死了。等過了好幾年，有一日他突然在自己府裡放了這個牌位。他不娶妻，除了一個歌姬給他生了個女兒，也沒個正兒八經的孩子，這事家裡人早說過好多次，聽說我外公曾經把他打到臥床一個月，都沒扭轉他的意思。所以妳千萬別想著撮合他們，若是葉韻心裡有什麼想法，勸著點，別往上面撲。這些年我見過往上面撲的姑娘多得去了。」

這話說得柳玉茹有些沉重，顧九思看了她一眼，見她憂慮起來，趕緊道：「別想這些了，我今日及冠，妳打算送我什麼？我同妳說，不上心的東西可打發不了我。」

柳玉茹聽到這話，抿了抿唇，笑了起來。她起身道：「早準備好了。」

說著，她去旁邊櫃子取了一個木匣子出來。

顧九思有些興奮，想知道柳玉茹拿著這木匣子做什麼，柳玉茹把木匣子放到顧九思面前，抿唇笑道：「你猜猜是什麼？」

顧九思想了想，內心帶了點激動。

他輕咳一聲，有些不好意思道：「是不是香囊？」

繡鴛鴦戲水那種。

柳玉茹搖搖頭，「比這個好，你再猜。」

比這個還好？

顧九思立刻嚴肅了神情，繼續道：「是不是同心結？」

妳親手編的那種。

柳玉茹繼續搖頭，「比這個實在。」

「那……那是鞋墊？」

親手繡的那種。

顧九思皺起眉頭，他其實不是很想收這個，以前柳玉茹送過，他不覺得驚喜。

「再想想。」

這下他真的想不出來了，他不知道一個女子捧一個木匣子給自己的郎君，到底能送出什麼花樣。

柳玉茹見他想不出來，不再為難他，打開木匣子，顧九思愣了，裡面放著一個權杖，權杖下面壓了一疊紙。

「這是……」顧九思愣愣地看著裡面的東西，說不出話來。

柳玉茹將頭髮撩到耳後，從裡面拿出權杖，平和道：「這個是玄玉令，你拿著這個權杖，以後我名下經營的所有商鋪，見這個權杖都等於見到我。我私下開了學院，還培養了一批護衛，等過些年這些孩子長成了，你拿著這個權杖，他們都會聽你的。」

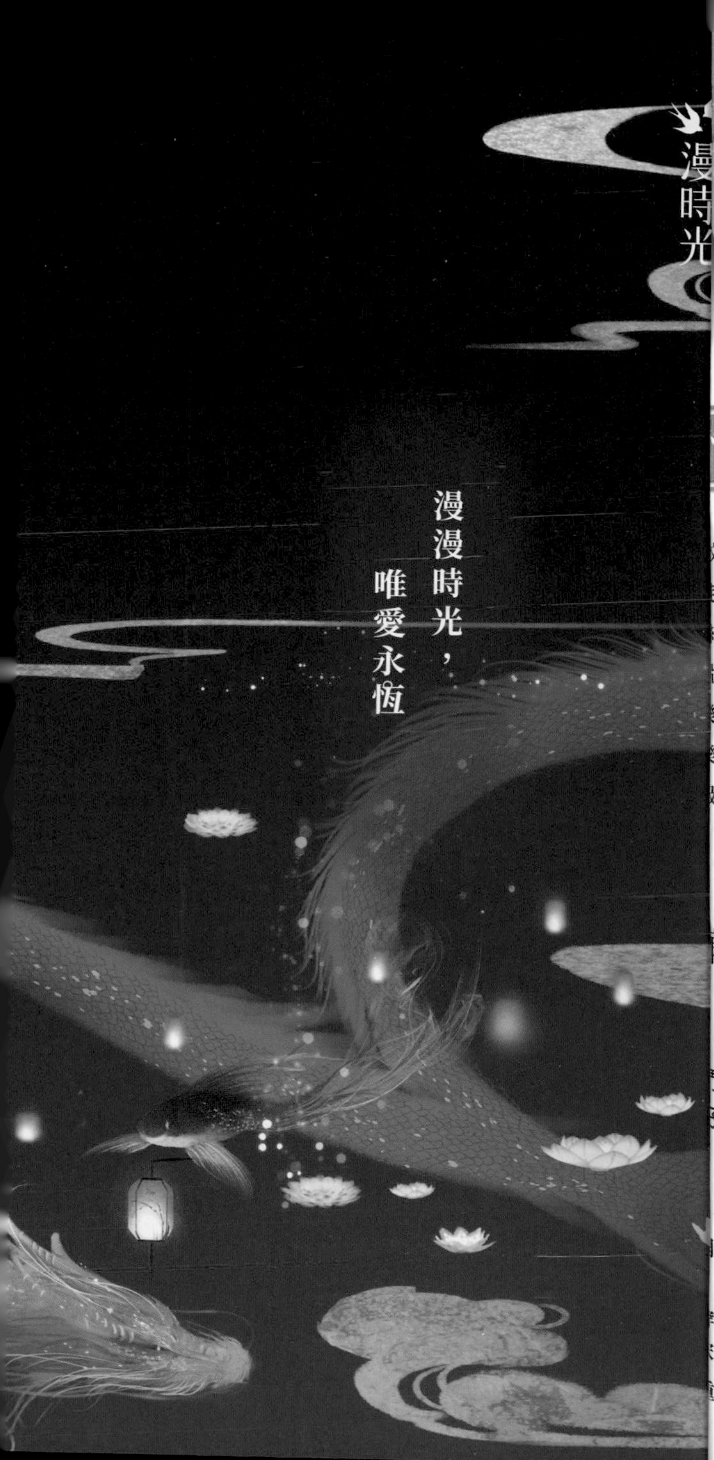
漫時光
漫漫時光，
唯愛永恆

致青春
adolescence
致那些我們美好的青春。
甜蜜暖萌，從校園到都會，
最動人的愛情故事。
高寶書版粉絲團
高寶致青春IG

2023 萬眾矚目

柔軟甜寵系作者——曲小蛐

從小就有天馬行空的想像力，內向的表層下永遠躁動著一顆不安的心。
珍惜表達，更熱愛創作，期待用作品搭構自己的理想國。
作品風格多元，但都甜到你的心坎裡！
代表作：《他最野了》(高寶書版)、《別哭》(高寶書版)、《吻痣》、《渡我》等。

新浪微博：@曲小蛐。

《他最野了》 全三冊

喜歡，是明目張膽地偏愛——

★人氣作家曲小蛐高糖之作
★大野狼商彥X小紅帽蘇邈邈 馴服野獸校園愛情童話
★當當網青春文學暢銷榜五星好評、晉江積分72億
★4萬字全新番外 麻辣教師商嫻X小虎牙薄屹 年下逆襲姐弟戀

敬請期待最新作品

《別哭》 全三冊/預計2023.5月上市

衆生予我桀驁，而妳令我淪陷——

★清冷腹黑AI大神遇上柔軟可愛的盲眼女孩，AI語音助手、仿生機器人，還有駱湛，不管哪一個，都是我。
★人氣作家 曲小蛐 高甜悸動青春之作。
★晉江積分67億，高人氣漫畫《別哭》小說原作。

超人氣青春甜寵作家——棲見

晉江人氣作者，文章風格輕鬆甜暖活潑逗趣。
德語系，歷史宅，次元遊離病；甜食控，麻辣火
人生終極目標是能過上貓狗雙全的日子，也想把
都寫出來給大家看。
代表作：《喜歡不喜歡》、《一見到你呀》、《可愛
(高寶書版)、《玫瑰塔》(高寶書版)、《白日夢我

新浪微博：@棲見嗎

《玫瑰塔》 全三冊

「謝謝妳帶著光，劃破黑夜，
來到我面前。」

★《白日夢我》、《可愛多少錢一斤》超人氣青春甜寵作家棲見療癒暖甜力作！
★酷冷浴血歸來兵哥哥X甜軟狡黠小狐狸，青梅竹馬，甜蜜追愛！
★網路積分43億，萬名網友同聲大讚！

敬請期待最新作品

《桃枝氣泡》 全三冊/預計2023.4月

從此，我做你的來時路，也做你的不歸途。
★高人氣作家棲見繼《白日夢我》後高甜校園力作！
★冰山學神·江起淮X小太陽校霸·陶枝
★晉江積分近50億，影視、漫畫版權已售出！

2023強檔預告 新晉作者

甜蜜永不斷，2023強檔預告

★《降落我心上》——翹搖
★《桃枝氣泡》——棲見
★《別哭》——曲小蛐
★《我的重生脫單計畫》——艾小圖
★《雲深清淺時》——東奔西顧

2023新晉作者

★咬春餅

心懷熱愛，感恩生活。堅信每一個故事裡，無論主角、配角，都在這個世界真實而鮮豔地存在，並且繼續他們的人生。

已出版小說《悍夫》，爆笑中夾雜著溫柔，讓人看見不一樣的愛情面貌，萬千讀者好評推薦。

★艾小圖

言情明星作家，熱愛美食，嗜辣成性；喜電影、小說，喜八卦；厭論文、數學，厭早起。情緒化星人，高興生氣瞬間更迭，過夜即忘；歡迎誠懇交流，溫柔得罪。
艾小圖帶來的故事，總是真摯又動人，劇情永不落俗套。

著有《愛情高級訂製》、《建築師今天戀愛了嗎？(網路原名：滿分戀愛設計論)》(高寶書版)、《光陰童話》、《日光沉寂，豆蔻彼年》、《我曾純粹愛過你》、《第二次初戀》等，其中，《愛情高級定制》、《建築師今天戀愛了嗎？》、《光陰童話》等多部作品均已影視化。

顧九思聽得呆呆的，然後又見柳玉茹拿出了好幾份契書，繼續道：「這些都是我商鋪的契書，花容、神仙香，以及後續的商隊，所有我經手的產業，我都給了你分紅。你二十歲了，應當有些自己的產業。」

說著，柳玉茹抬眼看著顧九思，顧九思呆呆地看著面前的東西，瞧不出喜怒，柳玉茹一時有些忐忑，她猶豫了一會兒，慢慢道：「我不知你喜不喜歡，但我向來是個實在人，想送你東西也不知道送你什麼，原本準備了銀子，又覺得銀子用了就沒了，不比這些東西。原本大戶人家，這些東西都該是家裡給你的，你在官場上當官，有些東西得有，只是家裡之前的情況，公公婆婆也給不了你，我心裡就一直為你盤算著。」

「其實不用的……」顧九思的聲音有些沙啞，他垂下眼眸，看著面前的契書，勉強笑起來，「玉茹，妳這樣，讓我覺得自個兒很沒用。」

柳玉茹聽到這話愣了愣，她沉默下去，心裡有種難以言說的酸楚湧上來。

「他們也同我說，」她低聲道：「一個姑娘家，替郎君謀劃這麼多，郎君未必喜歡，甚至覺得是我太過強勢了。可我心裡總想著該為郎君多做些什麼。我也知道這些事不需要我做，您將虎子從幽州帶來東都，便是讓他在東都城裡為您布置眼線，您自個兒也有自個兒的護衛，可是……」

柳玉茹的話沒有說下去，她嘆了口氣，抬眼看向顧九思，「您別介意，我不是覺得你不行，我只是想要自己配得上你，為你多做一些。」

聽到這話，顧九思慢慢笑了，他伸手將人輕柔地攬進懷裡。柳玉茹靠著他的胸口，聽著他的心跳。

他的肩膀長寬了許多，有了青年人的模樣，柳玉茹靠著他，聽著他道：「玉茹，妳沒有配不上我，別總這麼想。」

「你如今太好了，」柳玉茹嘆了口氣，「九思，有時候我看著舅舅，就會想你未來是什麼樣子，每次想著，都覺得不安。」

「老匹夫害我啊。」顧九思用手捂頭，有些無奈道：「玉茹，其實很多時候吧，是我在想，妳這姑娘怎麼這麼好，我該怎麼回報。」

「妳喜歡的東西不多，錢這件事上，妳自己會賺，又不讓我幫忙。凡事妳都幫著我，我卻幫不上妳什麼。妳什麼都替我想好了，放在我面前，每次妳這樣做，我都覺得妳怎麼能這麼好？每次我以為這已經是我能見到的最好的，妳又能讓我看到更好的妳。若說不安，當是我不安才對。」

「我給不了妳喜歡的，一直接受妳的付出，這該如何是好？」

聽著這些話，柳玉茹抬頭看他。

顧九思唇邊帶笑，但笑容裡滿是無奈，似乎是拿她沒了法子。

他長得太俊了。

柳玉茹瞧著他的模樣，心裡想著。

哪怕成了親，哪怕是他的人了，可是每一次瞧著，都會覺得有種說不出來的新滋味。

此刻他一隻腳盤腿穩著身形，另一隻腳屈膝搭著手，長髮散披，身著單衫，外面攏了件月色長袍，他低著頭，寶石一般的眼裡全是她，他們挨得太近，風吹過來時花香捲著他的髮輕撫在她臉上，像是無聲的觸摸。

柳玉茹忍不住紅了臉，重新將頭埋在他胸口，伸手環住他，小聲道：「我喜歡的你已經給我了，不用多想的。」

「嗯？」顧九思發出一聲鼻音。

柳玉茹聽著他沉穩的心跳，聲若蚊吟：「我喜歡你。」

這話讓顧九思愣了愣，片刻後，忍不住朗笑出聲，柳玉茹感受著他胸腔的震動，聽見青年在夜裡止不住的笑聲，不敢抬頭。

「柳玉茹啊柳玉茹，」顧九思出聲道：「我這輩子，算是栽在妳手裡了。」

他怕是再也找不到一個，這麼實誠，又這麼撩人的姑娘了。

成人禮過後，顧九思休沐了三日，等他回朝堂時，朝中負責黃河修繕的官員名單便出來了。

黃河修繕這件事是大夏建國以來耗資最大的工程，范軒看得極重，顧九思本以為此次修繕黃河一事的主管，應當就是洛子商了。畢竟計畫是他提的，錢也是他弄來的，其他人就算過去，不過是個眼線。

然而等當庭宣布聖旨時，顧九思聽到自己的名字。

「令戶部尚書顧九思領工部侍郎洛子商負責黃河修繕之事……」

顧九思皺了皺眉，抬頭看了座上的范軒一眼。

范軒看上去有些疲憊，對於這個旨意，明顯沒有任何更改的餘地，所以也沒有提前通知顧九思。

等下朝之後，顧九思去找范軒，他剛進御書房，便聽范軒道：「朕知道你的意思。」

顧九思將話咽了下去，范軒批著摺子，淡道：「如今戶部很忙，你剛當上尚書，還需要穩住戶部，不宜外出，你的意思，朕知道。」

「那陛下是作何考慮，要微臣去修繕黃河？」

顧九思皺起眉頭，在這種關鍵時期調離東都，戶部尚書的位子還沒坐穩就外出，范軒是什麼意思？

「修繕黃河，是大事，」范軒淡淡開口，「九思，你年紀輕，根基不穩，得做出些實事，在百姓心中有位子。有了位子，日後在朝堂，大家就要掂量幾分。洛子商拚了命修黃河，便是這個意思。」

顧九思靜靜聽著，范軒放下一本奏摺，揉著自己的額頭，「朕想抬你，這事交給你辦。黃河茲事體大，朕左思右想，都不放心洛子商一人主管，若是他有異心，在這事上做了手腳，日後出了事怎麼辦？」

顧九思得了這話，面上立刻嚴肅起來，范軒繼續道：「戶部這邊，畢竟在東都，江侍郎的能力足以應付，你放心。」

范軒這一串話說下來，顧九思便明白了。

范軒始終不放心洛子商，而且他作為范軒要培養的人，必須要給他一個表現機會，因此他把黃河這個事交給顧九思主管。洛子商如今錢已經到位，圖紙也給了，就算臨時撤走也無所謂，所以換了這件事的主事，洛子商也沒辦法。而將江河安排在戶部當戶部侍郎，江河本就在東都根基頗深，又是顧九思的舅舅，顧九思就算去修繕黃河，江河也一定會幫顧九思擺平戶部。

因此，顧九思去修黃河這件事，可謂內外的障礙都掃除了。

顧九思不知道范軒是從什麼時候開始計畫這件事的，或許是從把江河放在戶部侍郎這個位子上的時候，就已經開始籌備著給他一個在百姓裡立根的機會，而洛子商又送上門來。

顧九思看著面前的范軒，突然有了幾分敬意，他對范軒恭敬行了個禮，隨後道：「臣必不辜負陛下。」

「黃河這件事，要修，最難的不是錢，也不是怎麼修。」范軒淡淡開口：「而是整個修繕過程中，那些官員之間的關係。朕給你天子劍，你到時候過去，不僅要修黃河，黃河沿路這三州的帳目，你也要給朕查清楚。此行怕是波折頗多，你要多加小心。把陸永帶上，人情關係上你得聽他的。」

「微臣明白。」顧九思神色鄭重。

范軒點點頭，不再多說，只是道：「明白就好。可還有什麼要問的？」

顧九思沒說話，范軒抬頭看他，顧九思猶豫片刻，還是跪了下來，恭敬叩首道：「陛下，還望保重。」

范軒愣了愣，片刻後，他笑起來，「你這孩子。」

說著，語氣溫和下來，像長輩一樣，同顧九思道：「去吧，別耽擱了。」

顧九思回到家裡時，柳玉茹正在清點家裡的東西。顧九思見著了，不由得有些好奇：「妳這是在做什麼？」

「陸老同意給我錢了，」柳玉茹笑了笑，接著道：「還有舅舅和城中一些富商，我如今有了足夠的錢，該去做點事了。你來得正是時候，我正要同你說呢，我打算遠行。」

「又要遠行？」顧九思皺起眉頭，但他立刻反應過來柳玉茹是要去做什麼，便道：「妳是不是要去買船？」

「買船我不擅長，」柳玉茹走上前，從他手裡拿了脫下來的官袍，跟在他身後，細細解釋道：「我拜託公公婆婆去做這事了，以前公公買過好幾條船，比我有經驗。」

「那妳是去做什麼？」顧九思有些不明白，柳玉茹遞茶給他，笑著道：「去建倉庫。」

顧九思愣了愣，這才想起來，在合理的地方建立倉庫，方便分發貨物和轉運，是柳玉茹這個計畫體系裡最關鍵的環節。

顧九思把她設置的十一個點往腦子裡一過，立刻反應過來，高興道：「好呀，剛好和我一路。」

柳玉茹不明白，顧九思回過身抱住她，「陛下讓我去修黃河，妳地圖上黃河那一帶的位置和我差不多一致，妳要同我去嗎？」

「你修黃河？」柳玉茹詫異，「這不是洛子商的活兒嗎？」

「陛下的主意。」顧九思笑得有些無奈，他將范軒的算計與柳玉茹講了一番，柳玉茹不由得有些擔心，顧九思看了她一眼，「妳愁眉不展，是在擔憂什麼？」

「洛子商出了這麼大的力，」柳玉茹緊皺著眉頭，絞著手帕，「如今卻被陛下這麼擺了一道，以他的性情，我怕他心有不甘。」

「他與我們本就是死敵，」顧九思滿不在意，「難道我還要怕他報復不成？我擔心的倒不是洛子商。」

顧九思思索著，和柳玉茹一起往飯廳走去。

「那你擔心什麼？」柳玉茹有些好奇。

顧九思嘆了口氣，「我是擔心，陛下如今的舉動，太冒進了。」

「我升得太快了，陛下也太著急為我培養黨羽。他先是強行把我推到了尚書的位子上，又逼著陸老放手成了我的後盾，如今再將黃河之事交給我，若我猜得不錯，等秋試時候，我很可能會是主考官。」

大夏第一場秋闈，若顧九思是主考官，他將收穫自己第一批門生。

「這樣一說，陛下的舉動，的確太著急了些。」柳玉茹被顧九思點明，也跟著擔憂起來，「陛下是如何打算的呢？」

「我擔心，是因為陛下時日無多了。」顧九思嘆了口氣，接著道：「其實陛下身體不好，這件事我來東都便已知道。如今他這麼扶我，怕他的身體比我們所有人想像得都要差。太子不是個可靠的，陛下如今怕是想替他打造一個班底，等太子登基後，由這個班底繼續將大夏運行下去。」

顧九思說著，停在院子裡。

院子裡蝴蝶落在盛開的夏花上，顧九思注視著夏花，慢慢道：「陸永貪欲太盛，又是堅定的廢太子派，所以陛下把他拉下去，如今扶我上來，就是希望我能接替陸永的位子。陛下如今收拾好了太后黨派，肅清朝野，兵力上留了周大人對外，內部留了左相張鈺統籌，錢上有我，民生有曹文昌、廖燕禮。有這樣的格局，只要太子不要亂來，大夏繼續穩穩當當的發展，日後再行南伐，便一統有望。」

「陛下如今對你這樣好，也算是施恩了。」

顧九思沒說話，許久後，他輕嘆口氣，將柳玉茹拉進懷裡，提了聲音道：「算啦算啦，不說這些啦，我們去吃飯吧。陛下命我後日啟程，剛好能過七夕。」

聽到這話，柳玉茹抿唇笑了笑，「都什麼時候，還過七夕。」

說著，她抬手輕輕戳了戳顧九思額頭，「不正經。」

「下朝之後，也要有個人生活的呀。」顧九思振振有詞，「國家國家，有國有家，不能有了百姓忘了媳婦兒。」

柳玉茹被他這歪道理說得忍不住笑起來。

兩人拉著手進了飯廳，沈明已經在飯廳裡等著了，他見顧九思進屋，高興道：「九哥，來，這兩日趕緊好好吃幾頓，馬上就要上路了。」

「胡說八道什麼呀。」蘇婉聽到這話，忍不住開口：「什麼上路不上路的。」

「對不住，」沈明聽到，趕緊抽了自己一巴掌，同蘇婉道：「瞧我這張嘴，亂講什麼。是啟程，我們馬上就要啟程去修黃河了。」

「修黃河？」江柔詫異，看著顧九思道：「當真？」

顧九思笑了笑，坐到江柔身旁，點頭道：「當真，我後日啟程，同玉茹一起。」

「修黃河不是小事，」顧朗華輕咳一聲，吩咐道：「別太跳脫，穩重些。」

正說著話，江河就拐了進來，他手裡拿了一方手帕，明顯是姑娘送的，看了眾人一眼，笑著落座：「怎麼，在說小九思去修黃河的事？」

「你也知道？」江柔抬眼看向江河，江河將帕子塞進懷裡，聳聳肩道：「陛下朝廷上下的聖旨，想不知道也難呀。」

「這是好事吧？」江柔有些忐忑地詢問江河，江河想了想，低頭夾菜，隨意道：「辦成了就是好事，辦不好就不是好事。」

「那便是好事了。」柳玉茹笑著，「郎君這樣的能力，怎會有辦不成的事？」

這話出了，全場沉默，片刻後，蘇婉尷尬地笑起來，「吃菜吃菜。」

顧家一家人其樂融融吃著東西時，洛府之中，洛子商站在書房裡，看著書房裡的山水圖。後面謀士議論紛紛。

「出了這麼多銀子修黃河，不就是為了讓主子多些名聲？如今錢是主子出的，圖紙是主子畫的，他顧九思突然冒出來分一杯羹，這算怎麼回事？范軒這是欺人太甚！」一個謀士憤憤不平地開口，旁邊的人點著頭，似是贊成。

「事情也不算太壞，」另一個謀士慢慢道：「顧九思是主管，但怎麼修不也是主子的事嗎？只要黃河是咱們主子動手來修，這便足夠了。」

「一千萬來做這麼一件事，」最先說話的謀士開口，「是不是代價太大了些？」

「可日後揚州交通便利，貨物成本降了，商貿發達之後，稅收自然也就多了。張先生，目光要長遠一點。」

「可是……」

「好了。」洛子商終於不耐，回過頭淡道：「別吵了。」

所有人停住爭辯，恭恭敬敬站在洛子商面前。

洛子商回到書桌前，把弄著手中的玉球，淡道：「你們說得都有道理，如今讓我來修黃河，這便已經不虧了。他們如此打壓我，太子是看在眼裡的。我是太子的人，打壓我，便等於打太子的臉，范軒每這麼做一分，就是把范玉往我這裡推一分。這天下終究是范玉的，」洛子商聲音平靜，「一千萬，總會賺回來。而且黃河修好了，也是積德嘛，大家火氣別這麼大。」

這話出來，大家都不敢說話了。洛子商手指靈巧地轉動著玉球，繼續道：「不過張先生說得也沒錯，一千萬，我不僅想要不虧，我還想要多賺著點，顧九思這人，太礙眼了。」

「主子的意思是？」張先生有些忐忑，詢問洛子商的意思。

洛子商抬眼看向站在這裡的所有人，笑了笑，卻是抬手撐住了頭，淡道：「等會兒。」

大家不敢說話，這一等，就等了許久，大夥兒都站著，但沒有一個人敢出聲打攪似在撐著頭午睡的洛子商。

等到夕陽西下，終於有人從外面匆匆進來，步入廳中，朝著洛子商恭恭敬敬行了禮，隨後道：「主子，打聽清楚了。」

洛子商沒有睜眼，閉著眼道：「說吧。」

「明日顧九思會在悅神祭上做主祭，到時候人又多又雜，是個好機會。」

七夕悅神祭是東都每年最盛大的祭祀之一，主要由禮部操持舉行，挑選出人於東都護城河邊獻舞悅神。

這種場合要挑長得好的青年才俊，這一年挑上顧九思，也沒什麼奇怪。

洛子商得了消息，慢慢張開眼睛：「聯繫太后那邊了嗎？」

「聯繫上了，」下人不敢抬頭，繼續道：「消息也給過去了。」

「嗯。」洛子商點點頭：「行吧。」

「主子，」旁邊的侍衛出了聲，低聲道：「我們這邊是否要準備人？」

洛子商想了想：「北梁那邊的隊伍是不是帶過來了？」

「是。」侍衛應聲道：「一直養在暗處。」

「那就是了。」洛子商笑起來，眼裡帶了冷光，「若是太后沒動手也無妨，我們親自送他上路也行。」

得了這話，侍衛立刻跪了下來，應聲道：「是。」

洛子商布置好了一切，而顧九思則是在七夕當日，天一亮就出了門。

他十分高興，走之前同柳玉茹道：「妳今日別出門，在家裡等我信號。我叫妳出來妳再出來。」

柳玉茹知道他又有什麼要做的，便笑著道：「好。」

顧九思高高興興走出家門，出門時便見江河環胸靠在門口，扇子輕輕敲打在自己肩上。

「小九思，」江河勾著嘴角，「今日舅舅為你算了一卦，不宜出門呢。」

第六章　搓衣板

聽到這話，顧九思愣了愣，下意識道：「你什麼時候學會算命的？」

「哦，」江河聳了聳肩，「昨日。」

「那算了吧，」顧九思露出嫌棄的神情來，「半路出家，怕是不準，我先走了。」

「小九思，」江河站在顧九思背後，笑著道：「不聽舅舅的話，可能會被人打哦。」

顧九思頓住步子，片刻後，他擺擺手道：「老年人就好好休息，別來管年輕人的事了。」

江河得了這話，呆了片刻，隨後嗤笑出聲：「小崽子。」

片刻後，一個侍衛走到江河身旁，小聲道：「主子，這次負責城防的官員名單在這裡。」

江河從手上侍衛手裡拿了官員名單，看過之後，有些好奇道：「咦，南城軍軍長陳茂生為何負責悅神祭的區域？」

陳茂生是太子一手提拔上來的人，可以說是太子嫡系，陳茂生這個位子，原本是沈明負責，如今臨時將沈明換了，一看就是熟人手筆。

「據說是昨夜調的。」侍衛恭敬道：「大公子去周大人府上一趟後，陳茂生就換了。」

江河看著名單沒說話，片刻後，他笑了笑，「這小子。」

說完，他將名單折好，放在懷中，同侍衛道：「他自己有自己的打算，派幾個人盯緊一點。哦，你等會兒和負責這次悅神祭的楊大人說，今夜臨時改一下環節。」

「改環節？」侍衛不大明白。

江河雙手攏在袖中，往長廊走，淡道：「主祭獻舞之前，讓替身先熱場。但這事別說出去，誰都不能說，等臨時再換替身上。」

悅神祭獻舞，都會準備兩個人，就怕臨時出事。只是這麼多年，從來沒出過事，因此替身雖有，但極少上場。

侍衛愣了愣，隨後笑起來道：「主子還是不放心大公子。」

「望萊，他還年少。」江河叫了侍衛的名字，笑了笑道：「能想到這麼多已經不錯了。只是洛子商這個人吧……」

江河停下來，抬手摘了庭院邊的葉子，笑著的眼裡帶了些冷，「屍骨堆裡爬出來的毒蛇，難捉摸得很。」

望萊站在江河旁邊，不敢答話，他想起什麼，許久後，開口道：「主子，要不要……」

「不必。」江河已知道望萊要說什麼，打斷道：「什麼都不必做。」

望萊不再說話，嘆了口氣，應聲道：「主子，望萊先退下了。」

江河應了一聲，站在門口，沒再多說什麼。

顧九思獨身出了門，一路過街穿巷，他走得極快，兜兜轉轉繞進一間民宅，進門之後，便看見一群人聚集在裡面。

虎子領頭在前，他如今個子長高許多，每日習武，看上去強壯許多，一進來他趕緊上前，叫了聲：「九爺。」

顧九思看了周邊一眼，所有人跟著虎子恭敬道：「九爺。」

顧九思點了點頭：「都準備好了？」

「準備好了。」虎子立刻道：「今日我們在城中安排了五百人，只要有人動手，便立刻拿下。」

「嗯。」顧九思應聲道：「看好夫人。」

「明白。」虎子點頭，「您放心，一切都會按計劃進行。只要您給了暗號，我們這邊立刻放箭。」

顧九思拍了拍虎子的肩膀，又和虎子商量一下今日的流程，等到中午才走出門，剛出門，就看見沈明靠在門口，挑眉看著顧九思道：「路上殺了兩個跟著的，你膽子也真大呀。」

「不是有你嗎？」顧九思笑了笑，「你以為我把你特地換出來做什麼？」

沈明輕嗤出聲，回頭道：「我要和柳老闆說漲工錢。」

「瞧你這出息。」顧九思鄙夷地看了他一眼，隨後道：「今晚幫我看著玉茹，別讓她受驚了。」

「加錢。」

「你真的掉進錢眼裡了。」顧九思瞪他一眼，隨後道：「她夜裡約了葉韻一起遊街。」

「她約就約唄，關我什麼事？」沈明一副不在意的模樣，顧九思嘆了口氣，「沈明，我說你也老大不小了，別幼稚了。」

「你說什麼我聽不懂。」

顧九思呵呵笑了笑，沒有多說。

顧九思去了禮部，沈明跟到禮部之後私下回去。他剛走，便讓人去了葉家，同葉世安說了一聲，讓葉韻夜裡同柳玉茹一起去出去。葉世安得了顧九思的口訊，猶豫片刻，同侍衛道：「讓他務必小心。」

七夕的東都熱熱鬧鬧，白日就開始掛花燈，兵部派人布防，禮部在護城河邊準備夜裡的遊船。

所有人忙忙碌碌，但敏銳的東都官員卻清晰感覺到熱鬧忙碌之下的暗潮流湧。

而這一切，對於普通人來說渾然未覺，柳玉茹在家裡好好打扮著，等到夜裡便聽外面傳了話道：「少夫人，葉小姐來了，問您要不要一道？」

柳玉茹頓了頓，隨後道：「大公子可說了時辰？」

「葉小姐說，」印紅恭敬道：「便是大公子叫她來的。」

聽到這話，柳玉茹放下心來，她點了點頭，笑道：「那就去吧。」

說著，柳玉茹走出門，葉家馬車等在門口，柳玉茹上了馬車，便見葉韻坐在車裡，手裡拿了一卷書，抬眼看她，笑了笑道：「妳家郎君怕是有得忙，特地讓我來陪妳先逛今夜的集市。」

柳玉茹聽到這話，抿唇道：「我成了婚的人，哪裡需要這些，倒是妳，今日在街上要多看看，若是遇到喜歡的，妳告訴我，我幫妳打聽。」

「柳玉茹，」葉韻有些無奈，頭痛道：「我覺著，妳真是越來越像我娘親了。」

「這大概就是為何成了婚的女人不受待見吧。」柳玉茹嘆了口氣，「罷了罷了，今日也別多想，隨意逛逛集市就好。」

馬車往熱鬧的地方行去，到了正街馬車便行不了了，柳玉茹和葉韻下了馬車，由下人護著走在大街上。

此刻人不算特別特別多，十分適合閒逛，兩個姑娘手挽手走在街上，一路買著零碎的東西，柳玉茹笑著道：「我發現打從認識妳開始，年年七夕都是同妳過的。以往咱們不能出門，都在妳家院子裡穿針，今年出來遊玩，倒是頭一遭。」

葉韻得了這話，挑著簪子道：「也算是長大的好處吧。」

柳玉茹瞧著她挑的簪子，伸手指了一根白玉簪道：「這個好瞧些。」

兩人一面挑著簪子，柳玉茹一面打量四周，葉韻察覺柳玉茹的警惕，不由得道：「妳上街來一直張望著，是張望什麼呢？」

柳玉茹得了這話，挽著葉韻，壓低了聲道：「陛下將黃河主管一事交給九思，妳可知道？」

「聽兄長說了。」

「今日早晨我出來，九思特地同我說，聽他吩咐之後再出來，他慣來是不會同我說這些的，所以我想著，今日應當是有什麼事要發生。」

柳玉茹說話的聲音小，葉韻卻聽到了，她沒做聲，柳玉茹繼續道：「而且明日就要去黃河，他竟然接了悅神祭主祭這個位子，都不休息一下，他慣來不做無用的事，必然是想要做什麼。」

「玉茹，」葉韻聽著，忍不住笑了，「妳這人，就是心眼兒太多。顧九思什麼都沒跟妳說呢，妳就猜得透透的。」

「嗯？」柳玉茹有些疑惑，「妳知道什麼了？」

「妳可知道今日城防沈明本是主管之一？」葉韻見柳玉茹好奇，便也不藏著，「我聽說，昨個兒顧九思去了周府，後來沈明就被換下來了，換成了太子近臣，陳茂生。」

柳玉茹愣了愣，腦子裡迅速思考著，嘴上卻是試探著道：「此次主事的是周大人？」

「周大人負責安排人手，詳細的還是這些年輕人管，要是出了岔子，自然是下面的人擔事。」葉韻分析道：「我聽兄長和叔父悄悄商議，說顧九思這一次特地換了陳茂生，就是為了防著洛子商。」

「防洛子商？」柳玉茹愣了愣，隨後反應過來，「九思的意思是，陳茂生管這件事，如果洛子商在這時候動手，那麼陳茂生官位必定不保？」

而陳茂生是太子插在東都軍中一顆舉足輕重的棋，若是因為洛子商廢了，洛子商和太子的聯盟也算完了。

「的確如此。」周邊的人漸漸多起來，葉韻看著街邊的花燈，一邊道：「我問了兄長，兄長便是這麼說的，他讓我們放心，說顧九思他已經安排好了，讓咱們好好逛花燈就好。原本他們還不讓我告訴妳。」

「怎的呢？」柳玉茹笑著道：「他們做什麼，還不告訴我？」

「顧九思同我兄長說，這些事他不想讓妳知曉，反正妳也不必知曉，他希望我今日來陪著妳，看看花燈，然後看他給妳的驚喜就好了。」

柳玉茹愣了愣，葉韻笑著回頭，眼神裡帶了幾分偷掖，「他說呀，他家玉茹平日已經操心得很了，他不忍這些俗事讓她煩憂。」

「他真是……」柳玉茹一時不知道該說他好還是壞。

葉韻明白她的意思，忙道：「可我知道，妳這個人操心慣了的，他的心意是好的，可是妳太聰明，瞞不住，所以我便告訴妳了。」

「知我者，還是韻兒。」柳玉茹笑著道：「他總是想將好的給我，我知曉，便很高興了。」

「所以妳也別辜負他的心意，」葉韻忙道：「我聽說這次七夕全城的安排，顧九思特地和禮部一起商量，花了許多心思呢。」

說著，葉韻從旁邊買了兩張面具，她抬手蓋在柳玉茹臉上，遮住半張臉，柳玉茹是隻狐狸，她是隻兔子，她看著柳玉茹笑：「瞧，這小狐狸多像妳。」

柳玉茹露出責怪的眼神，低聲道：「妳才狐狸，不正經。」

葉韻笑出聲，挽著柳玉茹一起逛街。

她們在街上遊玩時，洛子商領著人走在大街上，他穿了一身紅色繡金線長袍，戴著玉冠，面上罩了一方純白色的面具，將整張臉遮得嚴嚴實實，只漏出一雙帶著豔色的雙眼。

一個行人匆匆朝他走來，低聲道：「主子，人手都安排好了，但沈明的位子讓陳茂生頂了。」

洛子商腳步微頓，身後跟著的侍衛立刻道：「主子，這怕是局，要不要收手？」

洛子商沉默片刻，輕輕笑起來，「看來，顧九思是賭我不會動手了。」

「可惜啊，」洛子商抬眼看向遠處護城河上燈火輝煌的花船，淡道：「他的命在我心裡，比他想像的值錢多了。」

「那主子的意思？」侍衛猶豫著詢問。

洛子商手中金扇張開，吩咐道：「派個人去給太子報信，說顧九思讓陳茂生頂替沈明的位子擔任布防，怕是為了找事嫁禍陳茂生，如今換人是來不及了，讓他早做準備。」

「是。」侍衛應聲，隨後道：「之後的刺殺計畫呢？」

「葉韻在哪裡？」洛子商轉頭一問，卻是問了這個問題。

侍衛愣了愣，隨後道：「屬下即刻去查。」

「查到葉韻的位置，把葉韻擄走，葉世安必亂。葉世安一定會找沈明幫忙，等他們兩人調人去找葉韻，顧九思一定以為我此番礙於陳茂生不敢動他，到時候他只要在主神祭上冒頭，便讓人用強弩將他當眾射殺於弩下。」

侍衛得令，立刻吩咐下去，沒多久，他們便找到了葉韻和柳玉茹的位置。

「葉韻和顧少夫人在一起。」侍衛提醒。

洛子商拿著扇子的手頓了頓，片刻後，他淡道：「只抓葉韻，柳玉茹……」

他猶豫片刻，隨後笑起來，「畢竟還是合作夥伴，我可指望著她掙錢呢，別管她了。」

說完之後，洛子商讓人將絕大部分的人馬調到葉韻和柳玉茹附近，埋伏了過去。

柳玉茹和葉韻正在街上猜著燈謎，和老闆討價還價一盞兔子花燈。

沈明帶著葉世安和許多暗衛潛伏在他們周邊，盯緊四周的情況。

「你說今日這種情況，還放她們出來閒逛，是不是太危險了點？」

沈明嗑著瓜子，看著對面的葉世安。

「她們哪天出來不危險？」

葉世安淡定回答，看了旁邊的街道一眼，平靜道：「而且，洛子商的目標在九思，抽不出人手來這邊。總不會費盡心機就為了殺兩個小姑娘洩憤。他如今要做的是剷除九思，讓他接管黃河一事，不讓一千萬打水漂。不過他今日也不太會動手，只要他動手，陳茂生就完了。加上我們這麼多人守著，相比平日，今日怕是最安全的了。」

「若他不在意陳茂生呢？」沈明有些好奇。

葉世安瞥了他一眼，「不在意陳茂生可以，他還能不在意太子嗎？他若有心輔佐太子，就不可能廢掉陳茂生。」

沈明睜著眼，還是不太明白，「那萬一他也不想輔佐太子呢？」

葉世安被這話問愣了，「不想輔佐太子，他來東都做什麼？」

話剛說完，周邊突然衝出一批人，他們毫不遮掩，拔刀朝著葉韻的方向直衝，沈明和葉世安反應極快，抽出刀劍，一把將柳玉茹和葉韻推到身後。

周邊突然亂了起來，也不知道是哪裡來的人，天上地下無孔不入，密密麻麻直衝葉韻而來！葉世安擋在葉韻身前，低聲道：「韻兒莫怕。」

話剛說完，葉世安便被人一刀和葉韻逼開，葉韻被人一把拉走，沈明原本護著柳玉茹，看見所有人都朝著葉韻湧過去，腦子一熱，顧不上柳玉茹這邊，一腳飛踹過去，刀橫劈而過，斬下面前人的頭顱。

血噴濺到兩人臉上，葉韻強忍著惶恐和噁心，被沈明推到葉世安身邊，大喊道：「帶著她走！」

而柳玉茹在沈明抽身那一瞬間，便見刀光驟然砍了下來，一個侍衛飛撲到她身前，她驚得動彈不得，就是這一刻，一隻手將她猛地往後一拉，抬手用合攏的金扇扛住了飛來的長刀，一腳踹開面前的人後，便拖著她跑出戰局。

刀光劍影之間，柳玉茹瞥見那雙帶著豔色的眼睛，驚喜出聲：「九思！」

那人動作一僵，卻不回聲，飛踹開攔路的人，拖著柳玉茹一路狂奔出去。

而另一邊，雙方主戰場上，沈明領著人和一群人打得難捨難分，那些人全然不顧性命，也要追著葉韻和葉世安。葉世安帶著葉韻衝入巷子，剛進巷子，就看見江河手執花燈，笑咪咪站在巷子裡看著葉韻和葉世安。

葉世安愣了愣，隨後立刻大聲道：「江叔叔！」

「喲，」江河高興道：「平日不見這麼嘴甜。」

葉世安抓著葉韻朝江河一路狂奔過去，後面一批追兵跟上來，江河身後跟著一隊人馬，他「嘖嘖」兩聲：「年輕人火氣真旺，好好的七夕，都被他們糟蹋成什麼樣了。」

說著，他朝著身後的人揚了揚下巴，「去，把屍體都拖進來，放在外面多嚇人。」

話剛說完，葉世安和葉韻身後的人瞬間拉弓放箭，羽箭飛射而來，葉韻朝著江河飛撲過去，江河眼神一冷，伸手一把抓住葉韻，將她往身後一扯，旋身一轉，便將她護在身後，而這時望萊已經擋在江河身前，用刀斬下了飛來的羽箭。

葉韻躲在江河身後，她看見身前的人，他的身形高瘦俊朗，如泰山立於身前，讓人無端安心。

就在羽箭飛射過來的瞬間，江河的人已經衝了上去，瞬息之間就將巷子裡的人斬了個乾乾淨淨。

血水流了一地，這時沈明終於衝了進來，著急道：「葉韻沒事吧？」

江河看了看滿臉焦急的沈明，又回頭看了看站在他後面的小姑娘，「唔」了一聲後，打量一下緊張得抓著袖子的葉韻，隨後道：「看上去，應該沒什麼事。」

說著，江河朝著巷子外面走去，「外面解決了？」

沈明擦了把臉上的血，眼睛卻是不停地瞟著葉韻道：「解決了。」

「那容在下問一個問題，」江河露出苦惱的神情，「在下的姪媳婦呢？」

這話一出，所有人都愣了，沈明罵了一聲，轉頭就領著人衝了出去。

葉世安從地上爬起來，方才為了躲箭，他乾脆趴了下去，此刻才直起身，他撣了撣身上帶著泥土的衣袖，朝著江河行禮道：「江世伯。」

「唉，」江河嘆了口氣，「方才叫我江叔叔，如今叫我江世伯，世安，你這樣，以後我可就不救你們了。」

「世伯說笑了，」葉世安恭恭敬敬道：「九思說您不會不管我們的。」

「嘶……」一聽這話，江河頓時露出頭痛的表情，「他在這兒算計著我呢。」

葉世安沒說話，片刻後，江河轉頭看他，「守在我這個老骨頭這做什麼？還不去找玉茹？」

「玉茹沒事。」葉世安神色平靜，江河挑挑眉，「哦，何以見得？」

「江世伯還在這裡和晚輩氣定神閒聊天，」葉世安沉穩回答，「自然沒事。」

「你們這些小狐狸，」江河哭笑不得，「一個兩個的，算我算得精。」

葉世安笑笑，沒有說話，葉韻終於緩過神來，故作鎮定來到江河面前，行禮道：「謝過江世伯。」

「行了行了。」江河擺擺手，「妳也受驚了，先回去吧。」

說著，江河便領著人要走，走了兩步，江河覺得有人在瞧他，回過頭去，看見葉韻垂下眼眸，江河愣了愣，想了想，卻是笑了，低頭看了自己手裡的花燈一眼，走到葉韻面前，將花燈交給她道：「這盞兔子燈孩子都喜歡，妳拿著壓壓驚吧。」

葉韻愣了愣，片刻後，伸出手接過這盞花燈。

然後她在原地站了好久，才聽葉世安道：「還不走嗎？」

葉韻回過神，瞧見葉世安溫和的面容，他笑了笑，「我們家韻兒，果然還是個小姑娘啊。」

葉韻心裡微微一顫，低啞出聲：「走吧。」

葉世安領著人護著葉韻迅速回撤，江河帶著人去清繳洛子商剩下的人。而這時候，洛子商抓著柳玉茹，一路往前狂奔。

姑娘的手腕又細又軟，他拉著她穿過人群，穿過小巷，她沒有半分懷疑，跟著他一路狂奔。

那一瞬間，洛子商不知道為什麼，居然有種自己還是年少時，浪跡天涯的錯覺。只是這一次不同，他這次帶著一個姑娘，這個姑娘很嬌弱，可是卻咬著牙一直跟著他的步伐，沒有半分拖累，她那嬌弱的身軀裡，蘊藏著令人驚嘆的力量，讓他忍不住為之讚嘆。

兩人一路跑到護城河邊，終於甩開了身後的人，洛子商和她喘息著停下來，旁邊是吆喝著的人來人往，護城河水在一旁靜靜流淌，小船載著人從旁邊從容搖過。

兩個人一面笑，一面看向對方，然而柳玉茹在看第二眼時，便覺得有些不對勁。

面前的人戴著面具，穿著顧九思一貫愛穿的紅袍子，他有一雙和顧九思極其相似的眼睛，可是在他抬眼看她，仔細注視時便察覺出不一樣來。

顧九思的眼永遠通透澄澈，可這雙眼睛卻帶了種說不出的深沉，彷彿埋葬了無數過往在眼睛裡，化作一灘深井。他瞧著她，眼裡的笑沖淡了陰沉，柳玉茹瞧著他，試探著開口：「九思？」

他笑著歪了頭，柳玉茹一時拿不准這人是誰了，這人看出她的疑惑，伸出手握住她的手，將她的手放在他的面具上。

她用了力，掀起他的面具，就在這一瞬間，遠處煙花沖天而起，猛地炸開。煙火照耀下，她看清了面前人的模樣。

蒼白的臉，薄涼的唇，長得有些陰柔女氣的五官，除了那雙眼睛以外，與顧九思截然不同的長相。

他們差別太大，大到如果不是單獨露出那雙眼，根本無法察覺他們的相似。

柳玉茹呆呆看著面前的人，洛子商嘴角噙笑，煙花一朵接一朵炸開，洛子商從柳玉茹手裡取走面具，笑著道：「柳老闆猜錯了。」

說著，將面具重新扣到臉上，他維持著笑意，只是這一次的笑意卻未到底，他一直看著柳玉茹，注視著柳玉茹臉上的表情，慢慢道：「我不是顧九思，我是洛子商。」

「洛公子，」柳玉茹反應過來，穩住心神，她有諸多問題，許久後，終於道：「洛公子為何帶我到此處。」

「妳往東方看。」洛子商轉過頭，看向煙花綻放的方向，柳玉茹跟著他的話抬頭，看見遠處的煙火，聽他道：「我聽聞，這裡是最佳的觀景之處。」

柳玉茹腦子是懵的。

她知道洛子商如今出現在這裡，一定不是什麼好事。方才襲擊他們的人肯定是洛子商派的，她不明白，洛子商襲擊她們是為了做什麼。他不是要殺顧九思嗎？不把所有人手拿去埋伏顧九思，為什麼要抓她和葉韻？難道還打算用她和葉韻威脅顧九思？

她偷偷看了洛子商一眼，覺得這個可能性十有八九。他親自出手擄了她，那就當真是把自己拉下水，要和顧九思來個魚死網破。可他在東都經營這麼久為了修繕黃河的位子，要走到這一步嗎？

柳玉茹不知道，她只知道，如果洛子商真的是做了這樣的盤算，她大是活不了了。

心裡飛快思索著如何從洛子商這裡打聽到更多消息，就聽洛子商道：「柳夫人不必多想，在下今日當真只是順道救妳而已。」

「你這麼好心？」柳玉茹忍不住問。

洛子商笑了笑，「柳夫人，我真金白銀給了妳這麼多錢，錢還沒回本呢，怎麼會讓妳死？」

柳玉茹聽到這話，放下心來。

遠處煙火已經放完了，周邊小船都被清理開，只留最大一艘花船停在河中央。花船上搭了架子，架子旁有一群鼓師。

明月當空，周邊安靜下來，鼓聲響了起來，洛子商靜靜看著前方，慢慢道：「柳夫人，洛某不做無用的事。殺妳並沒有什麼好處。」

鼓聲緩慢，月光流淌在河面上，帶了蕭索莊重的意味。

柳玉茹的目光忍不住隨著眺望過去，她知道洛子商的確不會殺她，便大著膽子，開口道：「您可以劫持我，威脅顧九思。」

聽到這話，洛子商似是覺得好笑，轉頭看她一眼，玩味道：「那您覺得，顧大人能為您做到哪一步呢？」

「我不賭人心。」柳玉茹神色平靜，江風帶著寒意，吹得她的髮絲凌亂地拍打在臉上，她看著遠處的花船，淡道：「所以我不會讓他選擇，這樣，在我心裡，他就永遠會選擇我，我永遠是最重要的。」

洛子商愣了愣，他看著姑娘在月光下的側顏。

她生得美麗，而今她十八歲，正是一個女人一生中最好的時光，帶著嫻靜又堅韌的美麗，盛開在他的眼裡。

他感覺自己心似古琴，被人撥彈出音響。

這輕輕的撥動，對於他來說並不意味著什麼，它阻礙不了什麼，改變不了什麼，只是化作音律，繚繞於心。

他沒有說話，轉過頭看向遠方，這時候笛聲響了起來，洛子商聲音裡帶了幾分嘆息：

「我不知道他心裡妳是不是最重要的，可我如今卻知道，妳心裡，他必然是很重要，乃至最重要的。」

柳玉茹愣了愣，片刻後，她笑起來，臉上帶了這個夜晚第一絲暖意，她轉頭看向洛子商，認真道：「那是自然。」

「為什麼呢？」洛子商有些不理解，柳玉茹笑著回答：「他是我家郎君啊。」

「每一個女子都是如此嗎？」洛子商繼續詢問。

柳玉茹不太明白：「什麼每一個女子？」

「每一個女子心裡，她的郎君都是這麼重要嗎？」

「這自然不是的。」

柳玉茹轉過頭看向遠處花船，她有些冷，抱住了自己。這個時候，人群喧鬧起來，一個白衣男子從花船中走了出來。

他穿著莊重的禮服，頭頂羽冠，手持響鈴法器，踏著莊重又美麗的腳步出現在所有人視野中。

柳玉茹忍不住溫柔了眼神，遙遙注視著那個白衣身影，柔聲道：「更重要的是，他不僅是我家郎君，他還是顧九思。」

花船上，主祭手中法器「叮鈴鈴」搖著舉了起來，就在那一刻，十幾隻羽箭破空而去，臺上的白衣郎君甚至還沒來得及轉換下一個動作，便被猛地貫穿了身體。

全場靜默。

片刻後，尖叫聲、呼喊聲、哭聲交織成一片。

柳玉茹震驚地看著花船之上，洛子商站在一旁，靜靜看著她。

柳玉茹盯著花船，她張了張口，發不出聲。

她想叫那個人的名字。

她知道他是今日的主祭。

她顫抖著身子，轉過頭，看著旁邊的洛子商。

洛子商靜靜看著她，神色裡甚至帶了些憐憫。

「抓妳們，是為了調開他身邊的護衛。妳想報仇，我隨時等著。」他的聲音冷靜又平和：「妳若快一些，或許還能來得及同他說最後幾句話。箭上淬了毒，活不成的。」

話剛說完，柳玉茹一把推開他，朝著花船的方向狂奔而去。

此時所有人都從那個方向衝過來，她逆著人群一路狂奔，洛子商遠遠瞧著姑娘的身影。他發現這個人，真的很愛逆著人群往前走。

她跑得跌跌撞撞，那麼柔弱的身軀，卻帶了撥海平山的力量。他不明白自己為什麼要告訴她這些，他只是覺得，這個姑娘來得匆忙，去得也這般果斷，彷若他從未靠近過一般。

遠處鬧成一片，侍衛走到洛子商身後，恭敬道：「主子，一切已經辦妥，後續如何？」

「後續……」洛子商神色平靜，眺望遠方。遠方山水一色，河水的腥氣夾雜夜風而來，燈火倒映在水中，他注視著柳玉茹已經跑到對岸的身影，輕笑出聲：「自是另一番天地。」

柳玉茹一路狂奔著衝向花船，剛到花船停靠的岸邊，便看到周邊布滿了守衛，似乎已經開始排查。柳玉茹擦了把眼淚，走上前去，吸了吸鼻子故作鎮定道：「這位大人，我……我……」

她說不出話來，讓自己冷靜一點，再冷靜一點，可是始終說不出話，只有眼淚撲簌而落，讓她看上去嬌弱可憐得不行。

守衛看著這樣的柳玉茹，頓時心軟下來，忙道：「這位夫人，可是有什麼事？」

柳玉茹從懷裡拿出顧九思給她的權杖，她捏緊拳頭，用疼痛讓自己冷靜下來，許久後，深吸一口氣，才哽咽道：「我要……我要見顧大人。」

生要見人，死要見屍。

守衛接過權杖，趕緊安排人護送她進去。

此刻花船上到處都是士兵，似乎經過了一番廝殺，柳玉茹被帶到內艙，而後便看見一個人躺在地上，他被白布蓋著，孤零零地躺在船艙裡。

周邊沒有人，柳玉茹看著那屍體，忍不住退了一步，差點摔下去。還是身後跟著過來的奴婢扶住了她，提醒道：「夫人小心。」

柳玉茹的身子微微顫抖，她用帕子捂住自己的嘴，讓自己不要太過失態。

奴婢扶住她，不明白她為什麼有這麼大的反應，忙道：「夫人，若妳太不舒服，奴婢扶著您到門口站著。」

「不……不必。」柳玉茹喘息著，朝著地面上的男子走過去，她慢慢蹲下來，沙啞道：「他……走得可痛苦？」

「沒什麼痛苦的。」那奴婢立刻道：「抬下來的時候，人已經涼透了。」

柳玉茹聽著這話，覺得心上像壓了一塊大石頭。

她想掀開蓋著他的布，卻又不敢，她蹲在屍體旁，沙啞道：「妳出去吧，我想一個人在這裡坐會兒。」

「顧夫人……」奴婢猶豫了一下。

柳玉茹流著淚，猛地大吼：「我讓妳出去！」

奴婢愣了愣，忙行禮退了下去。

人一走，柳玉茹整個人癱了下去，她跪在屍體旁，低頭抹著眼淚。

「你倒是好了……」她哭著，「人一走，什麼都留給我。平日同你說過多少次要小心謹慎，你慣來不聽我的，就覺得全天下就你最聰明，你最厲害……」

柳玉茹數落著，便停不下來，眼淚啪嗒啪嗒落下，彷彿成了唯一的慰藉。

這時候顧九思剛從船艙下面回來，他在下面審問抓來的凶手，聽到柳玉茹來了，本來轉身就想上上面的船艙，但他身上染了血，只能先去換了套衣服，又洗過了手，這才回來，結果走到門口，就聽見柳玉茹在裡面哭。

他頓了頓步子，聽著柳玉茹在裡面哭著數落：「你這個人，若是要死，怎麼不早點死，你如今死了，要我怎麼辦？」

顧九思有些鬧不明白，他彎了腰，在紙窗上戳了個洞，就看著柳玉茹在裡面哭，她哭得十分動情，特別委屈，哭著哭著，抬手狠狠拍了那屍體兩下，怒道：「顧九思，你給我起來！」

那兩下拍得扎實，顧九思瞧著都覺得疼，不由得縮了縮，他大概明白是什麼情況了，想著應當進去和柳玉茹說清楚他沒死，可不知道為什麼，又生出一種好奇，想知道若是他死了，柳玉茹會怎麼辦。

好奇心終究壓過了理智，他決定繼續看下去。

柳玉茹坐在屋裡，她打完了屍體，又不再動了，靜靜看著屍體，好久後，她啞聲道：「罷了，你都去了，我和你計較什麼呢？」

說著，她顫抖著手，慢慢伸向屍體面上蓋著的白布，低啞著聲道：「你放心，我會讓洛子商給你陪葬。你……」

話沒說完，她拿著手裡的白布，呆呆看著地上躺著的陌生人，愣了。

這時候，外面傳來江河的聲音，調笑道：「喲，小九思，你撅著屁股在這兒看什麼呢？」

顧九思看得正專心，冷不防被江河一扇子抽在屁股上，當場跳起來，吸了一口涼氣道：「你打我做什麼！」

話剛說完，整個人僵了，他才意識到，柳玉茹必然聽到了。

他一回頭，便看見門轟然大開，柳玉茹捏著門，站在門口，冷冷看著門前捂著屁股的顧九思。

她哭花了妝，臉色很冷，眼睛裡像是淬了冰，死死看著顧九思。

顧九思保持著捂屁股的姿勢不敢動彈，看著面前明顯盛怒的柳玉茹，聰明的小腦袋瓜瘋狂轉動，好久後，艱難擠地出一個比哭還難看的笑容：「玉茹，妳在這兒啊……」

「聽了多久？」柳玉茹直戳重點。

顧九思怎敢說實話，假裝什麼都不知道一般道：「什麼聽了多久？我剛到門口……」

「他聽了快一刻鐘啦。」江河在旁邊立刻補充，「我在他後面站了有這麼長時間。」

「江河！」顧九思憤怒瞪向旁邊看熱鬧不嫌事大的江河。

江河靠在柱子上，用扇子敲著肩膀，高興道：「怎麼，還不讓人說實話了？」

「你……」

「顧九思。」柳玉茹冷冷開口。

顧九思立刻轉過頭，堆砌出笑容，往柳玉茹面前走去，討好道：「玉茹，怎麼了？有什麼想要的？有什麼想做的？」

柳玉茹伸出手，盯著顧九思，顧九思有些不理解，就聽柳玉茹道：「手。」

顧九思伸出手，柳玉茹拉過他的手，撩起袖子，看見上面白嫩無痕的皮膚，她又去拉另一隻，最後還想去拉他胸口，顧九思嚇得趕緊一隻手捂住衣服，另一隻手握住她作亂的手，小聲道：「這裡人多，回家去脫。」

「你……」柳玉茹眼裡又帶了眼淚，「你沒事吧？」

顧九思愣了愣，隨後明白過來，柳玉茹這是嚇壞了。他心裡又暖又高興，還帶了幾分心疼，趕緊道：「沒事，我還沒上好妝呢，楊大人突然同我說讓我先別上，說怕我體力撐不住全場，先讓替身上。我還在上妝，這替身一上去，人就沒了。」

說著，顧九思眼裡冷了幾分，但立刻想起柳玉茹在身邊，怕嚇著柳玉茹，忙把人拉進懷裡，抱著她，用手順著她的背和頭髮，誑哄道：「妳被嚇著了吧？別害怕，我沒事的。」

「都處理完了嗎？」柳玉茹抓緊他胸口的衣服。

顧九思想著，她必然是害怕極了，趕緊道：「都審完抓完了，我現在讓人下去端了他們老巢，玉茹，妳是不是累了，我們回家。」

柳玉茹抽噎著點頭，顧九思抬頭看向江河，江河正看著天邊明月，對上顧九思的目光後，他領悟了，隨後立刻道：「關我什麼事？我與佳人有約，再會。」

「舅舅！」顧九思立刻叫住江河，哀怨道：「我娘她說……」

「住嘴。」江河立刻打斷他的話，隨後道：「你回去吧，我去處理。」

顧九思點點頭，趕緊道：「謝謝舅舅，我就知道您對我最好。」

「滾！」

得了這個「滾」字，顧九思興高采烈護著柳玉茹下了船，到岸邊上了馬車。

柳玉茹真的被嚇到了，一路上依偎著他，顧九思作為男人的虛榮心空前膨脹，他從來沒見過這麼小鳥依人的柳玉茹，一路又哄又勸，想讓柳玉茹放心。

「真的，我跟妳發誓，這一切都在我意料之中。」

「你說謊，」柳玉茹哭哭啼啼，「你說在你意料之中，那那個替身怎麼會死？你是會讓人白白送死的性子？今日若不是他死，就是你死了！」

「不……不是，」顧九思趕緊道：「以我的身手，怎麼可能被暗箭射中？這個替身真的是意外，那時候我剛聽說妳們那邊出事，把人送過去，想著洛子商應該沒有多餘的人手在這邊，不會在一開場就動手。」

「那不是動手了？」

「十個人就敢動手埋伏我，他藝高人膽大是意外啊。」

「那你說，」柳玉茹坐正了身子，擦著眼淚道：「替身是意外，那我和葉韻出事呢？你總不會說，你連我也算計在內。」

「這個……」顧九思艱難地開口，「也、也是意外……」

「不是全在你意料之中嗎？」柳玉茹立刻反問，淚眼汪汪看著顧九思，「你意料裡有這麼多意外？」

「所以我讓沈明葉世安跟著妳們，而且我舅舅那個人肯定跟著，他在妳們絕對不會出事。玉茹，我都是做了安排的。」

顧九思信誓旦旦。

這時候馬車到了顧府。柳玉茹也不同他爭吵，她吸了吸鼻子，和顧九思下了車，顧九思扶著她，同她一起進了屋。

柳玉茹哭到脫力了，進屋便坐在床上，靠著床頭不說話，顧九思趕緊忙前忙後讓人去打水，柳玉茹看見印紅進來，朝她招了招手，小聲道：「將搓衣用的板子拿來。」

印紅愣了愣，不明白是什麼意思，但還是去拿了。

等印紅把搓衣板拿回來時，柳玉茹已經洗過臉，卸了妝。她只穿著一身單衣靠在床頭，一副生無可戀的模樣，顧九思在一旁忐忑地擰著帕子，時不時偷瞟柳玉茹一眼。

了。

柳玉茹朝著印紅點點自己身前，印紅便將搓衣板放了下去，柳玉茹揮了揮手，印紅便走了。

房門關上後，屋裡剩下柳玉茹和顧九思，顧九思看著面前的搓衣板，有些不大明白：「玉茹，這個板子拿過來是做什麼的？」

柳玉茹靠在床頭，聲音哀切：「今日我以為郎君去了，心裡也快跟著去了，郎君可知玉茹心苦？」

「知……知道。」顧九思總覺得有什麼不好，說話有些結巴。柳玉茹坐直了身子，吸了吸鼻子，看著顧九思道：「但玉茹也想明白了，成婚時玉茹就想著，郎君性情張揚，雖然聰明，但做事不夠謹慎，玉茹應當時刻提醒郎君。可後來郎君讓玉茹太過放心，玉茹便沒有干涉太多，但今日看，郎君做事，還是太過冒失，今夜好好悔過，明日路上，睡得也好。」

顧九思明白了，他看著面前的搓衣板，感覺膝蓋有點疼。

柳玉茹看著他，溫和道：「郎君可要上來睡？」

「不了，」顧九思沉痛道：「夫人說得對，我太冒失，讓夫人受驚了，這就跪板自省，痛思己過，感激夫人提醒。」

說完，顧九思立刻跪在搓衣板上，一臉嚴肅地看著柳玉茹道：「夫人，我跪這姿勢可還英俊？要不要我再往前兩步，還能替妳擋光？」

第七章　暗湧

柳玉茹被他的話逗樂，但她知道自己不能笑，她轉過頭去，故作冷淡道：「你別給我貧嘴，自己想想錯在哪裡。」

「我不該看著妳哭還在外面瞧著不進去。」顧九思忐忑地看了柳玉茹一眼。

柳玉茹淡淡回頭看他，「這是小事，還有呢？」

「我嚇著妳了。」顧九思繼續悔過。

「我問你，」柳玉茹回過頭看他，「這次事情，是不是你一手安排？」

「是。」顧九思坦然承認，沒有半分遮掩。

「你猜洛子商會在這時候動手？」柳玉茹皺起眉頭，顧九思點頭道：「他這次損失慘重，不會輕易甘休，如果我死了，黃河修繕一事就會落回他手中。而且最近城裡頻頻異動，虎子報給我聽，我便猜到是他要動手，自然不會放過這個機會。」

「你還把這當機會？」柳玉茹氣得笑了，「別人要殺你，你拿自個兒的命去賭？」

「玉茹……」顧九思鼓著勇氣道：「我、我也是有分寸的。」

說著，他解釋道：「我在昨夜去找了周大人，臨時將陳茂春調過來負責巡防，就是想著，他見太子的人負責此事，便不會隨便異動。若他真的動了，那陳茂春也就完了，我現下已經讓太子府的線人去跟太子通報此事是洛子商做的，洛子商明知負責人是陳茂春還動手殺我，他和太子的關係也就破了。」

「所以他只有兩個選擇，第一個選擇，他顧忌陳茂春不刺殺我，但他不動手，我也會安排人動手的。只要有個藉口，我便可以讓人直接追蹤他的殺手的位置，今夜做乾淨，我們出行黃河才安穩。」

柳玉茹靜靜聽著顧九思的謀劃，他鮮少同她這麼詳細說這些，她也不打斷，讓他繼續道：「第二個選擇，就是他刺殺我。可原本這不該出事，因為他千里迢迢來東都，就是為了獲得太子信任，在未來就像把控王家一樣把控太子。如今他為了刺殺我得罪太子，明顯不智，可他依舊這麼做了。但我也把這點可能性防範下來了，如今全城都是我的人，他們就算亂，也不會出事的。」

柳玉茹靜靜聽著，顧九思有些著急道：「我知道今夜嚇著妳，可是我……」

「我被洛子商帶走了。」柳玉茹平靜出聲。

顧九思愣了愣，柳玉茹轉眼看他，顧九思整個人是懵的。

柳玉茹走失這件事，沈明的人還沒來得及通知顧九思，緊接著顧九思這邊就遇上了刺殺，柳玉茹便出現了，之後江河才過來，而江河沒來得及告訴顧九思這件事，顧九思自然不知道。

顧九思呆呆看著柳玉茹，片刻後，他反應過來，立刻道：「沈明出事了？」

他吩咐沈明照看柳玉茹，依照沈明的性子，除非他死了，不然不可能讓柳玉茹被洛子商劫走。

柳玉茹有些疲憊，她不想讓顧九思責怪沈明，她清楚知道沈明選擇的意義，那只是人的本能，她並不怪罪，只能轉了話題道：「九思，你太冒進，你以為事事都在你手中，可事事不會都如你所料的。」

顧九思沒有說話，他跪在地上，沉默許久後，慢慢開口：「這次是我思慮不周……」

「不是你思慮不周！」柳玉茹見他還不明白，實在克制不住情緒，猛地提了聲音，「是你根本就不該賭！」

顧九思垂下眼眸，柳玉茹劇烈喘息著，她走上前，半蹲在顧九思身前，看著顧九思道：「九思，你什麼都能賭，唯獨命不可以，你明白嗎？錢沒有了，我們可以再掙，官沒有了，我們可以復官，唯獨命沒有了，就真的什麼都沒有了。」

「我不明白。」顧九思抬眼看向柳玉茹，他克制又冷靜，「過去我們便是這樣走過來的，如果命不能賭，妳為什麼要回揚州？妳為什麼要繼續當我的妻子？妳為什麼要去揚州收糧？妳為什麼要和我在望都被困時繼續堅守？妳為什麼要喝下那杯毒酒？玉茹，妳我一直在賭命。」

「那是過去。」柳玉茹看著顧九思，認真道：「九思，過去我們是不得不賭，如今我們有得選，有得選，為什麼要賭？你今日賭這一場是為了什麼？為了離間洛子商和太子？為了拉下一個陳茂春？你明明可以選擇多加防範，可你在為了你的政治目標，選擇了更冒進的道路。」

「今日若不讓洛子商動手，到黃河路上他再動手，會更麻煩。」顧九思聲音平靜。

柳玉茹深吸一口氣，「這是你事後的想法，若你不是抱了極大的勝算，怎麼敢讓我和葉韻上街？」

這一次顧九思終於不出聲了。

其實柳玉茹說得沒有錯，他的確失算了。只是雖然失算，但他知道江河在他身後，江河為他補了最後的漏缺。

但不管如何說，他依舊差一點失去柳玉茹，柳玉茹始終是被洛子商帶走了。

他心裡害怕又愧疚，低著頭沒有說話，柳玉茹拉住他的手，嘆息道：「九思，你賭性太大，也太自負了。」

當年在揚州他敢同楊龍思賭跳馬，這樣的性子，永遠埋在他的骨子裡。柳玉茹看他跪著，想了想，起了身道：「起來吧，上床去睡。」

「我不去。」顧九思果斷開口，柳玉茹不由得笑了，「和我賭性子？」

「沒。」顧九思低著頭，「我犯了錯，該長這個記性。」

說著，他深吸一口氣，抬起頭看向柳玉茹：「我讓妳置身險境，這是我的錯。我思慮不周，太過冒進，這也是我的錯。可今日之事，我決定做，我不覺得有錯。」

柳玉茹靜靜看著他，聽他道：「玉茹，我們從沒走到可以安安穩穩過日子的時候。」

柳玉茹看著顧九思，顧九思繼續道：「一方面，太子對周大人態度不明，我們與周大人同氣連枝，未來如何不可確定。二來洛子商留在東都，怕是另有所圖。如今我們與洛子商已經勢如水火，未來他不會放過我們。我如今若不往上爬，日後洛子商掌權，顧家當如何？」

柳玉茹聽著顧九思說話，感覺疲憊升騰起來。

「九思，」她嘆了口氣，「要一直這麼鬥下去嗎？」

「玉茹，」他靜靜看著她，「我不僅有妳，有家庭，我還有兄弟。」

「我與周大哥是兄弟，所以我不可能站在太子這邊，只要周大哥不負我一日，我便得和周家站在一條線上，而太子不一定容得下周大人。」

「我與世安也是兄弟，他與洛子商有滅門之仇，我答應過他，會替他報此血海深仇。若太子賢德，洛子商良善，或許我還會有所顧慮，可以太子如今的脾氣，日後大夏必有紛爭，而洛子商之手段，大夏在他手中，必如今日之揚州。所以於公，我只能鬥下去；於私，我也必須鬥下去。」

柳玉茹聽著，坐在床邊，看著他明亮的眼，他沒有半分退讓，靜靜注視著她。

這樣的顧九思讓她無法移開目光，她看著面前的人，感覺自己的心跳，自己內心深處，那個小小的人所有的愛和仰慕。

一個人愛一個人，必是因為那個人值得所愛，而不是那個人愛你。

柳玉茹覺得自己其實是個心冷的商人，她的心很小，更多的是希望自己和家人活得好好的，她的世界沒有天下，也沒有蒼生。她只求自己不做壞人，但也不想承擔更多。

可是顧九思不一樣。

顧九思的眼裡，是君子之義，是友人之情，是烽火連綿，是大夏千里江山，是這厚土之上——千萬黎民。

他自己不自覺，然而柳玉茹卻從這個人的眼裡，清晰地看見他內心深處，那些天真又炙熱的期盼。

她感覺自己像是被這個人點燃了，讓內心裡那一點熱血跟著他躁動。這讓她無奈又暗藏喜歡，她嘆了口氣，只能道：「你既然覺得自己沒錯，又跪在這裡做什麼？」

「不，我錯了。」顧九思果斷開口。

柳玉茹注視著他，「什麼錯了？」

「讓妳遇險，讓妳受累，讓妳不安，便是我錯了。」

柳玉茹聽到這些話，愣了愣。

這個人心裡縱有丘壑，卻也有她。

她回過神，吸了吸鼻子，張口想說什麼，又哽咽無語，她抬起手指著顧九思，幾番想要開口，卻總無言出聲。顧九思知道她的情緒，伸手握住她的手，將她的手掌貼在自己的臉上，靜靜看著她，神色溫柔，「下次不會了。」

「我本想讓妳不知道外面風雨，該看花燈看花燈，該做什麼做什麼。可如今我知道了，我沒這麼厲害，沒這麼神機妙算，我日後，半點危險，都不會讓妳遇到了。」

「我不怕的。」柳玉茹終於找回言語，她感受著手下人的溫度，看著顧九思笑起來，「其實除了你出事，其他事我都不怕。」

「你是對的，」她垂下眼眸，「你說的，我都明白。葉大哥的仇，該報，太子無德，該做謀算。我就是……就是……」

柳玉茹抬眼看他，漂亮的眼裡眼淚撲簌落下來，「就是不明白，怎麼總要你犯險做這些？」

「你說我是個男人多好？」她認真道：「我若是男人，我替你出仕，我替你謀算，我替葉大哥報仇，我幫你實現你想要的太平人間。這樣你就能好好的，你當你的紈褲子弟，我可以給你好多錢，你每天都去賭錢、去鬥雞、去護城河夜遊，然後騎著馬唱著歌回來……」

「不好。」顧九思打斷她，趕緊道：「妳若是個男的，我就娶不了妳了。」

柳玉茹愣了愣，顧九思看著她，滿臉嚴肅，「讓我受苦吧，我願用生生世世磨難，換妳當我媳婦。」

「你……」柳玉茹被他的話說得心裡歡喜，臉上淚跡未乾，便忍不住揚起嘴角。

顧九思見她高興了，跪在搓衣板上，抱住坐在床上的柳玉茹的腰，頭靠在她的腿上，撒著嬌道：「玉茹，其實我做這一切都不覺得苦、不覺得累，我可以鬥一輩子，只要妳在我身邊。」

「我就什麼都不怕。」

柳玉茹看著靠在自己大腿上的人，輕輕梳著他的頭髮，眼神平靜又溫柔。

她沒有多說，她不是顧九思這樣喜歡表達心意的人，只是用手指梳著他的頭髮，一下又一下。

顧九思聞著她身上的味道，許久後，終於低聲道：「洛子商怎麼把妳擄走的？」

「當時太亂了，沈明顧不上來，洛子商戴著面具，他拉住我，我以為是你，便跟著他一起跑了。」

顧九思靜靜聽著，接著道：「以為是我？」

「嗯，」柳玉茹想了想，「我今日才發現，他的眼睛當真像你。今日他的穿衣風格也和你像，當時太亂，我沒仔細看，便認錯了。」

顧九思靠著她，沒有說話，好久後，他才道：「他擄妳做什麼？」

「大約是怕我被誤傷吧。」柳玉茹思索著道：「他這麼多銀子放我這，還指望我替他賺錢呢？」

「他把妳送到花船的？」顧九思繼續追問。

柳玉茹搖了搖頭，「他帶我到了渡口，我瞧見替身中箭，自己跑去找你了。」

「倒是要謝謝他。」顧九思低聲開口，聲音聽不出情緒，柳玉茹卻察覺他不高興了。

她想了想，低聲道：「他是看在錢的份上，你別想太多。」

顧九思悶悶應了一聲。

他沒有說出口的是，渡口那個位置，本是看煙火最好的位置。他原本就是讓葉韻將柳玉茹領到那裡去，這樣柳玉茹可以看到煙花，看到他給她獻上的悅神曲。

可是陪著她看煙火的卻不是他，而是洛子商。

男人最清楚男人，他一想到洛子商同柳玉茹站在渡口看煙火，心裡就快嘔出血來。可卻不能多說，他若說多了，怕會提醒柳玉茹，原本沒察覺的東西，也察覺出來。

他將頭靠在柳玉茹身上，認認真真跪著。

柳玉茹見他跪了一陣子，終於道：「別跪了，睡吧。」

「嗯。」

顧九思不耍賴了，站了起來。顧九思洗漱完躺到床上，從背後抱住柳玉茹。

柳玉茹半醒半睡，察覺他鬧騰，按住他的手道：「明日便要啟程了，不鬧了吧？」

「剛好在馬車裡睡。」

顧九思低低出聲，他耐心好得很，柳玉茹有了感覺，也就放任了去。

夜裡顧九思與平日有些不一樣，他小聲詢問著她，「玉茹，妳喜不喜歡？」

柳玉茹紅著臉，咬著牙關沒說話，顧九思察覺她似是高興了，他抱著她，低聲道：「玉茹，我樣樣都是比洛子商好的。」

柳玉茹意亂之中聽到這句話，有些無法思考，等完事之後，她躺在床上迷迷糊糊睡過去，才慢慢反應過來。

這個人，當真是孩子氣得很。

顧九思一覺睡到天亮前，外面傳來了鬧哄哄的聲音，顧九思瞬間張開眼睛，抬手捂住柳玉茹的耳朵，柳玉茹迷迷糊糊睜了眼，「怎的了？」

「妳繼續睡，」顧九思溫和又小聲道：「沈明回來了，我先去處理點事。」

柳玉茹放下心來，含糊著應了一聲，顧九思便起了身，披了件外袍，走了出去。沈明帶著虎子一群人擠滿了院子，邊角處幾個人舉著火把，將院子照亮，沈明見顧九思出來，趕緊用清亮的聲音開口道：「九哥……」

顧九思豎起一根食指抵在唇上，沈明卡住聲，顧九思轉頭看了看房裡，小聲道：「你嫂子還在睡覺。」

說著，他輕手輕腳朝著院外走出去，對眾人揮了揮手，低聲道：「小聲些，別驚著她。」

顧九思走的小心翼翼，躡手躡腳，其他人頓時不知道為什麼就緊張起來，跟在後面，幾乎沒發出任何聲音，迅速跟著顧九思走了出去。

等離後院遠了，到了正廳，顧九思坐下來後，沈明才上前道：「九哥，處理乾淨了。」

「沒留活口？」顧九思皺起眉頭，虎子立刻道：「爺，他們沒給自己留活口，我們特地留下幾個，全都自盡了。」

顧九思端茶的動作頓了頓，片刻後，繼續道：「今晚一共清理了多少人？」

「近五百個殺手。」沈明冷靜道：「他們動手後，我便立刻請示周大人，周大人撥派了人手給我。」

顧九思點點頭：「給太子那邊通風報信的人呢？」

「進了太子府，沒出來。」

顧九思沒說話，他端著茶，片刻後，淡道：「洛子商是有幾分本事。」

此番洛子商行事，完全不顧及陳茂春，顧九思派人將這個消息報給了太子，按理太子該和洛子商翻臉才是，可太子卻直接將人扣在太子府，甚至殺了也不一定，看來是打算要保下洛子商。

此刻天還沒亮，顧九思看了看天色，繼續道：「參陳茂春的摺子準備好了？」

「世安哥那邊準備了。」沈明立刻道：「明日會讓御史臺出面參奏陳茂春，世安哥說讓你放心，剩下的事他會辦妥。」

顧九思點點頭，太子如果要保下洛子商，這一次他們也沒抓到洛子商動手的證據，那洛子商還是動不了。但是也算是把洛子商在東都的人都清理了一遍，短時間內，洛子商很難再有大的動作。

這一次，算是顧九思這邊占了上風。

拔掉了陳茂春，等於太子手裡少有的軍權上的釘子被拔走，除掉洛子商的爪牙，也意味著至少黃河這一路，洛子商再難策劃第二次暗殺。

而太子就算保洛子商，始終是埋下了懷疑的種子。

顧九思閉著眼，腦子將今日的事情整體過一遍後，終於道：「好，」顧九思睜開眼，看了看周邊的人，笑道：「辛苦各位了。」

「不辛苦，」虎子笑起來，「跟著九爺混日子，有前途。」

顧九思笑了笑，同旁邊木南招了招手，木南便讓人抬了兩打紅包過來，顧九思親手將紅包一一發給在場的人，笑著道：「拿個紅包，回去洗個澡，好好睡一覺吧。」

所有人沒想到還能領到紅包，拿到以後不由得有些高興，朝著顧九思連連道謝，顧九思揮了揮手，讓眾人下去，隨後轉頭同虎子道：「我此去東巡，顧府就交由你照顧，你好好看著，有什麼情況便找我舅舅，戶部侍郎江河江大人，一切聽他安排。」

「是。」

虎子應了聲，顧九思點點頭，讓虎子先回去睡，等虎子離開後，顧九思讓下人先出去，屋內剩下沈明和顧九思，沈明從剛剛的打鬥所帶來的激動中慢慢緩過來，看見顧九思坐在位子上，他不說話，只是低著頭喝著茶，似乎在等他說什麼。

沈明頓時打了個激靈，猛地反應過來，他抿了抿唇，解了劍，便在顧九思面前跪了下去。

「我今日失職，」他悶著聲開口，「沒看好少夫人，您罰我吧。」

他用了「少夫人」和「您」，彰顯此刻他與顧九思的身分。哪怕平日稱兄道弟，他們始終還是上級和下屬的關係。

顧九思聽了，抿了口茶，看著外面的院子，慢慢道：「怎麼丟的？」

沈明沒說話，低著頭。

「說話。」

「葉大人護不住葉小姐，」沈明深吸一口氣，終於出聲，「我一時情急……」

顧九思得了這話，轉頭看他，沈明不敢迎向他的目光，這件事他自覺有虧，而顧九思盯著他，盯了好久後，終於道：「沈明，每個人在什麼位子上，都有自己的責任。」

「屬下知錯！」沈明叩首在地上，閉眼道：「九哥，你怎麼罰都成！今日就算你殺了我，我也覺得應該。」

顧九思定定看著他。

說不憤怒是假的，可是他看著不著調，內心裡卻是比誰都理智。他定定看著沈明，好久後，起身從旁邊取了沈明的劍鞘，遞給他。

沈明不知所以，顧九思上前跪在地上，月光落在大門前，顧九思將外袍取下，整整齊齊疊在一邊，他身著白色單衣，背對著沈明，同沈明道：「你叫了我九哥，我便是你兄長，你做錯事，我得替你擔著，劍鞘在你手中，擊背三下，你來動手。」

「九哥！」沈明嚇得出聲，忙到顧九思面前，顫聲道：「你打，我受著。」

「若今日你不動手，那我便管不了你，你出門去，無需再回來，也不必叫我九哥。」顧九思聲音平靜。

沈明愣了愣，看著顧九思，心裡難受極了，低低出聲：「九哥，你這樣，比打我難受太多了。」

「我不能打你，」顧九思冷靜開口，「你的所作所為，我明瞭。在你心裡，葉韻分量太重，你見她遇險，不能置之不理，這是人之常情。我本就不該把葉韻和玉茹放在一起讓你選，這是我思慮不周，逼著你做錯事。」

「我不該把你放在絕境裡，然後看著你做錯事後，又來懲罰你。所以這是我的錯，應當你來罰。」

說著，顧九思低下頭，冷聲道：「馬上要去上朝了，打。」

沈明提起劍鞘輕輕拍顧九思的背一下，顧九思抬眼看他，「下不去手，就一直打下去。」

「九哥，」沈明顫抖著聲，「你在逼我。」

顧九思靜靜看著他，沈明終於深吸一口氣，抓著劍鞘，狠狠抽打下去。

每一聲悶響，都像是打在他心上，疼得他整顆心都在抖。

等打完了，他一把扔了劍鞘，紅著眼就要出去。顧九思叫住他，「站住。」

沈明背對著他，咬著牙關不說話，顧九思撐著自己站起來，同他道：「我等會兒讓人準備一盒胭脂給你，走之前去葉府，送過去給葉韻。」

「不去。」

「不去也行，」顧九思撿起外袍披在身上，走出去道：「你自個兒想清楚，這次去黃河，一去可能就是大半年，葉韻也快二十歲了，我上次和世安聊天時候才聽他說，葉家打算替她找門親事。」

「這麼急！」沈明驚訝。

顧九思停在門口，轉頭看他，勾起嘴角，「沈明，男人不能總是讓女人等著，她大好年華，憑什麼等你？」

沈明愣了愣，顧九思也沒多說，轉頭回了屋裡。

天已經有了些亮色，顧九思披著袍子一進去，便見柳玉茹起身了，她看見顧九思進門，笑了笑道：「可梳洗好了？」

「還沒呢？」

顧九思看見柳玉茹，臉上的笑容就軟了下來，他一面從旁接了帕子擦了臉，漱口束冠之後，便穿上官袍，柳玉茹替他繫好腰帶，聲音平和：「昨夜已經做了太多了，今日要收斂一些，朝堂之上，便不要太露鋒芒了。」

「妳放心，」顧九思笑了笑，「我心裡有分寸。妳在家收拾好東西，我下朝回來可能就得啟程。」

「嗯。」柳玉茹低聲道：「早已打點妥帖，回來便可啟程。」

「有妳操持這些事，我是放心的。」顧九思低頭親了親她，隨後道：「我走了。」

顧九思出了門，而太子府裡，卻還亂成一團糟。范玉坐在正堂上踱步，探子一個又一個進來，放下最新的消息，讓侍從念給范玉聽著。洛子商坐在邊上，靜靜喝著茶。

「顧九思就是周高朗一條狗！」

范玉一面來來回回踱步，一面低低罵著：「本宮當初在揚州就看出他不是什麼好東西，毫無尊卑禮儀，和周燁簡直狼狽為奸。父皇就我一個皇兒，他們不好好輔佐我，如今還要這樣處心積慮動我的人，他們這是什麼意思？是想造反嗎？」

洛子商吹著茶葉，緩緩出聲：「殿下，顧九思既然動手，便不會留下破綻，殿下不如想想，接下來要如何應對？今日早朝，周高朗那邊必然要對陳將軍發難，殿下打算如何應對？」

范玉頓住步子，他有些猶豫，抬頭看向洛子商，緩了緩道：「太傅覺得，應當怎麼辦？」

「殿下，陳大人的位子，大概是保不住了。」洛子商嘆了口氣，「這樣的盛會，陳大人主管的地方出現這麼大的混亂，不僅當街擄人，最重要的是還刺殺戶部尚書，雖然顧九思沒有出事，但這已經是大事了。」

「那怎麼辦？」范玉皺起眉頭，洛子商低頭道：「如今我們只能以退為進，爭取陛下同情了。」

「以退為進？」范玉有些不明白。

洛子商小扇敲著手心，看了旁邊有些忐忑的陳茂春一眼，「等會兒陳大人脫了衣服，揹個荊條，去路上攔住顧九思道歉。」

負荊請罪。

「這事怕沒這麼好辦吧？」范玉皺著眉頭。

「陳大人先去，」洛子商看著陳茂春，催促道：「否則怕是來不及，一定要在大街上攔。」

陳茂春點點頭，然後趕緊出去。等陳茂春出去後，洛子商繼續道：「陳大人可能要暫時從南城軍領軍的位子上退一下，殿下可有替代他的人選？」

這一問，把范玉問住了，他皺著眉頭道：「必定保不住？」

「保下，怕陛下會對太子不喜。」

范玉沉默片刻，終於道：「孤手裡是有一些人，可茂春讓了位子，周高朗那邊肯定會推選其他人上來，我手裡這些人，怕都沒有這麼合適，就算孤肯舉薦，也推不上去。」

洛子商猶豫片刻，隨後道：「那微臣舉薦一個人給殿下？」

「快說。」范玉立刻出聲，洛子商笑了笑，「南城軍第十三隊的隊長，熊英。」

「這是你的人？」范玉愣了愣，洛子商搖頭，「不，他誰的人都不是。但是有一點好，他父親熊思捷，當年是被江河參奏斬首的。江河是顧九思的舅舅，顧九思是周高朗的人，這樣一來，他雖然不是咱們的人，咱們卻可以推他上去，然後再將他收在麾下不遲。」

得了這話，范玉立刻擊掌道：「好。那今日早朝，孤就讓人舉薦他！」

太子這邊商量好，顧九思和沈明坐在馬車裡，顧九思閉著眼睛休息，馬車行了一半，突然停住了。顧九思睜開眼，有些茫然：「到了？」

沈明撩起簾子，看了看外面，隨後同顧九思道：「九哥，有個人不穿衣服揹著荊條在外面路上跪著。」

一聽這話，顧九思臉色大變，他沉默片刻，抓住沈明道：「你趕緊衝出去把他扛走。」

「扛……扛走？」沈明有些懵，顧九思點頭。

「趕緊的，不管用什麼方法，別讓我見著他，也別讓他開口說話！」

顧九思把沈明一推，沈明踉蹌著就衝了出去。

陳茂春見有人出來，立刻仰起頭道：「顧……」

話沒說完，就見一隻腳從天而降，一腳踹在他臉上，將他直接踹懵了過去。然後陳茂春還沒反應過來，就被一個藍袍官員抓住扛在肩上，一路狂奔而去。

這一切發生得很快，顧九思聽外面沒什麼動靜，小心翼翼探出頭去，詢問駕馬的木南：

「走了？」

木南神色複雜，點點頭：「扛走了。」

「你說什麼？」洛子商問：「沈明把人怎麼了？」

「扛……扛走了。」侍衛跪在馬車裡，把情況報給洛子商和范玉。范玉和洛子商面面相覷，兩人都有點懵。

從未見過如此不按套路出牌的人。

人家負荊請罪，難道不該是停下馬車，然後來一番你哭我哭，最後達成和解大團圓嗎？再不濟，也該當街痛斥陳茂春，或者來一番冷戰。這種都沒給人說話的機會，直接讓人當街打了人抗走，這是什麼操作？

「這，這怎麼辦？」范玉下意識開口。

洛子商稍稍鎮定了些，立刻道：「殿下無需慌張，扛走了就扛走了，殿下按計劃舉薦熊英便好。」

范玉點點頭，沒有多說，洛子商見即將早朝，便先告辭退了下去。等洛子商退下去後，范玉開始穿朝服，一面穿他一面想著什麼，太監劉善打量著范玉的神色，小心翼翼道：「殿下似乎心有憂慮？」

「嗯。」范玉應了一聲，片刻後，想了想道：「你們說，太傅這個人怎麼樣？」

劉善笑了笑，「奴才只是奴才，哪裡有殿下這樣眼光精準？」

「孤讓你說。」范玉聲音中帶了不喜。

劉善趕忙道：「奴才覺得洛大人十分聰明。」

十分聰明。

范玉心裡沉了沉，劉善打量著他的神色，趕忙道：「殿下，洛大人是您的太傅，與您是一根繩上的螞蚱，他聰明，便是您手中一把好刀，您該高興才是。」

范玉抬眼看了劉善一眼，嘀咕道：「你們這些閹貨，怕不是收了他銀子，天天替他說好話吧？」

「殿下乃日後的聖人，也就說說話嚇唬嚇唬奴才了，奴才是忠是奸，殿下心裡清楚著呢。」

劉善一番好話，終於讓范玉高興了些，他點點頭，板著臉道：「疑人不用，用人不疑，孤心裡清楚。」

說完之後，范玉穿戴好，直接往大殿過去。

天剛亮起來，所有人匯聚在大殿門外，顧九思走到葉世安面前，小聲道：「都準備好了？」

葉世安應了一聲，隨後道：「你報上來那個蘭尚明我去查過了，沒有問題。」

「他是個剛正不阿的，」顧九思低聲道：「這一次要動太子的人，陛下心裡必然有所考量，估計想選個沒有參與黨爭的。所以這個藺尚明今日不要提，等太子那邊提人，你們反對就是。後面太子提一次人，你們參一次，最後陛下一定會自己親自來選，你這邊就從候選人這裡把藺尚明遞上去。其他人選多少要有點不合適，陛下自然會選中藺尚明。」

葉世安如今在中書省門下，做這些事方便，葉世安點點頭：「明白。」

說著，他抬頭看了顧九思一眼，「沈明呢？」

「哦，」顧九思轉頭看了看宮外，看見沈明匆匆跑過來，揚了揚下巴，「這不是來了嗎？」

「他沒同你一道？」葉世安有些奇怪，顧九思笑了笑，「方才陳茂春攔在我路上想玩負荊請罪這一套，我讓沈明把他扛走了。」

「那他估計得被參了。」葉世安皺了皺眉頭。

顧九思滿臉無所謂道：「反正今日我們就離開東都，他們愛怎麼參怎麼參。」

顧九思專門請調沈明來協助修繕黃河一事，早已得了范軒的應許。葉世安不太贊成地看了顧九思一眼，沈明跑了過來，這時候太監站到門外，所有人在唱喝聲的指揮下回到各自的位置，隨後按序而入。范軒坐上金座之後，便道：「朕聽說昨日悅神祭出事了？」

說著，他抬頭看向顧九思：「顧愛卿，沒事吧？」

「謝陛下關愛，」顧九思蒼白一笑，「微臣沒事，但是差一點，微臣今日便見不到陛下了。」

「出事的區域是由哪位大人管轄？」

沒有人說話，范軒的目光落到周高朗身上，周高朗出列，恭敬道：「回陛下，是南城軍領軍陳茂春陳大人。」

「陳茂春呢？」范軒環顧四周，卻無人應話，范軒不由得氣笑了，「怎麼，早朝都敢不來了？」

「陛下，」洛子商出列，平靜道：「微臣聽聞，今日沈明沈大人當街將陳大人打了，然後不知將陳大人帶往何處。」

所有人愣了一下，范軒皺起眉頭，這時顧九思詫異道：「今日帶著武器來攔我馬車的竟是陳大人？」

說完，他看向洛子商，滿臉佩服道：「還是洛大人神通廣大，在下路上既不見其他馬車，也不見其他大人，在下自己都不知道這是陳大人，洛大人便知道了。」

洛子商被顧九思懟這麼一下，臉色有些僵，顧九思上前一步，跪了下來，恭敬道：「陛下，今日微臣上朝，有人帶著武器攔在路上，微臣昨日剛經刺殺，以為又是鬧事之人，便讓沈大人幫忙將人驅逐。微臣和沈大人過去與陳大人從未有過交流，沒能認出陳大人，是微臣的不是，沈大人只是幫忙，陛下若要責怪，臣願一力承擔。」

「陛下！」沈明終於反應過來，趕緊出列道：「陛下恕罪，微臣也只是見那人背上揹著兇器，氣勢洶洶，一時情急才動手。人是我打的，還望陛下恕罪！」

兩人一唱一和，太子黨憋了一口氣。

武器？什麼武器？背上揹個荊條就算武器？

可此刻誰也不敢提醒陳茂春背上揹的不是武器，剛才顧九思懟完洛子商什麼都知道，便已是暗示洛子商指使陳茂春過來，他們若連細節都知道得這麼清楚，還真是說不清了。

范軒聽著顧九思和沈明在那裡說，也是有些想不通，陳茂春好好的去襲擊顧九思做什麼？還嫌昨夜的事不夠多？

「罷了。」范軒煩悶道：「朕看他的位子是該換個人做了。」

范軒開了這個話頭，周高朗這邊的人紛紛支持，太子的人一言不發。范軒盯著范玉，洛子商對范玉使了眼色，范玉收了洛子商的眼神，憋了口氣，上前道：「父皇，兒臣也是認為陳大人不堪留任，不如舉薦新人。」

這話出來，范軒的表情明顯好上了許多，點頭道：「皇兒說得不錯，可有人選？」

范玉沉默了，洛子商抬頭看著范玉，范玉抿了抿唇，在開口之時，卻是說出了與洛子商吩咐的不同的名字：「南城軍第六隊隊長黃宏。」

洛子商愣了愣，片刻後，他明白了什麼，慢慢笑了起來，垂下眼眸，再也不管太子了。

而顧九思細細打量著這一切，不由得樂開了花。

黃宏這個人是太子親信，但劣跡斑斑，御史臺的人一聽，立刻出聲：「陛下，不妥！」

於是朝上唇槍舌戰吵了一早，等下朝也沒個定數。

顧九思和沈明葉世安三個人出了大殿，三人一派溫和君子風度的樣子走到角落裡，而後顧九思和沈明爆發出大笑。顧九思扶著牆，一面笑一面道：「這個傻缺……」

「居然推黃宏……」

葉世安緊張地打量著周邊，露出幾分不贊同道：「你小聲些。」

「不行你讓我笑笑。」顧九思擺擺手，「笑完我才能說正事。」

葉世安無奈，只能看著沈明和顧九思在旁邊笑，等兩個人笑夠了，顧九思才看向葉世安，正色道：「我去和陛下告別，等會兒我直接回府，然後啟程了。我不在的時日，麻煩你幫我照看顧府。」

「你放心。」葉世安點點頭，「我照顧好伯父伯母。」

「還有一件事。」顧九思突然想起來，皺起眉頭，同葉世安道：「你幫我再查查洛子商。」

「還查？」葉世安有些不明白，他們查洛子商，前前後後已經查過兩遍了。顧九思猶豫片刻，終於道：「我想查他親生父母是誰。你回揚州去，查一查他出生那年，揚州城裡……」

顧九思抿了抿唇，猶豫片刻，靠近葉世安，附在他耳邊，小聲道：「我爹或者我舅舅，當時是否有什麼風流情事。」

葉世安睜大了眼，有些震驚。顧九思也覺得有些難堪，低聲道：「你也別多問了，中間還有另一個事，你看看能不能查到。」

「什麼？」

「洛子商到底想做什麼。」

顧九思冷下臉來，葉世安有些不明白，沈明也茫然，顧九思解釋道：「過去我們一直以為，洛子商是想輔佐太子，把控太子，之後像在揚州把控王家一樣，挾天子令諸侯。可你想，如果他真的一心一意輔佐太子，為什麼這次他完全不在意陳茂春的仕途？陳茂春作為太子少有的在軍部的棋，對太子而言有多重要，他不清楚嗎？」

「他根本不在意太子。」顧九思冷靜道：「若他並不在意太子，那他來東都，到底是為了什麼？」

「我明白了。」葉世安點點頭，「我會去查。」

「我也會派人再查，不過前一件事我不想驚動家裡，只能拜託你了。」

顧九思拍拍葉世安的肩膀，「行了，我走了。」

說完，他便轉身要離開，葉世安叫住他，「九思。」

顧九思回頭瞧他，葉世安抿了抿唇，終於道：「若查出來，他當真與你有血緣，你當如何？」

說著，葉世安抬頭看著他，捏著拳頭，冷聲道：「我與他有血仇。」

顧九思注視著他，片刻後，輕輕笑了。

「葉世安，」他有些無奈道：「我說你是不是書讀多了，腦子都讀傻了？就算是顧家血脈又如何？沒有感情的血脈一文不值，你放心吧，」他認真道：「你是我兄弟，你的仇，就是我的仇。他那種垃圾要真是我顧家血脈，我就更得清理門戶，免得辱了名聲。」

說著，他轉身走到葉世安面前，這兩年他長得快，已比葉世安高了半個頭，他抬手就給了他一個腦繃：「你要是再亂想我，我就打死你。」

「活活打死那種。」

第八章　滎陽

葉世安愣了愣，顧九思也沒時間和他多說，轉身擺了擺手，就去御書房找范軒。

等顧九思走後，沈明走上來，撞了撞葉世安道：「行了，你別多想，信九哥，不管怎樣他都會和你站同個戰線。就算不是為了你，」沈明放低了聲音，小聲道：「我聽嫂子說，洛子商當年差點害死顧家全家，還砍了九哥從小一起長大的兄弟呢。」

葉世安經提醒，想起來後抿了抿唇，「動手的是王善泉，洛子商也只是下面一條狗而已。」

「那又怎樣呢？」沈明接著道：「世安哥，」他嘆了口氣，將手搭在葉世安身上，「多給自家兄弟一點信任。」

葉世安聽到這話，沉默片刻，嘆了口氣道：「是我自己想太多了。」跟著葉青文在朝堂上待久了，心思也就多了。

他恢復情緒，同沈明道：「行了，你趕緊回去收拾收拾，九思從宮裡回來就要啟程了，你別耽擱他的時間。」

「沒什麼好收拾的了。」沈明立刻道：「該弄的早就弄好了，你現在要回府對吧？」

「嗯，怎的？」葉世安有些奇怪。

沈明立刻道：「我送你回去。」

「你送我回去做什麼？」葉世安有些不理解，沈明趕緊挽著他道：「我馬上就要走了，咱們兄弟一場，我送你回趟家。」

「我又不是女人，」葉世安皺起眉頭，「你送我回家做什麼？」

「哎呀我說你這個人，」沈明有些不高興，強行拖著葉世安往前走道：「我就想同你多說幾句話，你至於這麼刨根問底的嗎？」

葉世安雖然學過些強身健體的武術，但同沈明這種專門拜師學藝，後來又當過山匪的人在力氣這件事上完全不能相比，他被沈明強行拖到馬車上，沈明這樣熱情，他只能勉強接受了沈明的理由，就當他突然有了那麼幾分良心，專門要同他說說話。

等兩人上了馬車，沈明猶豫著道：「那個，世安哥。」

「嗯。」葉世安低著頭，從旁邊拿了卷書，聽著沈明支支吾吾道：「那個，葉韻在家吧？」

聽到這話，葉世安頓了頓，他皺起眉頭，抬頭看向對面的沈明，「你問這個做什麼？」

「沒沒沒，」沈明慌得不行，趕緊擺手道：「沒問什麼，就是隨口一問，隨便問問。」

葉世安皺著眉不說話，盯著沈明，一雙眼上上下下打量，沈明不由得緊張起來，下意識挺直了腰背，葉世安看了片刻，轉過頭去，「哼」了一聲後，點頭看著書道：「今日在家裡看帳，下午才出去。」

「哦哦，」沈明點著頭，接著又道：「她昨晚回去，還好吧？」

「怕是嚇著了。」葉世安淡道：「聽下人說，坐在窗口看兔子燈看了一晚。」

「兔……兔子燈？」沈明有些意外，下意識道：「她喜歡這種東西啊？」

葉世安瞪了他一眼，用孺子不可教也的眼神看著他，片刻後，實在有些氣憤不過，從旁邊拿了書，抬手往沈明腦袋上砸，一面砸一面道：「怎麼這麼蠢？怎麼這麼蠢！」

「欸欸欸，有話好說，好好說。」沈明抱著頭，不敢還手。他也不知道為什麼，心裡莫名的虛著。

葉世安打完他，終於順了口氣，同他道：「她以前本就是小孩子心性，喜歡的東西和普通姑娘沒什麼不一樣。沈明，」葉世安口氣軟了些，語調裡帶了幾分苦澀，「她本不是如今的樣子的。」

沈明愣了愣，看著葉世安的眼神，不由得連聲音都輕了許多，小聲道：「她……她原本是什麼樣的？」

他第一次見葉韻，就已經是如今的模樣了。

像一把出鞘的劍，像一根破開巨石的草。她冷靜，沉默，帶著無聲的決絕，也只有在和他吵嘴的時候，偶爾能瞧見她眼裡有她這個年紀該有的光彩。

「她啊，」葉世安苦笑，「年少的時候，脾氣壞得很。整日在家裡作威作福，稍微有什麼不順心的，就要抱著我娘哭個不停，家裡人都寵著她，搞得她的性子無法無天。」

葉世安說著，忍不住笑起來，眼裡帶了幾分懷念，「我那時候討厭她的很，覺著她不知禮數。說過她好幾次，她便同人四處說我對她不好。她喜歡的東西都是些不著調的，家裡養了許多小寵物，尤其是兔子，當年葉家後院，養了十三隻兔子，都是她的。這些兔子買的時候是兔崽子，那人同韻兒說這兔子不會長大，哄得韻兒花了重金去買，結果……」

「是肉兔？」沈明聰明了一回，葉世安點點頭，隨後道：「這些兔子被她養得膘肥體壯，還要人專門伺候，而且誰都欺負不得，要是誰敢動她的兔子，她能和誰拚命。」

沈明聽著葉世安的話，忍不住笑了。兩人說著葉韻的事，到了葉府門口，葉世安領著沈明從馬車上下來，一面往葉府走，一面同沈明道：「韻兒心底裡始終還是個孩子，她只是被逼著長大。你別總是氣她，要學著好好說話。她已經吃過很多苦了。」

這些話論起來，說得已經算過了，然而沈明卻聽不明白這其中深意，點著頭道：「行，我以後罵不還口就是了。」

葉世安：「……」

兩人說著，葉世安停下腳步，面無表情指著一個小院門口道：「這就是她的院子了，你自己讓人通報吧，我走了。」

「行，」沈明點點頭，「等我回來，再找你喝酒。」

葉世安聽到這話，「呵」了一聲，沒多做聲，轉頭便走了。

等葉世安走了，沈明站在小院門口，有些緊張，他握緊袖子裡的東西，來來回回走了幾遍，裡面的丫鬟見著了，認出他，便在他猶豫的時候進去通報葉韻。葉韻正在看神仙香的帳本，聽到沈明來了，她愣了愣，隨後道：「請進來吧。」

沈明還在想著等會兒怎麼說話不氣著葉韻，就聽裡面道：「沈大人，您進來吧，別再轉圈了。」

沈明愣了愣，心裡卻是放鬆下來，也不用想怎麼開口進去了，直接進吧。

他跟著丫鬟進去，到了屋裡，瞧見葉韻正跪坐著看帳本。

葉韻看上去有些憔悴，他開口就想問她是不是沒吃飯，看上去沒精打采的。結果開口之前，突然想起顧九思和葉世安的話。

葉家有意替葉韻安排婚事。

她吃過很多苦，他不能再氣她。

他一下子僵住了，葉韻沒抬頭，看著帳本道：「無事不登三寶殿，說完就滾。」

沈明聽到這話，輕咳一聲，覺得有些尷尬。

他厚著臉皮坐到葉韻面前。

葉韻的坐姿很優雅，很端正，他坐在葉韻對面，無端端就有了幾分拘束，他挺直了腰背，緊張地握緊了手裡的妝盒，輕咳一聲道：「那個，妳今日看上去氣色不太好，是不是最近太累了？」

「吃錯藥了？」

葉韻抬眼看他，入眼是沈明通紅的臉。她愣了愣，隨後皺起眉頭，「你這臉怎麼回事？跑過來的？這麼紅？發生什麼大事了？是不是昨晚的事情……」

「沒事沒事。」沈明趕緊擺手，他不敢再看葉韻，低著頭，小聲道：「昨晚的事都解決了。」

「那是什麼事？」

「那個，」沈明深吸一口氣，鼓足了勇氣，用花了一個早朝時間想的話道：「我……我馬上就要啟程去黃河了。我……我可能一時半會兒回不來。」

「嗯，所以，你有什麼要拜託我的？」

沈明沒說話，他紅著臉，把早上顧九思讓人給他的胭脂盒從袖子裡拿出來，他的手一直抖，顫抖著放在葉韻面前。

葉韻愣了愣，隨後聽沈從道：「那個、這個，妳收著用。」

葉韻沒說話，她還有些懵，好半天才慢慢道：「你……你這是？」

「我……我聽說葉家在安排妳的婚事。」沈明抬起頭，他覺得這時候他得看著葉韻，他盯著葉韻，好半天，終於道：「妳……」

「沈明，」葉韻在他開口前，彷彿清楚知道了他的心意，她靜靜看著他，神色裡有了難得的溫柔。她將胭脂盒推了回去，平和道：「婚姻大事，父母之命，媒妁之言，沒有如此私相授受的道理。」

沈明得了這話，一時有些懵，片刻後，見葉韻如此坦誠，他反而鎮定了許多，低聲道：「我也得來問問妳。妳若是同意，我自然……」

「我沒有什麼同意不同意，」葉韻神色平靜，「沈大人，葉韻殘花敗柳之身，配不上正妻之位。您如今雖然官位低微，但日後前途無量，娶了我，是要被人笑話的。」

沈明聽到這話，心裡驟然一緊。葉韻的神色很鎮定，鎮定得看不出半點情緒，沈明看著她，慢慢捏起拳頭，「葉韻，妳別這麼說妳自己。」

「這是事實。」

「這不重要！」沈明猛地提聲：「我不在意！」

葉韻靜靜看著他，許久後，她慢慢笑了，一字一句，認認真真道：「可是我在意。我不想禍害你，也不想傷害自己。沈明，」她嘆息，「你終究還是太小了。」

「我年紀比妳大。」沈明說得認真。葉韻搖了搖頭，「我的心比你要老。」

「我不管這些年紀大不大，也不管妳心老不老，」沈明盯著葉韻，「我只問妳一句話，妳心裡有沒有我？」

葉韻沒說話，她注視著面前的青年。沈明將刀「哐」一下放在桌面上，桌面微微震動，沈明認真地注視著她，「只要妳心裡有我，老子就把命給妳。」

葉韻被這話驚到了，許久後，她慢慢鎮定下來，垂下眼眸，淡道：「抱歉。」

「我心裡沒你。我也不想要你的命。」

沈明捏緊了刀，覺得眼睛有些酸，但他固執地看著葉韻，「我什麼不好？」

「沈明，」葉韻深吸一口氣，抬頭道：「你沒什麼不好，你很好，是我不好……我喜歡不了誰，你明白嗎？」

「妳胡說八道，」沈明怒斥：「妳除了眼睛瞎看不上老子，妳有什麼不好？」

葉韻被這罵法罵得哭笑不得，沈明吸了吸鼻子，覺得有些難堪，扭過頭去，將刀拿回來，轉頭目光落在窗口的兔子燈上，沙啞著聲道：「我聽說妳看兔子燈看了一晚了。」

葉韻沒答話，沈明接著道：「我做兔子燈也做得好得很，我會做兔子燈籠，還會刻小兔子，我養兔子也是一把好手，絕對不給妳養死一隻。」

「你還是罵我吧……」葉韻低著頭道：「我聽著心裡好受。」

「我不罵妳。」沈明立刻道：「我以後再也不罵妳了，我不僅不罵妳，還要天天和妳說好話，讓妳難受死。」

葉韻一時也不知該哭還是該笑。沈明站起身，提著刀道：「我今日和妳說的話不是開玩笑的，我這就走了，妳哪日改主意了，就來告訴我。」

「抱歉。」葉韻低低出聲，沈明擺擺手，「沒什麼抱歉的，不是什麼大事，大家都是成熟的人，我不放在心上。」

說完，他大步走了出去，葉韻見他走得飛快，忙拿起胭脂，大聲道：「沈明，胭脂！」

「不喜歡就扔。」沈明沒有回頭，頗為大氣道：「反正不是我開的錢！」

說完，沈明便走了出去，葉韻拿著手裡的胭脂，一時竟不知道該怎麼辦了。

沈明撐著從葉府走出去，走到大路上，就再也忍不住了。

他快二十歲的男人，提了把刀拖著，垂頭喪氣地走在路上，眼淚完全憋不住，啪嗒啪嗒的掉。

成熟的人也覺得失戀太難受了。

他突然有些怨起顧九思來，要是顧九思不提醒他，他自己也不會想這麼多，不想這麼多，就不會冒冒失失上門說這些。他又覺得葉韻也不對，其實他本來只是想送盒胭脂，發展發展感情，結果她把話挑得明明白白，連點餘地都不留。

他也不是多喜歡她。

他和自己說，就是總是念著她，總是想和她說說話，哪怕被罵也喜滋滋的，收她一塊紅豆糕，就要樂好幾天，她送人的紅豆糕，他要偷偷都搶回自己房裡去。

就是覺得她好看，比誰都好看，見過她，再想娶誰都覺得不行。

沒多喜歡，就是這輩子除了她再也沒有想過娶別人的喜歡。

沒多喜歡，就是想著這輩子能有個緣分，下輩子有個緣分，下下輩子還有緣分的喜歡。

沈明越想越難受，走到顧府門口的巷子時，他有些忍不住了，哭出聲來。這一哭出聲，頓時感覺到心裡爽透了，他想著巷子裡也沒人，就低著頭，拖著刀，一面哭一面抹眼淚，想著走到顧府門口時再收聲。

結果哭得太忘情，直到面前被東西擋住，他才回過神來，用紅腫的眼睛抬頭一看，顧府全家正在搬運著行李，所有人站在門口，呆呆看著他。

顧九思和柳玉茹一臉震驚，顧九思緊張道：「怎……怎麼了？」

沈明覺得自己這輩子的臉都在這一刻丟盡了，他這麼一想，更難受了，乾脆破罐子破摔，往顧九思身前一撲，顧九思腳上用力一蹬，這才受住了漢子的衝擊，沈明抱著顧九思，嚎啕大哭道：「九哥啊，我被拋棄了啊嗚嗚嗚嗚！」

「行了行了，」顧九思察覺周邊的人打量的眼神，有些尷尬，拍了拍沈明的背，同沈明道：「先憋著別哭，等到馬車上再細說。」

「那我能先上馬車嗎？」沈明放開顧九思，抽噎著詢問，顧九思揮揮手，「趕緊去，你這樣子也太丟人了。」

沈明二話不說，掉頭跳上了最大的那輛馬車。

顧九思挑了挑眉：「他倒是會挑。」

「文書、官印這些都帶好了嗎？」柳玉茹走到旁邊，顧九思想了想，確認道：「帶好了。」

「陛下御賜的天子劍也帶好了？」

臨走前，范軒賜了一把天子劍給顧九思，面劍如面天子，有這把劍在，顧九思行事會方便很多。

顧九思點點頭：「我已經讓木南放好了。」

柳玉茹應了一聲：「東西我都清點好了，可以啟程了。」

兩人去屋裡同父母告別，該打點的都打點好了便上了馬車。

上馬車之後，兩人坐在沈明對面，沈明已經哭得差不多了，鎮定了很多。車隊啟程，顧九思撥弄著茶葉道：「說吧，怎麼哭成這樣了？」

「你這樣問，我就不說了。」沈明聽到這話，頓時不樂意了，扭過頭道：「自己猜。」

顧九思輕哂一聲：「就你這樣還需要猜？」

「那你猜猜啊。」沈明挑眉，頗為囂張，顧九思從旁邊倒了水，沖泡入茶葉內，慢慢道：「送胭脂給葉韻了吧？」

沈明面色不動，「你讓我送的，我不就去送了？」

「人家不要吧？」

沈明的面色有些不自然了。顧九思放下水壺，蓋上茶碗，笑著看向沈明，「沒忍住就和人家說了自個兒的意思吧？」

沈明的臉色澈底變了，顧九思笑意更深，「說不定還沒說完呢，就被人家拒絕了？」

「顧九思！」沈明怒喝：「你派人跟蹤我！」

「跟蹤你？」顧九思嗤笑，滿是不屑道：「浪費人力。就你和葉韻那點小九九，我不用腦子都能想出來。」

沈明脹紅了臉，一副有氣沒處發的模樣，劇烈喘息著道：「那你……那你還讓我去丟這個臉！」

「這能叫丟臉嗎？」顧九思一臉理所當然道：「追姑娘，被人家拒絕，這叫情趣，這能叫丟臉嗎？你喜歡她你得說出來，不說出來她一輩子都不知道。說出來了她不喜歡你，不挺正常嗎？誰生來就喜歡誰啊？她不喜歡你你就追，好好對人家，好好追求，好好哄好好騙，多送禮物多送錢，噓寒問暖多說好話，好話會不會說？」

顧九思看著沈明被他罵懵了，頓時高興了，「不會說吧？我和你說你這人就得吃點苦頭，被拒絕一下才知道輕重。我和你講，今日你不哭這一遭，你這張嘴繼續胡說八道的說下去，葉韻要是能跟著叫沈葉氏，我以後改口叫你哥。」

「行了，他如今心裡不好過，你也少說兩句。」柳玉茹見顧九思說得太過，暗暗瞪了他一眼，顧九思輕咳一聲，立刻收斂了許多，不說話了，低頭喝茶。柳玉茹瞧著沈明，安撫道：「你也別難過，韻兒她心裡有結，一時半會兒不會輕易接受別人，她也不是針對你。你貿貿然過去說，她肯定是不能同意的，日後的路還長，慢慢來就好了。」

沈明聽著這話，心裡穩了許多，他嘆了口氣，「嫂子，妳說的慢慢來，要怎麼慢慢來啊？」

「你多想想怎麼對她好就是了。」柳玉茹嘆了口氣，「她吃過苦，你也知道，因為吃過苦，心裡多多少少會不安，不敢對未來有什麼期待，也不敢對婚事多做寄託。韻兒如今，估計就是等著葉家安排，安排成什麼樣，便是什麼樣。你若當真喜歡她，這次黃河好好做事，回來提個職位，先不說她喜不喜歡你，至少讓葉家先看得起你。」

沈明愣了愣，他慣來是不會想這麼多的。柳玉茹見他的愣神，便明白他不懂這些，於是說得更仔細了些：「葉家再怎樣，也是書香門第，以葉韻的身分，本是應嫁入高門的。只是她過往的經歷，葉家怕是不會替她找一門太好的姻緣，要麼嫁給高官做妾，要麼低嫁給沒落士族做妻，當然，最好的，便是找一個年紀稍大的高官，做人家續弦。只是這樣嫁過去，就算嫁了，在他人心裡多少都是看不起的。而對於葉韻而言，內心便會永遠覺得，當年的事真的毀掉了她。你若真的喜歡她，至少先讓葉家認可，讓韻兒覺得，就算到了今日，她也和過往沒什麼不同，她不必下嫁。」

「這是你給她臉面，也是在治癒她的傷口。她心裡的傷口好了，才能學會喜歡一個人。」柳玉茹說著，沈明安靜下來。

他靜靜聽著，許久之後，卻是問了句：「她以前，是不是挺傲的一個姑娘？」

柳玉茹得了這話，笑起來，「傲得很。說她要嫁的人，不僅要英俊瀟灑，文武雙全，還要高官厚祿，頂天立地，是個英雄。」

這些話說起來便孩子氣了，沈明認認真真聽著，許久後，卻是道：「我知道了。」

柳玉茹正要說什麼，馬車便停了下來，顧九思撩起簾來看，看見已經到了城門口。守城的人得了文牒，陸續放他們出了城門，到了城門外，顧九思便看見禮部的人領了人在門口候著，洛子商的車隊已經停在門口。

洛子商似乎早就等在這裡，見顧九思來了，他和禮部的人一起走到馬車面前。顧九思領著沈明下了馬車，同禮部的官員以及洛子商行了見面禮。

禮部的人將名單給了顧九思，稍微介紹了此行朝廷安排給他的人馬，這些人最後統一由沈明打點，沈明得了這話，應下來後便去一旁同隊伍裡的人聊天熟悉去了。而顧九思和禮部的人寒暄了一番，便將人送了回去。等禮部的人走了，顧九思回過頭看向洛子商。

洛子商穿著常服，見顧九思看向他，面上笑若春風拂面，不見半分陰霾，見著這樣的笑容，誰都不能想像，昨夜一番刺殺，便是出自這人的手筆。

顧九思沒說話，洛子商便先開口了，恭恭敬敬道：「這次出行，望顧大人多多照顧了。」

顧九思含笑看著洛子商，回禮道：「應當是顧某托洛大人照顧才是。」

「此番出行，顧大人是主事，一切均聽顧大人安排，哪裡有洛某照顧大人的說法？」洛子商笑了笑，恭敬有禮的模樣，讓人難以生出惡感。

顧九思笑了笑，「我也不推托了，如今天色不早，我們還是啟程吧。」

雙方見過禮，顧九思便派沈明領頭，領著兩隊人馬往東行去。按照洛子商的規劃，這次他們修整黃河，從滎陽開始。滎陽是黃河分流點，接連汴渠，大榮之前幾次試圖修理黃河，都半途而廢，修理黃河一事，勞民傷財，每次規劃好給多少錢，最後撥款下去都遠遠不夠。可黃河修，花錢，不修，黃河附近多地都屬產糧重地，到時候大水氾濫，更花錢。最後朝廷對黃河的態度，便是得過且過，自己在位時候沒問題，誰有問題誰倒楣。

柳玉茹和顧九思翻著皇帝讓人謄抄給他們的過去黃河治水的記錄，柳玉茹看了一會兒後，抬起頭來，有些躊躇道：「你說，這一次陛下為什麼下定決心治理黃河？」

「嗯？」顧九思抬眼看向柳玉茹，柳玉茹皺著眉頭，「你看過去大榮那時候還算強盛，數次修理黃河，君主都覺得吃力。如今大夏內憂外患，劉行知野心勃勃，揚州的態度曖昧不明，這時候來修黃河，陛下不擔心嗎？」

「妳倒是想得多，」顧九思笑起來，「不過妳說的不無道理。修黃河修得好，那就是國泰民安，修不好，滅國也不是不可能的。陛下決心修黃河，當然是有他的考量。」

「你說來聽聽？」柳玉茹放下卷宗，滿臉好奇。

顧九思懶洋洋撐著下巴，翻著卷宗，漫不經心道：「其一是陛下篤定劉行知如今不會發兵。據我們所知，劉行知那邊內鬥還沒結束，就算結束了，劉行知估計也要緩緩。荊益兩州不比大夏，大夏是完全繼承了大榮的家底的，可荊益兩州什麼都沒有，得自己重新弄，所以要等劉行知發兵，估計還有兩三年。而臨走時陛下說過，至多到明年夏，黃河必須修完。」

柳玉茹聽著，皺了皺眉頭。

顧九思抬頭看她，嘆了口氣，「看看妳，說這些就操心，若是這麼操心，我便不說了。」

「你要是不說，我才操心呢。」柳玉茹趕忙笑起來，湊過去道：「其二呢？」

「其二便是，陛下考慮，如今新朝初建，恰恰是大刀闊斧改革之際，日後朝廷穩當了，要再動什麼，便難了。之前大榮修黃河屢次失敗，其實最核心的原因，便是東都根本管不了地方這些官員，錢拿過來，他們一層一層貪下去，自然是永遠不夠。陛下節度使出身，對這些東西心裡清楚，他賜我天子劍，意思很清楚，我不僅要修黃河，還得修理這些官員，把他們打理得老老實實的，免得日後政令出不了東都。」

柳玉茹聽著心裡有些發沉，她算是明白，江河說的，這事做得好就是好事，做不好……怕是性命都難保。

柳玉茹嘆了口氣，「咱們就這麼點人，要是他們起了歹心……」

「所以我得給沈明找個位子。」

顧九思思索著，柳玉茹有些疑惑，顧九思笑了笑，「妳別擔心，這些我有盤算。我再同妳說說陛下的想法，其三，便是陛下考慮得長遠。汴渠離東都太近了，一旦汴渠發大水，對東都也是很大的威脅。而且黃河這附近都是良田，本是產糧重地，若是能修好讓百姓好好產糧修生養息，大夏日後國力才算昌盛。黃河修好了，不僅是解決內患，日後糧食不用再擔心，和劉行知打起來，也有底氣。加上陛下聽了妳的構想，修黃河時直接將汴渠修出來接上淮河，日後國內糧食運輸便不用擔心，這是百年基業。最重要的是，這麼多好處，還是讓揚州出錢，揚州出了這筆錢，至少五年內沒有出兵的能力，陛下也就安心了。」

柳玉茹聽著，點了點頭道：「陛下思慮甚遠。」

顧九思應了一聲，將柳玉茹攬進懷裡，「妳也別擔心太多，到了滎陽，妳該做什麼做什麼，其他的事我來安排。妳到滎陽是打算建立倉庫？」

「對。」柳玉茹點點頭，「一方面建倉庫，另一方面再在這裡看一看，有沒有什麼生意可做。」

兩人一路商量著，過了十日後，便到了滎陽。

滎陽官員早就聽說顧九思要來，早早等在滎陽城門口。顧九思一行人先在城外客棧休息了一晚，第二日清晨，顧九思等人穿上官服，大家打整妥帖，才往滎陽過去。

到了門口，柳玉茹坐在馬車裡，挑簾望過去，便見百來人或穿官服、或穿錦袍，整整齊齊站在門口，看上去似有天子出行的架勢，柳玉茹放下車簾，回過頭朝顧九思笑：「來迎接你的人看上去有上百人，滎陽縣令也算是有心了。」

「這裡最大的官就正六品，我正三品，」顧九思挑眉笑笑，「不可得好好巴結我嗎？不過呀，」顧九思放下書，撣了撣自己的衣服，神色平淡道：「這些人給咱們好臉，可不是為了咱們，改日就算換了一條狗，穿著我這身官袍過來，他們也會恭恭敬敬磕頭，誇這是一條毛光皮滑的好狗。他們的話別放在心上，也不能放在心上。」

「我明白的。」柳玉茹應了聲。

說話間，馬車停在滎陽城門口，馬車剛停下來，顧九思便聽外面傳來一聲熱情又激動的呼喚：「顧大人！」

顧九思用手中白玉摺扇挑起車簾，便見到一張白白胖胖的臉，看上去約莫四五十歲的模樣，眼神裡全是激動，彷彿面見了什麼崇拜已久的大人物，高興道：「顧大人，下官滎陽縣令傅寶元，在此恭候顧大人多時了！」

顧九思笑了笑，謙和道：「讓傅大人久等了。」

說著，木南便捲起車簾，顧九思剛探出頭，就看見一隻白花花的手，傅寶元恭恭敬敬道：「顧大人，我扶您。」

顧九思：「……」

他如今剛弱冠，需要一個快五十歲的人來扶嗎？

他只是那麼一頓，傅寶元立刻猜出了顧九思的想法，忙道：「顧大人身強力壯，正值青壯好年華，下官這是忙於表達關心，顧大人千萬不要介意。」

顧九思勉強笑了笑，這麼多人看著，他也不好一上來就打傅寶元的臉，只能笑著道：「傅大人應當算在下長輩，哪裡有讓長輩來扶著下馬車的道理？謝過傅大人心意了。」

說著，顧九思便直接下了馬車，隨後朝著馬車裡伸手。

這時候大家才注意到，一個紫衣落花錦袍外套、白色單衣、頭簪白玉的女子坐在馬車裡，她伸出手，落在顧九思的手上，顧九思瞧著她，小聲囑咐了句：「臺階高，小心些。」

女子低低應了一聲，扶著顧九思走了下來。所有人觀察著兩人的舉動，傅寶元立刻道：「這位想必是夫人了？」

顧九思聽到這話，終於露出發自內心的笑來，「對，這是我夫人。」話剛說完，傅寶元就對柳玉茹一陣狂誇，柳玉茹被誇得懵了懵，顧九思在一旁卻是笑得更高興了些。傅寶元看出討好顧九思的點，說話便往誇柳玉茹的方向說，柳玉茹也不知這個傅寶元是吃什麼長大的，誇起人來不帶重樣，聽得人忍不住有些飄飄然起來。

多說了幾句，洛子商也從馬車上下來，傅寶元掃了洛子商的官服一眼，立刻道：「這位便是洛侍郎吧？」

洛子商笑了笑，應聲道：「見過傅大人。」

傅寶元立刻對洛子商又是一陣猛誇，誇完了之後，傅寶元才帶著顧九思和洛子商回過頭，看著站在門口的百來人，他們一回頭，傅寶元便揮手，隨後道：「大聲些！」

說完之後，突然有紅幅從城門上飛瀉而下，兩條紅幅用大字寫著：

顧尚書親臨滎陽得生輝蓬蓽，

滎陽民恭祝尚書願事事如意。

橫幅：恭迎尚書。

紅幅落下來後，所有人一起跪下大喊：「恭迎顧尚書親臨滎陽！」

這一番動作把顧九思嚇懵了，柳玉茹呆了半天話都說不出話來，沈明也是呆呆的，看著這景象不知道該說什麼，只有洛子商見多了這些溜鬚拍馬的人，在旁邊面色不變，依舊笑若春風。

好半天後，傅寶元靠近顧九思，小聲道：「大人，您還滿意吧？」

顧九思聽到這話，皺起眉頭，「無需做這些勞民傷財又無用之事。」

「不勞民，不傷財，」傅寶元趕緊揮手道：「都是大夥們自願的，聽到顧大人要來，大家高興得很。顧大人要修黃河，這是利於滎陽，利於大夏，利於千秋……」

「傅大人，」顧九思終於忍不住打斷了他，「我們先進城吧？」

「哦對，進城進城，」傅寶元趕緊道：「顧大人舟車勞頓，也該進城好好休息一下了，我們先入城用飯吧。」

說著，傅寶元便領著顧九思一行人往城內行去。

傅寶元替顧九思準備的宅院是在城中最好的位置，距離主街有一條小巷的距離，不算遠，而恰恰是這一條小巷的距離，讓院子安靜了很多。宅院不算大，但進門之後，處處可見奢華雅致。傅寶元跟在顧九思身後，一面領著顧九思進去，一面道：「這是城內富商王家借給官府用的宅院，王老闆說了，您在這兒，喜歡住多久就住多久，若是夫人喜歡，一直住下去也是無妨。」

這話意思說得明顯，便是這座宅子送給顧九思了。顧九思聽到這話，忙道：「傅大人說笑了，這宅院租借的銀兩，顧某會按市價付給梁老闆。」

「下官明白，」傅寶元看了看顧九思後面的洛子商，笑著道：「顧大人高風亮節，下官懂。這借宿的錢本就該是地方官府出，不勞大人費心。大人，」說著，傅寶元將人帶到飯廳，飯廳裡已經準備好飯菜，傅寶元邀請著顧九思等人入座，隨後道：「顧大人，夜裡下官領著滎陽官員替您設宴，為您接風洗塵，現下您先休息，等晚上下官再派人來接您，您看如何？」

顧九思巴不得他趕緊走，忙應了聲，然後讓沈明送他出去。

等傅寶元走後，所有人坐下來，洛子商笑著道：「傅大人倒是個會做事的。」

顧九思看了洛子商一眼，「看來是讓洛大人覺得高興了。」

「傅大人一直跟在顧大人身邊，哪裡有洛某的事？」洛子商說著，主動拿起筷子，抬頭卻是同柳玉茹道：「一早上也餓了，吃飯吧。」

說完便沒看柳玉茹，低頭夾菜。

柳玉茹愣了愣，等反應過來後，她裝作沒聽見，拿了筷子夾菜，同顧九思道：「九思，吃飯了。」

顧九思應了一聲，看不出喜怒，與侍女拿了帕子，淨了手，隨後便將一盤白灼蝦放到自己面前，開始慢條斯理剝蝦。

他一面剝，一面同洛子商說著晚上酒宴的安排，剝完之後，他也不吃，直接放到盤子裡。

等沈明回來的時候，就看見顧九思面前一堆剝好的蝦，他頓時高興起來，忙道：「九哥，剝好蝦等著我呢？分我一個……」

說著，他的筷子就探了過來，顧九思眼疾手快，用筷子擋住沈明的筷子，然後將盤子往柳玉茹面前一推，嫌棄道：「要吃自己剝。」

柳玉茹看著面前堆著的蝦愣了愣，才意識到這蝦原來是剝給自己的。

「許久沒吃蝦了，」顧九思又同侍女要了熱帕，重新淨了手，轉頭看柳玉茹笑了笑，「這麼堆著吃是不是更舒服？」

顧九思這麼問，柳玉茹便笑了，接著道：「吃飯吧，你也剝了一會兒了。」

顧九思終於拿了筷子開始吃飯，一面吃一面和洛子商沈明說著話，等吃完飯後，管家上來安排大家的住所，顧九思和柳玉茹進了房門，顧九思開始四處檢查。

「你在做什麼？」柳玉茹有些疑惑，顧九思一面檢查著牆壁窗戶，一面道：「看看有沒有隔間、有沒有偷窺的洞。咱們住在這兒，要小心著些。」

柳玉茹坐在床邊，看著顧九思忙活，搖著扇子道：「你覺得傅寶元這人怎麼樣？」

「老油條。」顧九思張口就道：「怕是不好搞啊。」

「那你打算怎麼辦？」柳玉茹有些好奇，「是先整頓，還是……」

「整頓也得再看看。」顧九思思索著道：「咱們不瞭解滎陽，先放鬆他們的警惕，搞清楚他們的底細之後再做打算。」

柳玉茹點點頭，想了想，隨後道：「今晚的宴席我便不去了。」

說著，她轉頭瞧著外面的日頭道：「等會兒我帶著人出去看看場地，你修黃河我賺錢，」柳玉茹轉過頭，朝著他笑了笑，「相得益彰。」

柳玉茹和顧九思聊了一會兒，休息片刻後，便領著人出去了。

她這一趟主要目的是踩點，四處看了看位置，尋找適合的倉庫、門面，以及適合這一條航道的船。

下午她先隨意逛了逛，瞭解一下當地的物價以及生活習慣。

滎陽是永州的州府，但是在東都待習慣了，也不覺得這裡有多麼繁華熱鬧。規規矩矩的店鋪，算不上出彩，也沒什麼花樣。東西都是便宜的，而房租更是便宜。

柳玉茹坐在一家老字號的酒樓裡，聽著茶館裡的人說話，隔壁間似乎是幾個富家小姐，絮絮叨叨說著滎陽無趣，不如東都揚州繁華。茶館裡的師父用著滎陽當地的方言，規規矩矩說著沙場將士報效國家的故事。

柳玉茹坐在長廊上，看著街上來來往往，一架轎子從路邊緩緩行來，那轎子前後有人護著，鳴鑼開道，百姓紛紛避讓，柳玉茹便看出來，這是官家的人了。

轎子行到半路，突然有個女子衝了出來，攔在轎子前方，跪著磕頭，轎子停了下來，停轎的位置距離柳玉茹，說遠不遠，說近不近，柳玉茹聽到女子在哭喊些什麼，但因為是滎陽本地方言，她聽得有些艱難，只陸陸續續聽到：「那是家裡唯一的男丁……」

人群議論紛紛，很快有士兵衝過來，要拖走女子，女子尖銳慘叫著：「秦大人！秦大人！」

柳玉茹聽得不忍，正要出聲，就聽轎子裡傳來冷靜的男聲：「慢著。」

那男聲說的是大榮的官話，官話中帶了些難以察覺的揚州口音，似乎已經在外漂泊了多年，若不是仔細聽，根本聽不出來。

柳玉茹不由得有了幾分好奇，便見官轎掀起簾子，一個四十出頭的男人從轎子裡走了出來。他穿著緋紅色的官服，在滎陽這個地方，能穿緋紅色官服的，應當是個大官。大夏需五品以上才能穿緋色官服，哪怕是傅寶元，也只穿了藍色。柳玉茹打量著那個男人，他生得清俊，看上去頗為沉穩，身上有種說不出的肅殺冷氣，從轎子裡一出來，所有人便安靜了。

他走到那女子面前，士兵有些為難道：「秦大人……」

「放開。」男人冷聲開口，士兵不敢再拉著，女子趕緊朝著這緋衣官員跪著爬了過來，流著淚磕著頭道：「秦大人，求求您，只有您能為我做主了。」

「夫人，」男人神色平靜，「這事不歸秦某管，秦某做不了主，您也別再攔在這裡，對您不好。回去吧。」他說著，聲音小了許多，柳玉茹聽不見他說什麼，只看那女子終於哭著起身，讓開了路。

官員回到轎子上，轎子繼續前行。

柳玉茹在旁邊瞧著，等小二上來，不由得道：「方才路過的，是哪位大人？」

「是刺史秦楠秦大人。」

小二笑著給柳玉茹添茶：「秦大人剛正不阿，有什麼事老百姓都喜歡找他告狀。」

柳玉茹點點頭，隨後又道：「為何不找縣令呢？」

這話問得小二的笑容有些僵了，忙道：「縣令大人忙啊，而且，秦大人長得好，大傢伙也喜歡多見見。」

這話純屬胡說了，可柳玉茹聽出來，小二不願意提太多。她也不強求，換了個話題，只問了問旁邊的地價。小二答得謹慎小心，多說幾句，額頭上便冒了冷汗，柳玉茹見他害怕，也不再問了，讓人下去後，自己坐在包廂裡，同印紅道：「妳說這些人怎的這麼警惕？」

「姑爺來巡查黃河的事，」印紅笑了笑，「下面的人不得給這些老百姓上好眼藥嗎？」

柳玉茹聽到這話，皺了皺眉頭，想了想，忙道：「妳讓人跟著方才那女子，最近看著她些，要是官府找她麻煩，及時來報。」

柳玉茹在酒樓裡吃著飯，顧九思換好了衣服，便同洛子商、沈明一起，由傅寶元的人領著去了傅寶元設宴的地方。

傅寶元在王家設宴，顧九思路上聽明白了，這個王家是當地最大的富商，家族龐大，滎陽顯大半官員都和王家有往來，要麼是王家的宗族子弟，要麼與王家有姻親關係，最差的，也是王家人的朋友。

王家如今當家的人叫王厚純，已經五十多歲，聽聞顧九思一行人來了，立刻獻了一套院子，用來給顧九思等人落腳。

路上幫顧九思駕馬的車夫一直說著王厚純的好話，顧九思便聽著，既沒有讚賞，也沒有不滿。

等到了王家，顧九思領著洛子商和沈明一起下來，便看見傅寶元領著幾個人站在門口等著顧九思等人，一見顧九思，這幾人迎了上來，傅寶元給顧九思介紹道：「顧大人，這就是王善人王厚純王老闆了。」

顧九思目光看過去，是一個快五十歲的男人，他看上去十分和藹，臉上笑意滿滿，朝著顧九思行了個禮道：「顧大人。」

「王老闆。」顧九思笑著回了禮。

見顧九思沒有露出不滿，傅寶元頓時放下心來，引著幾個人進去。

王家這座別院極大，從門口走到設宴的院子，竟是足足走了一刻鐘，院子裡小橋流水，頗有幾分南方園林的景致。王厚純藉故同顧九思攀談著：「聽聞顧大人是揚州人士，草民極愛揚州景致，特地請了揚州的工匠來修建的園林，不知顧大人以為如何？」

「挺好的。」顧九思點點頭，得了這讚賞，王厚純接著同顧九思聊起來。一行人言笑晏晏進了院子，顧九思匆匆一掃，在場要麼穿著官府，要麼穿著錦服，應當是當地的官員富商，有頭有臉的人物，怕都被傅寶元請來了。

這其中有一個人在人群中顯得十分惹眼，他穿著一身緋紅色官袍，自己一個人端坐在高位上。他的位子離主座很近，從位子和官服來看，他的品級應當不低，但和周邊的人沒什麼往來，自己一個人坐著，低頭翻閱著什麼。

他看上去應當也有四十左右，但仍舊顯得十分英俊，坐姿十分端莊，在細微之處有種說不出的莊重優雅，這是出身於世族名門才有的儀態，讓顧九思想起葉世安這樣的世家子弟。

顧九思的目光落在那人身上，旁邊王厚純見了，趕忙道：「那是秦楠秦刺史。」

「秦刺史？」

顧九思重複了一句，心中有些明瞭了。

刺史作為朝廷委派的監察官員，品級自然是不低的，但人緣也必然是不好的，畢竟就像在東都，誰也不會閒著沒事去找御史臺的人聊天。作為御史臺的地方官員，刺史這個位子不招人待見，顧九思懂。

而一個監察官員，如今依舊出現在這樣不該出現的宴席上，而不是第一時間拒絕然後參奏，可見這個秦刺史與當地官員也是做了一定的妥協。

顧九思一面問著每個人的名字和來歷，一面在心裡有了盤算。等到入席後，所有人逐一上來給顧九思、洛子商、沈明三人敬酒，只有秦楠紋絲未動，傅寶元見秦楠不動，趕緊走了過去，低頭同秦楠說了什麼，秦楠皺了皺眉頭，許久後，他終於站起身，然而他卻是首先往洛子商的方向走了過來，給洛子商敬了一杯酒道：「敬過洛侍郎。」

顧九思心裡有些詫異，不明白秦楠為什麼先給洛子商敬酒，洛子商面色如常，似乎是料到的，甚至刻意將杯子放低了一些，做出晚輩姿態與秦楠敬了酒，隨後恭敬地說了句：「秦大人客氣了。」

兩人把酒喝完，秦楠點點頭，也沒多說，他轉過身走到顧九思面前，給顧九思規規矩矩敬了一杯，然後就下去了。

他這一齣將所有人搞得有點懵，傅寶元見顧九思盯著秦楠，怕顧九思不喜，趕忙上去跟顧九思道：「秦大人與洛侍郎是親戚，他生性靦腆，上來先同洛侍郎喝一杯，定定神，您別見怪。」

「親戚？」顧九思有些疑惑，洛家滿門據說都在當年沒了，又哪裡來的親戚？

傅寶元趕忙回答：「他是洛大小姐的丈夫，算起來當是洛侍郎的姑父。和洛大小姐成婚後沒幾年，洛大小姐就沒了，洛大小姐走後不到兩年，洛家就……」

傅寶元看了秦楠一眼，見秦楠神色如常，應當是聽不到，於是就蹲在顧九思身邊，繼續小聲道：「我聽說，他原本是寄養在洛家的，洛大小姐和他私奔來榮陽，所以一直沒回過揚州。當年洛大小姐去得早，只留了一個兒子給他，他也一直沒續弦，如今孩子大了，考了個功名，派到涼州當了主簿，他一個人照顧著老母親在榮陽生活，一個人久了，性情上多少有點古怪，好不容易見到一個親戚，做事沒分寸，您也別見怪。」

顧九思靜靜聽著，一時竟不知道傅寶元這些話是在幫秦楠說情，還是在擠兌秦楠。他面上不彰顯情緒，只是道：「這麼多年了，他也沒有續弦？」

「沒有。」傅寶元嘆了口氣，「秦刺史對髮妻一片癡心，合葬的墳都準備好了，估計是不打算再找一個了。」

顧九思聽了這話，點點頭，正打算說什麼，就聽外面傳來一聲通報：「王大人到！」聽到這話，在場所有人面帶喜色，連忙站了起來，王厚純更是直接從位子上跳起來，往門前急急趕了過去，顧九思轉過頭，便看到一位頭髮斑白的老者走了進來。他穿著緋紅色的官袍，笑著和人說話，王厚純上去，面帶高興道：「叔父您來了。」

「家裡遇到些事，來得遲了。」那人同王厚純說了一聲，隨後走到顧九思面前，笑著行了個禮道：「下官永州知州王思遠見過顧大人，家中有事來遲，還望顧大人見諒。」

他雖然說著「下官」，可舉手投足之間卻沒有半分恭敬。知州這個位子，便是一州最大的長官。范軒稱帝後，吸取了大榮的經驗，軍政分離，分成了知州和節度使共同管理一州，除了幽州由周燁統一統管以外，其他各州軍政相互分離。如今沒有戰亂，王思遠就是永州的土霸王，雖然品級不如顧九思，但實際權力卻不比顧九思小。顧九思心裡稍一思量，便清楚王思遠來遲的原因。

傅寶元等人唱白臉，王思遠就唱黑臉，一面拉攏他，一面又提醒他要知道分寸，這永州，始終是王思遠的地盤。

顧九思面上假作不知，他還想看看滎陽的水到底有多混，於是趕緊起身，故意裝作奉承道：「王大人哪裡的話？您是長輩，我是晚輩，您家中有事，應當讓人通告一聲，改日在下上門拜訪才是，您能來，已經是給了在下極大的臉面了。」

說著，顧九思給王思遠讓了座，招呼著道：「您當上座。」

王思遠聽顧九思這樣說，眼裡立刻有了讚賞，他笑著推辭，顧九思拉著他往上座，於是兩人互相吹捧半推半就的換了位子，王思遠坐在高坐上，顧九思在一旁陪酒。

旁人看著兩人活動，等王思遠入座後，氣氛頓時不太一樣了，所有官員沒有了之前的拘謹，看著顧九思也有了幾分自己人的意味。

顧九思心裡明白，他這算是上道了。

他和王思遠攀談起來，幾句話之後，便改口叫上了「王大哥」，王思遠叫他「顧老弟」，旁邊沈明看得嘆為觀止，一句話不說，只敢喝酒。

傅寶元看王思遠和顧九思談得高興，笑咪咪走到王思遠邊上，小聲道：「王大人，您看是上歌舞，還是酒水？」

「都上！」王思遠十分豪氣，轉頭看向顧九思道：「顧老弟從東都來，見多識廣，我們永州窮鄉僻壤，唯一一點好，就是夠熱情，顧老弟今年幾歲？」

「剛剛及冠。」顧九思笑著回答，王思遠大聲擊掌道：「好，青年才俊！那正是好時候，可以體會一下我們滎陽的熱情，上來，」王思遠大聲道：「都上來。」

顧九思還不知道會發生什麼，他聽到王思遠說了兩聲上來之後，轉過頭去，就看見一群鶯鶯燕燕，身上籠著輕紗，踩著流雲碎步，從院子外踏步進來。

她們身上的衣服在燈光下幾乎等於什麼都沒有，顧九思的笑容僵住了，等緩過神來後，他僵硬著將目光移開，故作鎮定地看著遠處，而沈明則是低著頭，開始瘋狂吃東西，再也不敢抬頭了。

見他露怯，王思遠等人都笑了，傅寶元在旁邊站著道：「看來顧大人還是年輕。」

「家裡管得嚴，」顧九思笑著道：「還是不惹禍得好。」

「顧老弟這話說得，」王思遠立刻有些不高興，「女人能管什麼事？怕不是拿著女人做托詞，不想給我們面子吧。」

說著，王思遠點了十幾個姑娘道：「你們都過來，伺候顧大人。」

顧九思的笑容有些掛不住了，那十幾個姑娘立刻湊了上來，跪在顧九思面前，王思遠喝著酒，同顧九思道：「顧老弟，這個面子，你是給還是不給呢？」

顧九思不說話，他看著跪在地上瑟瑟發抖的姑娘，聽王厚純不鹹不淡道：「主子都伺候不好的姑娘，有什麼用？顧大人不喜歡妳們，那妳們也該廢了。」

一聽這話，姑娘們立刻往顧九思身邊圍過去，顧九思見著這姿態，便明白，今晚他想要得到王思遠的信任，就必須露出自己的弱點來。美色、金錢，或是其他，他不能總在拒絕。

滎陽水深，如果他今晚拒絕了，就失去了和滎陽官員打交道的機會。他看了看旁邊幾乎快哭出來的姑娘，嘆了口氣道：「行了行了，王老闆你看看，你都把人家嚇成什麼樣了？這麼多姑娘，你們讓我怎麼選？」

他做出無奈的姿態來，隨後隨手點了一個道：「妳來倒酒。妳……」他指著另一個，想了想，轉頭同王思遠道：「那個，王大人，您介意今日開個局嗎？」

所有人愣了愣，顧九思笑了笑道：「和您說句實話，小弟對女色沒什麼愛好，就是好賭。今日有酒有女人，不如放開點，大家搖骰子喝酒賭大小，行不行？」

王思遠聽到這話，慢慢放鬆下來，「顧大人喜歡，怎麼玩都行。」

傅寶元在他們交談時，讓人去支起了桌子，顧九思將沈明拉到自己身旁，吆喝著同王思遠道：「來來來，王大人，我們分組來玩，我輸了就讓我這邊的人喝酒，您輸了您喝。」

「喝酒多沒意思，」王厚純笑著道：「輸了讓姑娘脫衣服才是，來，把姑娘分開，哪邊輸了，就讓哪邊的姑娘脫衣服。」

「那我喝酒吧，」顧九思立刻道：「怎麼能讓美人受委屈？」

「那您喝，」王厚純抬手，笑咪咪道：「萬一輸多了，怕是您也喝不了，護不住美人了。」

這一番你來我往，氣氛頓時熱絡起來，顧九思和沈明湊在一頓，沈明小聲道：「你玩就玩，把我拖過來做什麼？」

「你把姑娘隔開，」顧九思小聲道：「我害怕。」

「你害怕我不怕？」沈明瞪大了眼。

顧九思趕緊安撫他道：「不說了不說了，還是賭錢高興點。」

說著，顧九思便帶著大家耍玩起來。

押大小數點划拳……賭場上的東西顧九思沒有不會玩的，他賭起錢來興致就高，場面被他搞得熱熱鬧鬧，王思遠不由得放鬆了警惕。

顧九思賭技不算好，有輸有贏，對面輸了就讓姑娘脫衣服，他這邊輸了就喝酒，沒一會兒，顧九思和沈明就被灌得不行，洛子商在一旁時不時替他們喝兩杯，悠哉地看著戲。

他們在王府鬧得熱火朝天，柳玉茹也逛完了滎陽城，正準備回府。此刻天色正暗著，柳玉茹經過一家青樓，發現青樓門前冷冷清清，幾乎沒什麼女子坐在樓上攬客。柳玉茹不由得愣了愣，有些奇怪道：「滎陽城裡的花娘，都不攬客的嗎？」

「攬客啊，」車夫聽到柳玉茹發問，不緊不慢道：「不過今晚生得好些的花娘都去招待貴客了，生得醜哪裡好意思讓她們出來攬客？那不是砸招牌嗎？」

「貴客？」柳玉茹心裡「咯噔」一下，不由得道：「什麼貴客？」

「就最近東都來的客人。」說著，車夫有些好奇道：「聽您的口音，應當也是東都那邊的吧？最近朝廷派了人來，說是要修黃河，您不知道？」

聽到這話，柳玉茹心裡一沉。

她沉默片刻，車夫沒聽見她的聲音，不由得有些忐忑，回頭道：「這位夫人怎麼不說話？」

「大哥，我想起來有些事，」柳玉茹突然開口道：「您先將我放在這兒吧。」

車夫有些奇怪，但還是將她放下馬車。柳玉茹領著印紅和侍衛下了馬車，隨後便道：「給我找架馬車，我要去王府。」

印紅立刻道：「明白！」

印紅很快找了輛馬車，柳玉茹上了馬車，看了看天色，緊皺著眉頭。

印紅看柳玉茹似是不高興，忙安慰道：「夫人您別擔心，姑爺性情正直，就算他們叫了花娘，姑爺也一定會為您守身如玉的！」

「我不是擔心這個。」柳玉茹搖了搖頭，「九思如今一心想要混進他們的圈子，但他們不會這樣輕易讓九思混進去，必然要拿住九思的把柄，今日叫了這樣多花娘，九思如果太強硬拒絕，怕後面再和他們打交道就麻煩了。這些姑娘是要拒絕的，但不能由他出面。」

「您說的是。」印紅點點頭：「您去替他拒了就是了。」

柳玉茹應了一聲，轉頭看了街道一眼，嘆了口氣道：「這樣肆無忌憚公然招妓，也不怕刺史參奏，滎陽城這些官員，膽子太大了。」

柳玉茹和印紅說著，便到了王府門口，王府此刻燈火通明，站在門前就能聽到裡面男男女女打鬧之聲，聽到這些聲音，印紅臉色頓時大變，跟來的侍衛不由得看向柳玉茹，柳玉茹神色鎮定如常，同房門道：「妾身乃顧九思顧大人之妻，如今夜深，前來探望夫君，煩請開門。」

聽到這話，房門的臉色不太好看了，他趕緊恭敬道：「您且稍等。」

「都通報身分了，」印紅不滿道：「還不讓您進去，這是做什麼呢？」

柳玉茹想了想，點頭道：「妳說得對，我不該給他們時間。」

印紅沒聽懂，她還沒反應過來，柳玉茹就轉頭同侍衛吩咐：「刀來。」

侍衛有些懵，卻還是把刀遞給柳玉茹，柳玉茹提著刀上前，敲響了大門，房門剛把門打開，柳玉茹直接把刀插進門縫，冷靜道：「妾身顧九思之妻，前來接我夫君回家。」

第九章　河堤

庭院裡，顧九思正玩得上頭，整個院子的人在酒的攛掇下變得格外放肆，只有秦楠始終保持著格格不入的冷靜，坐在位子上冷眼旁觀，眼中全是厭惡。

院子裡都是人的喊聲，大大小小的下著注，顧九思和王思遠分別在賭桌兩邊，各自拿著一個骰子，顧九思坐在椅子上，靠著沈明，兩個人都是醉眼朦朧的樣子，顧九思手裡拿了個篩盅，看著對面的王思遠，打著酒嗝道：「王大人，顧某這次就不客氣了，顧某這一定會開六六大順……」

「公子！公子！」話沒說完，木南就擠了進來，焦急道：「夫人來了。」

「你說什麼？」顧九思迷蒙著眼，做了個把手放在耳朵邊的姿勢，大聲道：「你說大聲點，太吵了，我聽不到。」

「少夫人來了！」木南繼續急切喊著。

顧九思還沒聽清楚，繼續道：「大聲點，聽不到，聽不到！」

木南深吸一口氣，大聲道：「公子，少！夫！人！來！了！」

這一次，不只顧九思，在場所有人都聽到了。

全場安靜下來，大家就看見顧九思低著頭，僵住了動作，片刻後，本來一直醉著的他彷彿被一盆冷水撲面潑過一般，瞬間清醒過來，猛地站了起來，身形敏捷道：「後門在哪裡？快，我要從後門走！」

「顧大人不必驚慌，」王厚純看顧九思的模樣，趕緊上來安撫道：「您別擔心，我讓門房把夫人攔在外面，這就替您備車……」

「大人不好了！」外面傳來奴僕大喊：「顧夫人打進來了！」

一聽這話，所有人臉色都變了。顧九思立刻道：「你別拉我了，你攔不住她的，你沒見過她提刀的時候！」

說完，顧九思猛地拉開王厚純的手，大聲道：「快，後門在哪裡？給我備車！備車！」

顧九思不等下人回答，就根據正常房屋的設計，朝著後門奔了過去，下人急急跟在後面，這時候柳玉茹也帶著侍衛到了。

在所有人心裡，會這樣直接打上門來抓丈夫的，必然是個五大三粗的潑婦，然而柳玉茹出現的時候，卻將所有人都驚了一下。這是個典型江南水鄉出來的姑娘，身形瘦弱，皮膚白皙，氣質溫和如春風拂柳，面容清麗似出水芙蓉。

她生得美貌，入室時，所有人不自覺將目光移了過去，她進來之後，朝著所有人盈盈一福，行禮道：「見過各位大人，請問我家夫君顧九思何在？」

在場誰都不敢說話。柳玉茹目光一掃，見到躲在人群中發著抖，還沒來得及跑的木南，溫和笑道：「大人呢？」

木南閉上眼睛，帶著破釜沉舟的氣勢，朝著顧九思逃跑的方向抬手一指。柳玉茹揚了揚下巴，同侍衛道：「去追。」

侍衛立刻朝著後院衝了過去，柳玉茹轉過頭，掃了一眼，便看出來這群人裡最有地位的是站在一旁的王思遠，她笑著走上前，恭敬道：「叨擾各位大人了。」

所有人的面色都不太好看，王思遠憋了片刻，終於道：「顧夫人，有一句話，在下作為長輩，還是想勸兩句……」

「大人要說的話，妾身明白，」不等王思遠講完，柳玉茹便先出聲了，她抬起手，將頭髮往耳後輕輕一撥，柔聲道：「女子應賢良淑德，不該如此善妒，只是妾身就是這樣一個性子，當初陛下想給郎君賜婚，也如此說過。」

這話出來，大家不敢再勸了。皇帝賜婚都賜不下去，誰還勸得了這個女人？一時之間，在場所有人對顧九思有了那麼幾分憐憫，突然明白一開始顧九思對那些女子敬而遠之、說自己不好女色，不是在敷衍推托他們，而是真的有隻母老虎啊。

柳玉茹正和庭院的人說著話，侍衛將顧九思左右架著，從後院提了過來。

顧九思喝高了，腳步有些踉蹌，他到了柳玉茹面前，柳玉茹靜靜端望著他。

柳玉茹什麼都沒說，顧九思就覺得有種無聲的害怕湧了上來，他毫無儀態，衝上前去抱住柳玉茹的大腿，委屈著哭道：「玉茹，不是我自願的，都是他們逼我的啊！」

在場所有人：「……」

王厚純的臉色有些不好看了，勉強堆起笑容：「顧大人醉了，這是正常酒宴，大家行樂而已，夫人看得開。」

「我看不開。」柳玉茹果斷開口。

顧九思繼續偽作抽噎著道：「我說不喝了不喝了，大家一定要我喝。喝了還要賭錢，我戒賭很久了，妳也知道，今日真的是被逼著賭的，他們說不喝酒不賭錢就不是朋友，不給他們面子，我真的是被逼的……」

「對對對，」沈明反應過來了，趕緊道：「嫂子，都是被逼的。那些姑娘和我們一點關係都沒有，這裡姑娘雖然多，但是我們一眼都沒看過。」

柳玉茹聽著這些話，抬起頭，看向王思遠道：「妾身聽聞，按大夏律，官員不得狎妓，不得賭博，這滎陽的官場，規矩比天家的律法還大？」

王思遠聽柳玉茹這樣說，臉色頓時冷了下來，顧九思悄悄看王思遠，拚命對他做著道歉的眼神道：「王大人對不住，我家這位娘子就是見不得我出來做這些，叨擾大家了，給大家賠罪、賠罪。」

顧九思說著，趕忙起身，給所有人作揖道：「在下這就走了，改日再聚。」

顧九思說完，便拉著柳玉茹要走，柳玉茹也沒說話，板著臉同顧九思走了出去，沈明抹了把臉，低著頭和大傢伙兒賠罪，所有人的臉色都不太好看，王厚純見柳玉茹和顧九思走遠了，直接同沈明道：「顧大人這樣，也太失尊嚴了些，女人當好好管管才是。」

沈明勉強笑道：「要是管得了，早管了，只能讓各位大人多多擔待了。」

沈明給所有人賠了罪，回了馬車上，便看見柳玉茹和顧九思各自坐在一邊，顧九思用小扇給柳玉茹搧著風，哄著道：「我們家玉茹真聰明，今日真是來得好來得巧，發了這麼一通脾氣，以後誰都不敢來請我吃飯了，真好。」

「離我遠些，」柳玉茹捂著鼻子，淡道：「身上有酒味。」

顧九思立刻往後退了些，用扇子給自己搧著風，堆著討好的笑容。沈明坐在他們對面，往外揚了揚下巴道：「不管洛子商了？」

「管他做什麼？」顧九思轉著扇子，「人家有自己的大事要做，留幾個人盯著就行了。」

沈明點點頭，嘆了口氣道：「今個兒好，一來就把滎陽當官的得罪了個遍。接下來不知道怎麼辦囉。」

「哪裡是得罪個遍？」顧九思搖著扇子，「就是讓他們看看我這個人有多少弱點罷了。他們送錢，我接了全彙報給朝廷，那還好。送女人，我可真洗不清了。玉茹這麼鬧一齣，他們估計也不敢送女人了，還看明白我是個耙耳朵，怕是從明日開始，就要想方設法討好玉茹。」

「那這些錢我接嗎？」柳玉茹小心翼翼詢問，顧九思抬眼看她，「接，怎麼不接？不但要接，還要記清楚誰給的，給了多少，整理下來，收多少，就要送多少到東都去，給御史臺和皇帝那邊清清楚楚知道。把網鋪好了，再一起打魚。」

「洛子商這邊……」沈明還是有些不放心，顧九思用扇子敲著手心，「先看著。派人盯著他，別出什麼紕漏。」

「黃河這邊估計出不了什麼紕漏。」柳玉茹搖搖頭，「他投了這麼多錢來修黃河，就是為了後期利於揚州水利通行。而且他在我的商隊投了錢，不會和自己的錢過不去。怕只怕他找九思麻煩。」

柳玉茹皺起眉頭，「如今大家在外，還是要小心才是。」

顧九思應了一聲，想了想，同沈明道：「你找人去查查那個秦楠。」

沈明點點頭：「明白。」

三個人商量著正事到了門口，沈明才笑起來，同柳玉茹道：「嫂子，妳今個兒不生氣啊？」

柳玉茹有些疑惑，抬眼看向沈明，沈明朝著顧九思努了努嘴：「九哥今日又喝又賭又……」

「你滾下去！」還沒說完，顧九思就抄了旁邊的盒子砸了過去，沈明笑嘻嘻接了盒子，最後道：「又幫了好多小姑娘，快活得很呢。」

顧九思衝過去要動手，馬車恰好停了，沈明在顧九思抓住他前一刻跳下馬車，顧九思撲了個空，轉過頭看著柳玉茹，訕訕道：「玉茹，妳別聽他胡說。」

「我沒聽他胡說，」柳玉茹開口，顧九思心裡頓時安定下來，笑著正要說下一句，就看柳玉茹搖著扇子道：「我瞧著呢。」

顧九思面色僵了，柳玉茹面上依舊如常，笑意溫和：「郎君官場應酬，我有什麼不明白的？切勿太過多慮了。」

話是這麼說，想也當是這麼想，但不知道為什麼，顧九思總覺有那麼幾分毛毛的感覺在心中蔓延。

夜裡顧九思想找柳玉茹說話，但他酒意上來又睏，強撐著說了兩句，柳玉茹不理會他，他撐不住便攬著人睡了。

等到了第二日，顧九思早早起來，柳玉茹才起身，就看他巴巴端了洗臉盆過來，一雙大眼裡全是討好道：「玉茹醒了？我伺候妳起床。」

柳玉茹面色不變，笑了笑道：「勞煩夫君。」

顧九思趕緊端水遞帕子，他動作笨拙，幫著她洗漱之後，又來幫她穿衣。柳玉茹看著他苦惱的把帶子扭過來繫過去，腰帶繫得歪歪扭扭，實在忍不住笑出聲，按住他的手道：「罷了，不必了，我不氣了。」

聽到柳玉茹的笑聲，顧九思舒了口氣，環住她的腰，如釋重負道：「妳可算笑了，我心裡怕死了。」

「你又怕些什麼？」柳玉茹有些奇怪，「錯不在你，我氣也是氣那些官員。」

說著，柳玉茹抬手整理一下顧九思的衣領，有些無奈道：「這世界對你們男人太過偏愛了，外面好吃好玩的這樣多，你不樂意都有人逼著你去享受，我想享受也沒個地方……」

「妳說什麼？」顧九思抓住重點，震驚道：「妳想享受什麼？」

柳玉茹哽了哽，趕緊道：「沒什麼，我就是嫉妒你。你瞧瞧你這日子，」柳玉茹嘆了口氣，「有酒喝有錢賭有姑娘陪，花花世界無限精彩，我……」

話沒說完，木南就從門外走了進來，笑著道：「公子醒了，昨夜跟著洛子商的侍衛來報晨訊，可要聽？」

「說吧。」柳玉茹率先開口，顧九思應了一聲，木南立刻道：「昨夜洛子商和所有官員酒桌上都喝了一遍，與永州官員相處甚好，夜歸時醉酒，是秦刺史送回來的。」

「嗯？」顧九思抬眼，「可知他們說了什麼？」

「門童說，在門口聽見秦楠約洛子商後日掃墓。」

顧九思皺起眉頭，秦楠約洛子商掃墓，應當是事關洛依水。顧九思心裡對洛子商的身分始終是個結，他揮了揮手道：「盯好他。」

木南應聲，顧九思又囑咐些其他，便讓木南下去了。

這麼一打岔，兩人不再多說其他了，一起吃了飯，顧九思便領著洛子商和沈明去了縣衙，柳玉茹自己去街上找倉庫的位置。

滎陽是黃河的分流段，也將是柳玉茹水路規劃上最大的一個中轉站，柳玉茹首先要找個倉庫，用來存放需要分流的貨物，之後要去購下一批小船，用來從黃河切換到小渠。

柳玉茹在城裡轉了一日，尋找著適合當倉庫的地方。這個地方不能離碼頭太遠，交通必須便利，而且地價不能太貴。她一面打聽著各處的價格，一面詢問著各個店鋪的人力。

她忙活的時候，家裡傳來了消息，說是許多官太太來了家裡。

柳玉茹趕緊回了府邸，收拾一下，便去了前廳。

前廳裡坐了十幾位夫人，年紀都和柳玉茹相仿，王府的管家一一跟柳玉茹介紹來人。這些人是由傅寶元的妻子陳氏領著過來，同柳玉茹聊著天。她們極會說話，同傅寶元這個人一般，見縫插針的誇人。

柳玉茹小心應酬著，等大家相熟了，氣氛熱絡起來，陳氏便邀請柳玉茹去逛園子。她們兩人像好姐妹一般手挽著手進了院子，其他人遠遠坐著，柳玉茹看出陳氏明顯有話要說，便直接開口道：「傅夫人可是有什麼私底下的話要說的？」

「顧夫人真是仙人下凡，我們這些凡人的心思都被顧夫人看得透透的。這次我呀，的確是有些話想同顧夫人說說。我聽說顧大人這次來，主管修黃河的事，這修黃河可是大事，我夫君在縣令這個位子上待了二十多年了，黃河修過三次，每一次大人來修完黃河之後，回去不僅升官，還能發財，運氣好得不得了，這就是積德呀。」

柳玉茹聽著，露出驚訝的神情，滿是嚮往道：「修黃河竟有這樣的福氣嗎？」

「一年黃河道，十萬雪花銀。」陳氏笑著道：「過往修整都是小打小鬧，這次聽聞朝廷撥了一千萬兩下來，可是真的？」

柳玉茹聽著這話，露出詫異的神色，「竟有這麼多？」

「看來顧夫人還不知道？」陳氏假作不知道柳玉茹在演戲，繼續道：「我聽我夫君說了，足足一千萬兩，想必顧大人是要幹一番大工程，這做事，總要有些做事的人，今個跟著我來的夫人，都是過往治理黃河緊要人手的夫人，她們聽說顧夫人來了，就想過來，多多少少露個臉，讓顧夫人在顧大人面前美言幾句。」

柳玉茹聽了，心裡便有了底。看了屋裡那些鶯鶯燕燕的女子一眼，笑了笑道：「只要不給我夫君送女人，一切都好說。」

陳氏愣了愣，隨後笑出聲：「明白，昨個兒的事我們都聽說了，顧夫人做的好，我們極為欣賞。」

柳玉茹似是不好意思，笑了笑，沒有說話，陳氏靠近柳玉茹，小聲道：「夫人是喜歡白的，還是喜歡物件？」

柳玉茹聽到這話，便知道陳氏是在問她怎麼送這個禮了。

白的應該就是銀子，物件應該就是將銀子折成物品。她想了想，隨後道：「白的吧，」故作淡定道：「妳夜裡抬到府裡來，今個兒的人，等會兒我陪妳再見一遍。」

陳氏高高興興應了聲，便領著柳玉茹見了眾人。柳玉茹細緻記下每一個人後，等吃過飯，才送走這些夫人。

柳玉茹在府裡應付著這些夫人的時候，顧九思領著洛子商和沈明在縣衙，同王思遠、傅寶元等人說著這次的修繕計畫。

「這次修整黃河，全程接近一年時間，從今年七月到明年七月，如果速度快些，最好在明年四月能結束。國庫準備耗銀一千萬兩，這是全部的錢，多了一分沒有，所以大家用錢一定要謹慎小心。」顧九思鋪開圖紙，同所有人介紹著。

「一千萬？」傅寶元在旁邊笑起來，「用來修那幾個堤壩，倒也是足夠的。」

「不是修堤壩，」顧九思看了傅寶元一眼，「整個規劃分成三個階段，第一個階段七、八月，要給所有堤壩加防，用來迎接夏秋大汛。這個階段主要加固以前的堤壩，隨時觀察流向，及時通知下游百姓疏散，以及災後賑災。」

「那後面兩個階段是？」王思遠皺起眉頭，顧九思指了圖畫上幾條虛線的河道，聲音平靜道：「修渠改道。黃河之所以頻發災害，主要是因為河道不夠平直，這次我們重新規劃了河道，一方面將曲度過大的彎道改直，另一方面增加分流管道，將黃河的河道改個流向。這個工程趁著秋冬做完，我們有四個大彎需要修整，修整之後，黃河從滎陽之後，河水改從梁山、平陽、長青、濟南、濟陽、高青、博興流進，然後直入渤海。」

「顧大人，」傅寶元皺起眉頭，「黃河常年災害最難解決的，其實不在下游，而在滎陽，滎陽乃黃河分流處，彎道急，水勢高，您就算把下游修平了，最大的問題也沒有解決。」

渠。」

「所以我們不僅改道，」洛子商在旁邊開口，將手點在滎陽處，「我們最重要的，還是修

「修渠？」王思遠不明白，顧九思點了點頭，「滎陽這裡，前朝曾經試圖修一條汴渠分流黃河，但是汴渠始終沒有完工，這次我們就將汴渠澈底修好，從黃河一路接到淮河。」

聽到這話，傅寶元和王思遠對看了一眼，王思遠放下茶杯，語氣有些硬了，「那第三個階段呢？」

「第三個階段就是設立水閘，在外加防堤壩。」顧九思冷靜道：「如此修整之後，黃河水勢平緩，日後便可通航。黃河十里加設一水閘，洪澇時可以用以攔洪、排水，日常用以保證通航，還可以灌溉農田管道。傅大人，」顧九思抬頭看向傅寶元，笑著道：「若黃河修成，滎陽日後必為樞紐，傅大人官路前途無量啊。」

傅寶元乾笑著不敢接話，顧九思看向王思遠：「王大人以為如何？」

「很好，」王思遠點著頭，「顧大人宏圖大志，讓老朽覺得，少年人果然敢想。黃河水患乃千百年之疾，顧大人打算一己之力一年內解決，真是後生可畏。」

王思遠雖然是誇讚，但在場所有人卻都聽出言語裡的譏諷，顧九思笑了笑，「王大人，九思年輕，有許多事思慮不周，您覺得有什麼不合適的，適當提醒一下。」

「沒什麼不合適，」王思遠聽顧九思服軟，笑著道：「就是錢吧，可能不太夠。」

「錢這事簡單，」沈明適時開口了，大大咧咧道：「陛下說了，一千萬是朝廷給的，要

是不夠就從永州稅賦裡補。修個河道，一千萬，怎麼也該夠了。」

「是麼？」王思遠喝了口茶，淡道：「那就修吧，本官覺得顧大人深謀遠慮，這事全權由顧大人負責就好。也到正午了。」

王思遠起身，雙手負到身後，走出去道：「本官還有其他事，便不作陪了。治水這件事，傅大人，」王思遠看了傅寶元一眼，「好好協助顧大人，不得有怠慢。」

傅寶元低著頭，連連應是。

顧九思看著傅寶元送王思遠走出去，他端著茶喝了一口，他知道王思遠話裡有話，但洛子商在，他不好多說。

傅寶元送完王思遠回來，笑著同顧九思道：「顧大人，要不吃過飯再說吧？」

顧九思應了一聲，洛子商卻是站起身，同顧九思和傅寶元道：「二位大人，洛某還有些私事，後續的事情二位大人協商，出了結果告訴洛某即可，洛某先行告辭。」

顧九思正想著如何和傅寶元商議接下來的事，洛子商主動提出離開，他自然不會阻攔，洛子商拱手先行離開後，顧九思轉頭看向傅寶元，「傅大人，」他笑著道：「您能不能給顧某提點一下，這個錢，要多少才夠啊？」

傅寶元聽顧九思的話，雙手放在身前，笑著道：「顧大人為難在下了，錢的事，下官一個縣令，怎麼能知道這些？」

傅寶元推托，顧九思便知道傅寶元是不肯同他透實話了。

一千萬是工部認真算過的，下來不夠用，中間肯定有許多錢不是花在修河上了，顧九思問這個問題，不過是想試試傅寶元的口風和這永州的底。但傅寶元明顯不信任他，顧九思苦笑了一下：「那九思就去找其他人問問了，不過修河的事耽擱不得，今日下午就將人都叫齊，明日開始動工吧？」

「聽大人吩咐。」

傅寶元領著九思吃了午飯，隨後便去通知負責施工的人過來，下午詳談。下午來了一大堆人，整個縣衙客廳都擠不下，好幾個站在外面，顧九思見著這麼多人，倒絲毫不亂，他來之前已經把修黃河的整個流程梳理得清清楚楚，在場便將任務分了下去，要求第一個修已有堤壩的階段，要在一個月內完成，以迎接八月大汛。

所有人聽著他的話，都面帶難色，顧九思抬頭看了眾人一眼，終於道：「各位有難處的，不妨說一聲。」

在場沒有人說話，顧九思便直起身道：「若是沒有異議……」

顧九思話沒說話，就聽人群裡響起一個極為猶豫的聲音：「大人。」

顧九思看過去，是專門負責填沙袋的商人，他姓李，叫李三，從打扮來看，就是一個在工地幹著活的，來見顧九思，鞋上還沾染了泥土，明顯是從工地趕過來。

顧九思緩了緩神色，儘量柔和道：「你若有什麼問題，大可說出來。」

「大人，」李三見顧九思態度好，終於大起膽子道：「錢，可能不太夠……」

顧九思聽到這話，皺起眉頭，李三開了口，旁邊的人紛紛跟著回應起來，錢不夠，人手不夠，時間不夠……都吵嚷著，要把完工時間放寬到十月。

顧九思聽他們高談闊論，眉頭越皺越緊，只道：「若是熬到十月才能完工，八月大汛的時候怎麼辦？」

「顧大人，我們明白您的憂慮，」傅寶元賠著笑道：「可是這做不到的事，也是沒辦法的。大人，還是算了，將時間推遲一下吧？」

顧九思沒說話，片刻後，終於道：「你們說錢不夠，你們就給我一筆一筆的算，我聽著。」

這話放出來，所有人面面相覷，沒有人敢上前，顧九思指了李三道：「你說，我聽著。」

李三猶豫片刻，慢慢道：「顧大人，比如說，您撥給我兩百兩銀子，可如果是加沙包，要在一個月內完工，兩百個人是打不住的，按照滎陽的市價，一個工人一月二兩五十錢……」

「慢著，」顧九思抬手道：「兩百個人？二兩五十錢？我來之前就問過，這樣的長度，只需要一百勞役……」

聽到這話，旁邊傳來一聲低笑，顧九思扭過頭去，看見傅寶元一副「我不是故意的，我只是沒忍住笑出聲」的模樣。

顧九思皺起眉頭，傅寶元立刻輕咳一聲，認真道：「顧大人，您年紀輕輕就平步青雲位列尚書，是關心天下大事的人才，可天下的事能從書上學，這百姓的事卻是學不了的，您還是聽聽下面做事的人的說法吧。」

「畢竟，」傅寶元笑裡藏了幾分難以察覺的看不起道：「您還年輕。」

顧九思沒有說話。

他何嘗聽不出來，傅寶元明誇他是重臣，誇他有能耐，實際上還是欺他年少無知。

他沉默著，心中怒火漸盛，然而他壓住這份氣性，沒有說話，好久後，勾起笑道：「算了，今日也晚了，改日再說吧。」

顧九思同所有人告別，起身領著木南出了門，走到大門口，就聽見裡面傳來了壓著的笑聲。

他耳朵敏銳，可這一刻卻恨不得自己耳朵不要這麼敏銳。

他捏起拳頭，大步回到家裡。

這時已經入夜，柳玉茹還在屋裡算著建立倉庫的各種成本，顧九思一把推開門，往床上一躺，喘著粗氣不說話。

柳玉茹嚇得趕緊過去，以為他病了，但靠近了，便發現他整個人氣呼呼的，明顯是氣狠了。

柳玉茹站在邊上，小心翼翼道：「怎的了？誰將你氣成這樣？」

「傅寶元、傅寶元！」顧九思一個鯉魚打挺，從床上翻起來，怒喝一聲：「我罵他大爺！」

「消消氣，」柳玉茹端了杯水給他，溫和道：「他做什麼了，你同我說說？」

顧九思梗著脖子不說話，柳玉茹輕拍著他的背，顧九思不知道為什麼，柳玉茹這麼溫柔的陪伴著他，忽地就覺得有那麼幾分說不出的委屈。

可他又覺得，若是將這份委屈表現出來，顯得太過幼稚。他深吸一口氣，平緩了情緒，終於道：「我讓他明日開工，八月之前要補好各地堤防。他和我說好，然後弄了一大批人來，這個說錢不夠，那個說人手不夠。還說我是書呆子只知道紙上比劃。我就算是書呆子也知道，他們這麼左右推阻，無非就是因為我沒給他們好處。」

「今日來了許多官員的夫人。」柳玉茹坐在顧九思身邊，抬手給他揉著太陽穴，顧九思靠在她身上，放鬆下來，「來做什麼？」

「想討好我，讓我給你吹個枕邊風，把事交給他們辦。」

這在顧九思意料之中，他閉著眼道：「送錢了？」

「他們問我是要白的還是物件，我想著，送物件這中間折了太多道彎，你收了錢是要告訴陛下，到時候作為他們行賄的罪證的，若是送物件，到時候怕是要麻煩。」

「妳要銀子了？」顧九思猛地出聲，柳玉茹被他的反應驚到，直覺自己做的不對，立刻道：「可是有什麼不對？」

「這群老滑頭！」顧九思耐著性子解釋：「她要送禮，就準備好送了，哪裡是什麼白的物件的問？這明明白白是在試探。我一個正三品戶部尚書，要收錢能這麼大大咧咧把銀子抬到家裡來嗎？那必須是把錢洗了又洗，洗得乾乾淨淨清清白白才能到我手裡來。」

柳玉茹聽他的話，頓時明白了，她忙道：「那我過去改口……」

「不用了。」顧九思搖搖頭，「他們這次就是來試探妳的，如今妳再改口，他們也不會信。」

柳玉茹不說話了，顧九思抬起頭，看見坐在床上有些忐忑的人，愣了愣，片刻後，他嘆了口氣，走上前將人抱進裡懷裡，溫和道：「妳別自責，他們都是老泥鰍，咱們還太年輕。」

「是我想得少了。」柳玉茹垂下眼眸：「這事，責任應該在我的。」

「哪兒能呢？」顧九思放開她，看著她的臉，笑著道：「按妳這麼說，這事的責任該在我才對。我是管妳的，妳是辦事的，我該知道妳的性子，知道妳會不會被騙，我自己就想著自己要怎麼演戲，沒能想到妳這邊，沒管好妳，妳說是不是我的問題？」

柳玉茹聽他胡攪蠻纏，勉強笑起來，「你也不用安慰我了。」

「玉茹，」顧九思嘆了口氣，他握著她的手，柔聲道：「是人都會犯錯的，更何況，這也不是什麼錯。我以後也會做錯事，也會犯傻，到時候，妳也得包容我，對不對？」

柳玉茹抬眼看他，顧九思的眼睛溫柔又明亮，彷彿帶著光。她靜靜注視著他，好久後，才聽他道：「玉茹，妳才十九歲，別這麼為難自己。」

「那些人啊，都是活了這麼幾十年，在泥巴裡打滾打了幾十年的老泥鰍，妳別把自己想得太厲害，也別把別人想得太蠢。如果妳總想著自己會贏，輸了就是錯，那太自負了。」

「這話我彷彿說過，」柳玉茹忍不住笑了，顧九思想了想，想不起來，最後擺了擺手道：「我們互相影響，也是正常。」

「那如今，他們試探到了結果，又打算怎麼辦？」

「等一等吧，」顧九思想了想，接著道：「也許是我們想多了。你們約了什麼時候送銀子？」

「就今夜。」

「看看今夜銀子到不到吧。」顧九思歪了歪頭道：「若是不到，那明日……」

顧九思想著，眼裡帶了冷色：「明日我不同他們客氣，他們既然知道我不和他們混，那乾脆就辦幾個人，他們要是還攔著，便把他們全都辦了！看誰還攔著不上工。」

「你辦人，也不是辦法，」柳玉茹聽他的話，思索著道：「你也不要一味相信工部給出來的數字，雖然你不愛聽，可傅寶元有一點的確沒說錯，路得靠自己走，不能看書知天下。他們或許是想著中飽私囊，萬一不是呢？」

顧九思聽著柳玉茹的話，慢慢冷靜下來，片刻後，他應聲道：「妳說的是。」說著，他平靜道：「明日我先催他們開工，也不與他們爭執工程時間，等下午我親自去看看。」

當日晚上，兩個人等了一夜，陳氏果然沒有送錢過來。

第二日早上，顧九思早早便抓著沈明和洛子商出了門，等到吃午飯的時候，三個人便回來了。

只要不固定工期，傅寶元便讓人即刻開工，所以事情也答應得順利。

回來的路上，柳玉茹老遠就聽著沈明罵罵咧咧，沈明一路罵到飯桌上，一直在罵傅寶元。顧九思一言不發，柳玉茹在旁邊聽笑了，沈明一邊罵一邊吃，沒一會兒，洛子商便吃飽了，提前起身離了飯桌。等他離開後，沈明才道：「他走這麼快做什麼？老子干擾他吃飯了？」

「他今日有事。」顧九思幫忙回覆，「不是說秦大人約他去掃墓嗎？」

沈明愣了愣，隨後猛地想起來，「對，秦楠約他掃墓。」

說著，他湊過去看著顧九思，小聲道：「咱們去嗎？」

「不去。」顧九思吃著飯，平靜道：「今日你要啟程去平淮幫我監工，那邊堤壩去年就已經上報缺損，你好好盯著，不能出任何問題。」

「哦。」沈明興致缺缺，想了想，忍不住想要再爭取一下道：「秦楠的夫人是洛依水，去給洛依水掃墓，肯定會講點過去的事情，咱們都知道洛子商是洛依水的孩子，你不想知道洛子商的身世？之前你不是特地還讓世安哥去查洛子商的爹嗎？」

「趕緊吃完，」顧九思瞪了他一眼，「吃完就走，別給我廢話。與其和我說這麼多，不如去書房多寫幾封信給葉韻。」

聽到葉韻，沈明面上的表情有些不自然，他輕咳了一聲，趕緊扒了幾口飯，隨後便匆匆離開了。

顧九思帶著柳玉茹慢悠悠吃完飯，去了房裡，換了一身粗布常服，隨後同柳玉茹道：

「今日不是出門嗎？我同妳一起去。」

柳玉茹本是要出門去看地的，見顧九思跟在身後，笑著應了。

兩人一起出了門，顧九思拉著柳玉茹在街上閒晃了一會兒後，便拉著柳玉茹拐入一個小巷，小巷裡有一架馬車，柳玉茹有些茫然：「這是？」

顧九思沒有多說，拖著她上了馬車，在馬車上換了衣服，由著馬車拉著他們出了城。

「這是做什麼去？」柳玉茹有些奇怪。

顧九思沒有瞞她，「去洛依水的墓。」

「你不是說不去？」

「那不帶沈明？」

「誰知道府裡有沒有洛子商的人？」

「他太冒失了。」顧九思直接道：「洛子商小心得很，帶他我不放心。」

柳玉茹知道顧九思的打算，跟著顧九思出了城後，由顧九思的人領著，從後山到了洛依水的墓地。

帶路的人熟門熟路，明顯是提前來踩過點的。

洛依水的墓地修在半山腰，在這山上圈出一塊地，鋪上了青石板磚，修成一塊平整的園子。

這個園子裡只有洛依水一座孤墳，墳墓修得十分簡潔，但園子裡種植了各類花草，還修建了涼亭。墳墓前種著兩排蘭花，鬱鬱青青，旁邊修建一個小石桌，秦楠跪坐在石桌旁，石桌上放著酒，同人對飲一般，酒桌上放了兩個酒杯。

他沒有穿官服，穿了一身藍色常服，頭髮用髮帶束著，看上去簡單又溫雅，像個再普通不過的中年書生。

顧九思和柳玉茹潛伏在樹叢裡，顧九思拉著柳玉茹趴下，又在她腦袋上頂了一棵小樹叢，然後兩個人趴在地上，默默等著洛子商來。

等了一會兒，洛子商便來了，他穿著一身素色錦袍，頭戴玉冠，上前和秦楠見禮，兩人客客氣氣，可見過往幾乎沒有什麼交集。

秦楠領著洛子商上了香，洛子商讓僕人拿過酒，平和道：「我聽聞姑母好酒，她在揚州尤好東街頭的春風笑，我特地帶了一壇過來，希望姑母喜歡。」

說著，他用酒罈倒了半壇在地上。

秦楠看著那壇春風笑，低垂了眼眸：「你來時，便知道要見到她了？」

「沒什麼親友，」洛子商語氣平淡，「還剩幾個親戚，自然都是要打聽清楚的。這次知道會來滎陽，便打算過來祭拜了。」

「她得知你這樣孝順，會很高興。」

洛子商沒有說話，兩個男人在洛依水墓前站了一會兒後，秦楠道：「剩下半壇酒，我們喝了吧。」

洛子商應了一聲，他和秦楠坐在石桌前，洛子商替秦楠倒酒，兩個人什麼都沒說，只是默默喝酒，許久後，秦楠感慨道：「好多年沒喝過揚州的酒了。」

「姑父到滎陽，應該有二十年了吧？」

秦楠摩挲著酒杯，慢慢道：「快了。」

秦楠笑了笑，「我走的時候，子商還沒出生，大嫂還懷著。」

洛子商喝酒的動作頓了頓，秦楠這個句子很奇怪，他沒有說全，正常人說這句話，應當是「你還沒出聲，大嫂還懷著你。」，可他卻隱去了「你」這個字。

顧九思和柳玉茹在暗處對視一眼，聽著秦楠慢慢道：「你長得很像依水，尤其是鼻子和唇。我聽說你要來，前天酒宴，你一出現，我就認出來了。都不需要別人說。」

秦楠笑了笑，隨後轉過頭，慢慢道：「你早該來見見她的。」

「這些年太忙了。」洛子商苦笑，「您也知道，這些年事多。」

「是啊，」秦楠感慨出聲，接著卻道：「什麼時候，事都多，只是這些年尤為多了些。東都不好待吧？」

說著，他抬眼看向洛子商，洛子商笑了笑，「還好，也沒什麼不同。」

秦楠沒有說話，和洛子商靜靜喝酒。

他眼裡很清醒，帶了一種超然於眾的清醒。因為過於清醒，所以又帶了幾分痛苦悲憫在眼裡。

兩人喝了片刻後，洛子商才道：「姑母是個什麼樣的人？」

聽到這話，秦楠笑了，「你不是打聽過嗎？」

打聽，自然是打聽過的。

可對於這個洛家大小姐，有的都是外面的傳言。揚州曾經的第一貴女，揚州一代傳奇。

她出身百年名門，五歲能誦，八歲能文，十歲一手《山河賦》，震驚整個大榮。

她不僅有才，還貌美無雙，十六歲揚州花燈節發生踩踏，她登樓擊鼓，用鼓聲指揮眾人疏離，月光下她白衣勝雪，似若仙人下凡，於是從此美貌名傳天下，豔冠揚州。

那時揚州傳唱著她的詩詞，閨中女子仿著她的字跡。

她是洛家的天才，洛家的驕傲。

所有人都以為，這樣一個女子，他日哪怕入主中宮也不無可能。然而出乎意料的是，她卻在十七歲那年，草草出嫁，嫁給一個普普通通的世族家的子弟，跟隨那個人遠去滎陽，從此了無音訊。

那人便是秦楠。

「聽說姑母不再回揚州，是因為祖父不喜你們這門婚事。」洛子商笑了笑道：「可是當真？」

秦楠聽到這話，不由得笑了，眼裡帶了苦澀：「我這門婚事，伯父自然是不喜的。我們秦氏也曾是高門，後來因涉及黨爭，我父親與祖父都被問斬，我與母親無依無靠，幸得伯父收留。我不會講話，十七歲也不過只是個進士，與依水比起來，那是雲泥之隔，伯父不喜歡我，這是應當的。」

「有一句話，頗為冒犯，」洛子商見秦楠沒有說到正題，便直接道：「只是除了姑父，我也無處可問。既然姑父一直說您與姑母雲泥之隔，祖父又是如何同意你們的婚事的呢？」

秦楠沒有說話，他靜靜看著洛子商，洛子商沒有迴避他的目光，許久後，秦楠慢慢道：「你是不是以為，她是與我私奔來滎陽的？」

「不是我以為，」洛子商張合著手中小扇，「是許多人，都是同我這麼說的。」

聽到這話，秦楠沒有出聲，他喝了口酒，而後挺直了脊梁。

他認真地看著洛子商，一字一句道：「其他話，我由他們去。可有一點你得明白，洛依水，是我三書六禮、八抬大轎、明媒正娶迎娶的妻子。沒有半分苟且，我與她，更無半點失禮之處。他人可以誤解她，獨你不能。」

「那為何不回揚州呢？」洛子商譏諷笑開。

秦楠看著他的笑容，慢慢道：「你怨她嗎？」

「姑父說笑了，」洛子商垂下眼眸，「我與姑母從未謀面，只有孝敬之心，何來埋怨？」

秦楠聽著他的話，眼裡卻全是了然。

他喝了口茶，慢慢道：「洛子商這個名字，是她取的。」

洛子商頓住張合著小扇的手，聽秦楠道：「當時她與大哥尚未成親，她取這個名字，說等洛家第一個孩子出生，就叫這個名字。這的確是你的名字。」

洛子商手心帶了冷汗。

秦楠繼續道：「你問她為何不回揚州，我告訴你。」

「我與她的婚事，伯父雖然不喜，但她的確是伯父許給我的，而她也的確自願嫁給我。她嫁給我時只有一個要求——」

說著，秦楠抬起頭，看向洛子商，清明中帶了幾分寒意的眼倒映著他的影子。

「永不入揚州。」

永不入揚州。

是多大的恨，多大的怨，多大的悔意，才能對揚州這個出生地，發出如此毒誓。

柳玉茹和顧九思靜靜聽著，心裡充滿了疑惑，而洛子商聽著這一切，喝了口酒，慢慢道：「為什麼不入揚州？」

「有她太愛的人，也有她太恨的人，太愛或者太恨，都足以讓一個人離開。」

洛子商沒說話，捏著酒杯，好久後，又慢慢放開。他轉過頭去，看著洛依水的墳墓，低聲道：「罷了，都過去了。過去了的事沒意義，姑父，」他轉頭，朝秦楠艱難笑笑，「你我都該向前看。」

「我不能向前看。」秦楠搖搖頭，起身走到洛依水墳墓面前，聲音平和：「我會永遠記得她的好。子商，我同你說這些，也是希望你不要忘記。」

「你不知道你的母親為你付出了多少。」他用手指拂過洛依水的名字，聲音裡帶了幾分遺憾，「她是真的很愛你。」

「我不信。」洛子商冷聲開口，秦楠頓住動作，洛子商慢慢站起，捏緊了拳頭，聲音裡淬著冷：「如果她真的愛我，」他盯著墓碑，「就不該把我帶來這個世間又不聞不問！不該為了一己之私生下我，又彷若我不存在。」

秦楠背對著他，他張了口：「子……」

「秦大人，」洛子商打斷他，「你叫我來的來意，我明白了。你要同我說的道理，我也知曉了。可我也得告訴秦大人。」

洛子商說得認認真真：「前二十年不曾來，如今無需告訴我其他。我活得很好。」

「我洛子商，」洛子商捏緊手中摺扇，盯著墓碑上的字，一字一句從唇齒之間出聲，「一個人，也活得很好。」

秦楠沒有說話，在言語之事上，他雖為刺史，卻呈現出異樣的笨拙。洛子商恢復冷靜，恭敬行禮，而後告辭離開。

秦楠一個人站在墓碑前，站了好久，嘆了口氣，慢慢道：「我說服不了他，也不願多說。」

「依水，」他低笑，「我終究還是有私心。又想著他認了妳，妳會高興。可我終究希望，他或者那個人，永遠不要再出現了。」

「我們在滎陽活得很好。」秦楠坐在地上，輕輕靠著墓碑，溫和道：「往事不可追，過去了，妳也別惦念了，好不好？」

「妳看這個孩子，他活得比我想像好太多了。他不願意，也就別羈絆了。」

秦楠說著，靠在墓碑上，不再動了。

他似乎是睡過去了，柳玉茹和顧九思趴在地上，柳玉茹舉著小樹苗，小聲道：「他是不是睡過去了？」

顧九思想了想，從旁邊砸了個小石頭過去。

秦楠沒有理會，顧九思對柳玉茹使了個眼色，兩人趴著退到遠處，這才跳起來拉著趕緊跑開。

兩個人跑遠了，互相幫對方撣著身上的泥土和樹葉子。

等撣完了，柳玉茹一面撣顧九思身上的土，一面低聲道：「你說今日秦楠說話奇奇怪怪的，到底是什麼意思？」

「很明顯。」顧九思抬手用袖子擦著柳玉茹的臉，柳玉茹趕忙道：「輕點。」

顧九思放輕動作，接著道：「秦楠看出這洛子商是假的了。」

「現在就看出來了？」柳玉茹愣了愣，「那他不問？」

「他不僅看出洛子商不是真的洛子商，還知道洛子商是洛依水生的，以他對洛依水的情誼，又怎麼會對洛子商做什麼？」

這麼一說，柳玉茹就明白了，她皺了皺眉頭，「秦楠是怎麼知道這些的？」

「活久了的老妖精，總有咱們不知道的法寶。」顧九思拍完身上的土，拖著柳玉茹道：「走，陪妳去看地。」

「這麼急？」柳玉茹有些奇怪。

顧九思挑了挑眉道：「太陽還在呢，還有點時間。」

顧九思堅持要去看地，柳玉茹也不再推托，上了馬車，便領著顧九思往她預備看的幾個地方過去。

兩人坐在馬車上，柳玉茹思索著道：「所以你覺得，洛子商這事到底是怎麼回事？」

柳玉茹分析著，慢慢道：「按著秦楠的說法，當年洛大小姐名滿揚州，他只是洛大小姐青梅竹馬的仰慕者，後來洛大小姐遇見一個人，未婚先孕生下了洛子商，然後跟著秦楠來到滎陽，與家裡澈底決裂。加上我們打探的消息，也就是說在二十一年前，洛家大小姐遇到一個人，和對方一見鍾情，未婚先孕，結果發現對方家中有正室，洛依水不甘做妾，便生下這個孩子，交由家中人殺死。但下人不忍殺掉一個孩童，於是將孩子拋到城隍廟附近，被一個乞丐收養，而後洛依水嫁給秦楠，遠走滎陽，是這樣嗎？」

顧九思沒有說話，他看著窗外的人流，柳玉茹繼續道：「秦楠說洛依水很愛自己的孩子，所以當年那個孩子，應當是洛依水的父親強行拋棄的，洛依水也是因為如此，與家裡決裂，所以她決定一生不回揚州。那麼當年那個男人到底是誰呢？」

柳玉茹皺了皺眉頭，她見顧九思一直不說話，不由得道：「九思？」

「嗯？」顧九思回過頭，見柳玉茹正等著他回話，他笑了笑，「別想這個了，想想妳的生意吧。」

「九思，」柳玉茹盯著他，卻是道：「你是不是知道洛子商的父親是誰？」

「這個事，」顧九思平靜道：「等我搞清楚了再同妳說。」

柳玉茹聽到這話，便知道這件事裡可能還牽扯著其他事。便不再發問。

兩人一起到了柳玉茹要買地的地方，顧九思跟在柳玉茹身後，看她到處問價，她看一塊地看得仔細，每個地方一一檢查過，顧九思一直不說話，聽她和人交談，討價還價。

他們來的時候夕陽西下，等到了夜裡，柳玉茹才和顧九思回去。他們手拉著手回去，走在路上時，兩個人的影子交疊在一起，顧九思拉著她，用手比劃出影子唱戲。柳玉茹看他咿咿呀呀唱戲，笑得停不下來。

她抿著唇，看著他用手比劃著小人，捏著嗓子道：「洛子商，你這小潑婦，看我不打死你。我打打打！」

「傅寶元，你這老賊，我也打打打！」

「還有你，李三！哪裡跑！」

柳玉茹見他越比劃越上頭，眼見要到家了，不由得小聲提醒：「小聲些，別讓人聽見了。」

「聽見就聽見唄。」顧九思聳聳肩，「反正我想打他們，他們誰不知道？」

話剛說完，就聽見傅寶元的聲音響了起來，「呀，顧大人！」

顧九思：「……」

頃刻間，顧九思立刻昂首挺胸，化作一副端莊模樣，朝著傅寶元拱手道：「啊，傅大人！怎麼在門口這裡，不進去坐坐？」

「才同洛大人議事出來。」傅寶元彷彿沒聽到方才的話，顧九思舒了口氣，他和傅寶元寒暄片刻後，送傅寶元走了。

「大半夜的，」顧九思心有餘悸，「還來議什麼事？」

柳玉茹挽住他的手，笑著道：「知道背後說不得人了吧？」

顧九思這次不放話了，他輕哼一聲，同柳玉茹一起進了屋裡。

進屋之後，等柳玉茹睡下，他想了想，還是拿出紙張，寫了信給江河。

他先是將滎陽的情況大概說了一遍，寫到最後，還是加了一句：「偶遇洛依水之夫秦楠，乃揚州人士，不知舅舅可識得？」

顧九思夜裡將信寄出去，看著信使離開，忍不住嘆了口氣。

信寄出去第二日，顧九思便起身出行，打算親自去河堤看看。

柳玉茹看著他一身粗布衣衫的打扮，不由得笑起來，「你這是什麼打扮？還要自己親自下工地不成？」

顧九思聽了便笑起來，「傅寶元不是說我書呆子嗎？那我便親自去看看，多少錢、怎麼做、多少用料，我若比他更清楚，他不就說不贏我了？」

說著，顧九思看了外面的天色一眼，「欽天監說今年八九月會有大水，我們必須在八月前固堤。」

柳玉茹應了聲，平靜道：「我明白。」

「你去忙，」柳玉茹抬頭笑笑，「我也有忙的呢。」

柳玉茹說的不是安慰話。

顧九思去工地修河第二日，柳玉茹便敲定了一塊地，開始建倉庫。

幽州大米十月份成熟，所以在十月之前，他們的倉庫和船隊要能負擔大量運送。而在此之前，神仙香也需要供貨，不僅是米，還有其他糧產，分別從幽州和揚州運輸過去，倉庫越早越好。

於是柳玉茹加班加點，先是招聘了人手，然後又畫了倉庫圖紙，同時聯繫了另外幾個點的人，在同一時間一起建起倉庫。

柳玉茹忙得腳不沾地，顧九思先趕去平淮。平淮是沈明監工，沒有幾個官員認識他，顧九思到了平淮之後，也沒通知其他人，只找了沈明，直接道：「你同我一起裝成老百姓去河堤上幹活。」

他身分特殊，自己一個人怕遇上危險，叫上沈明，兩個高手，總是安全些。

沈明嚇得不行，趕緊同顧九思道：「九哥，你細皮嫩肉的，幹這些粗活不行的。」

這話把顧九思激怒了，當場就將沈明一個過肩摔砸了過去，隨後道：「說你哥細皮嫩肉？」

「不是不是，」沈明爬起來，趕緊道：「修河和打架不一樣，你要去看你監工就行了，何必自個兒上呢？」

顧九思瞪了沈明一眼，「別廢話，要麼我自己去，要麼你跟我去。」

沈明哪敢讓顧九思一個人上工，只能大清早和顧九思一起換了粗布衣衫，跟著顧九思把臉塗黑，一起去河堤上找工作。

河堤上有個小桌，是監工坐的，顧九思和沈明用了化名，在監工那裡領活兒幹，一兩銀子一個月，顧九思還想還嘴，被對方迎面就是一鞭子，沈明和顧九思不敢還手，怕被人看出來，只能連連道歉，終於得了上工的機會。

上工第一日，顧九思和沈明揹了一百個沙袋，還是裡面最少的。

顧九思和沈明揹著沙袋在烈日下前行的時候，看見好多男人，頭髮都已經帶了白髮，佝僂著身軀，揹著沉重的沙袋，整個人幾乎要被壓垮，卻還是往前疾步走了過去。

他們腳踩在泥濘之中，身子暴曬在烈日之下，汗大顆大顆落下來。

等到了晚上，一群河工擠在一起取暖吃飯。

河工的飯是官府供應，一個人兩個饅頭，顧九思沈明和他們擠在一起吃饅頭，這些河工雖然辛苦，卻都很高興，夜裡大家盤算著一個月的工錢，算著等黃河修完，他們就能修補自己的房子、給孩子買新衣服、給家裡買點肉……

顧九思身邊坐著個老頭，特別愛說話，他有個女兒，看見顧九思和沈明，就同他們道：「小夥子娶親了嗎？」

「娶了。」

「還沒。」

兩個老實人回答完之後，老者開始不停跟沈明推銷自己女兒。他形容他女兒，一會兒一個樣，沈明忍不住道：「大爺，您這女兒一會兒胖一會兒瘦，到底是胖是瘦啊？」

「這個，」老者猶豫片刻，有些不好意思道：「我也不知道了。我有時候回家她是胖的，有時候回家是瘦的。這次回家她該十五歲了，或許應該就瘦了。」

顧九思和沈明對視一眼，沈明有些猶豫道：「大爺，您多久回家一次啊？」

老者笑起來，認真想了想：「兩年沒回去了吧？」

說著，老者似是有些難過：「我走的時候小兒子剛出生，回去他要是能會叫我爹就好了。不怕大家笑話，我那女兒啊，到了八歲才知道我是她爹。」

「怎麼不回去呢？」顧九思皺了皺眉頭，老者苦笑起來，「沒錢啊。」

「家裡地薄，」老者吃著饅頭，面無表情道：「隨便種點地說不定就被水淹了，不如在外面待著，替人打點雜工，總能生活。」

「那也該常回家看看。」顧九思繼續勸道，老者看了他一眼，有些奇怪道：「回家不要錢的？」

這話把顧九思哽住了。

等到夜裡，老者蹲在火堆邊拿著個木頭雕小娃娃。這個小娃娃是他準備送他的小兒子的。他每日從官府那裡拿兩個饅頭，吃一個饅頭，另一個賣給其他不夠吃的人，攢下來的錢給孩子買了許多東西。就等著這次黃河修完回家去。

顧九思和沈明背對著老者，看著火堆蜷著睡著。沈明看著顧九思睜著眼，湊過去道：「哥，你瞧什麼呢？」

顧九思沒回他話，沈明嘆了口氣道：「哥，你想嫂子不？」

「嗯。」顧九思低低應了一聲，沈明睜著眼，有些不好意思道：「唉，說了你別笑話我，我想葉韻了。」

「她脾氣不好，老罵我，」沈明說著，從旁邊拿了塊石頭，這塊河石被打磨得光滑，瞧著還有幾分漂亮，沈明將它揣進懷裡，接著道：「但我突然覺得，這時候她來罵幾句就好了，說不定我心裡就沒這麼難受了。」

「你也會難受啊？」顧九思笑起來，沈明瞪了他一眼，「瞧著大爺這樣，我不難受嗎？我也會想啊，」沈明看著火堆，有些發愣，「要是我爹當年還活著，沒餓死，應該也是這樣吧。」

顧九思一時哽住了，他看著沈明，好久後，拍了拍沈明的肩頭，沒有說話。

顧九思和沈明幹了三日後，便離開平淮。

走之前，顧九思給了老者十兩銀子，同老者道：「讓你兒子去讀書，若能考個功名，讓他到東都找顧九思。」

老者雖然不清楚顧九思是誰，但也知道是個有頭有臉的人物了，對顧九思連連拜謝。

顧九思領著沈明回了滎陽，他們回來後，誰也沒說，在滎陽裝成老百姓混進去待了好幾日。

滎陽的河工待遇比平淮差太多了，或許是因為平淮還有沈明壓著的緣故，滎陽沒有人管，於是一個河工的錢就是一兩銀子，而這一兩銀子，還要各種剋扣。

吃的飯按規格該是兩個大饅頭，但實際上都是清湯寡水的粥，吃幾碗都不頂飽。

顧九思在這裡待了兩日，終於回了家。回家的時候，家裡全是人，柳玉茹帶著工匠，指著圖紙設計倉庫，聽到顧九思回來了，還有幾分詫異，等抬頭一看，發現當真是顧九思回來了。

她幾乎要認不出他了，才去了不到十日，整個人就黑了一圈，哪怕他底子白，曬黑了也比旁人看著要白嫩，但比起過往，始終是顯得精幹了些。他看上去瘦了，眉眼間帶著憔悴，明顯這幾日是吃了苦。

柳玉茹見他的模樣，心疼得不行，顧九思忙道：「沒事的，就是黑了點。我洗個澡，這就走了。」

顧九思說完之後，便進了家門，柳玉茹讓人備水洗澡，顧九思洗完澡，換上官服，走出門，他去了府衙，連夜將傅寶元找了出來，傅寶元有些不高興地到了前廳，打著哈欠同顧九思道：「顧大人，這麼晚了，還不歇息嗎？」

「傅大人，我過來，是想同您商量一下固堤的事，」顧九思說著，鋪開了河圖，同傅寶元道：「我重新想了，之前的法子，的確有不妥當之處，銀兩數目不變，修堤時間改為八月中旬之前，但是這樣一來，人手的確不夠。」

顧九思說著，抬頭看向傅寶元：「本官想過了，從城防營裡撥出三千人，由沈明統領，幫著去固堤。多了三千人，保證就能在八月初三之前完工，您以為如何？」

第十章　刺史

如何？不如何。

傅寶元被這個要求嚇清醒了。

拿三千城防軍去修河道，還讓沈明帶領，這是赤裸裸在要兵權。雖然滎陽這個地方兵少，一個城池只有四千人馬，但畢竟滎陽和望都那種常年征戰的邊境城池不太一樣，四千已經是永州兵力最多的地方。

這樣一來問題的確解決了，可是從王思遠手裡要人，王思遠怎麼可能真的放人？

傅寶元勉強露出笑容：「顧大人，您怎麼突然想起這事來了？不是說好了不限期嗎？」

「我可沒和你說好，」顧九思嘲諷笑了笑，「陛下命我明年夏季前修好黃河，而此次欽天監也說明白了八月有汛，若是因為我們沒有固堤導致黃河水患，到時候你我的烏紗帽怕都不保，無論如何，都得想辦法在八月前固堤。」

「顧大人的想法是極好的。」傅寶元輕咳一聲，隨後道：「但是未免有些太過激進了。直接拿士兵來修河，怕是軍隊的人不答應。」

「我會請奏陛下。」

「那就等陛下的聖旨吧。」傅寶元立刻道：「陛下聖旨來之前，怎麼可以亂動軍防上的事呢？顧大人，您只是來修黃河的，總不至於修個黃河，就比知州管事還多吧？」

「我是修黃河，」顧九思抬眼看向傅寶元，冷著聲道：「可也是拿著天子劍過來修黃河。」

「顧大人不要嚇唬下官，」傅寶元坐在一旁，端起茶道：「有天子劍，也不能草菅人命是不是？凡事要講個道理。」

「好，」顧九思點點頭，「那我就講個道理。給臉不要臉是吧？」

顧九思坐下來，直接道：「這一次修堤壩，一共耗銀七十萬，其中人力費用共計四十萬，材料費近三十萬，河工此番一共招募十萬人，一人給銀二兩五十文，包食宿，每日三餐規格至少兩個饅頭加一葷一素一湯。這是工部給你們的錢，你們和我說不夠用，那你到告訴我，滎陽平淮平均一個勞役一個月只拿一兩銀子，你們給人二兩五十文，怎麼還不夠？」

這話說出來，傅寶元的臉色有些變了，立刻道：「顧大人是聽哪個不長眼的瞎說，一兩銀子哪裡能招到勞役？」

「這話得問你們啊。」顧九思嘲諷地笑開，他拿出河堤上監工給他的契約：「這個是你們開給別人的契約，這上面的錢，總不至於是我誣賴你吧？」

傅寶元看著上面的數字，臉上青一陣白一陣，顧九思看著他，繼續道：「還不死心？那我繼續問，按照規定，你們包食宿，管飯菜，可是無論是平淮還是滎陽，最好不過是睡橋洞，給兩個饅頭，滎陽甚至連饅頭都沒有，就讓河工喝點粥，要不要我去查一下，到底錢去哪兒了？你們說錢不夠錢不夠，可錢總得有個花處吧？天子劍是不能濫殺無辜，」顧九思靠近傅寶元，冷著聲道：「可是有罪之人，這把劍可是上打昏君下斬奸臣的。」

「顧大人……」傅寶元端著茶，抬頭看向顧九思，有些無奈道：「您非得做到這一步嗎？」

「不是我想做到這一步。」顧九思平淡開口：「我也是被逼無奈。傅大人，」顧九思坐下來，軟化了態度，「我負責這件事，不能讓黃河在我手下出岔子，您明白嗎？」

欽天監明明白白說了會有水患，拿了一千萬兩銀子，如果開始就沒保住百姓解決水患，顧九思的官路也算走到頭了。

傅寶元沉默著，許久後，他終於道：「顧大人為何要將每件事做好呢？提前和陛下說一聲時間太緊，把百姓先疏散開，到時候再補貼安撫，繼續修黃河，這樣不好嗎？」

「先撈一筆修黃河的錢，再撈一筆安家費？」顧九思忍不住嘲諷：「你當陛下是傻子？」

「若您這麼作想，」傅寶元面上收了笑容，淡道：「那您不如換個人來管這事吧，這事，您管不了。」

「我乃正三品戶部尚書，拿著天子劍到區區滎陽，連這點事都管不了？」顧九思怒喝：「傅寶元，我知道地方官的事錯綜複雜，可你別欺人太甚！」

傅寶元拿著杯子沒說話，好久後，他笑了笑道：「行吧，顧大人要修，那就修。八月中旬修完，那就八月中旬修完。也不用去請調城防營的軍隊，按照顧大人的算法，七十萬兩應當是足夠固堤了。」

說著，他站起身來，恭敬道：「一切聽顧大人吩咐。」

傅寶元不再阻攔，第二日，顧九思親自到堤壩上去，看著監工招人，二兩銀子一人，每頓飯兩個饅頭一葷一素，包吃包住。

顧九思怕他們中間吞銀子，只能每日去堤壩上蹲守著，他和河工一起吃飯，一起做事，每日數著人。

他不只要盯榮陽，許多地方都要盯，於是派了幾個親信，盯著看著。

他不敢再把沈明派出去，這樣強行做事，下面怕是不滿，恐怕刺殺不斷。

這麼盯著硬推工程進度，修河這件事有了前所未有的速度。

然而他這麼做，當地官吏叫苦不迭，紛紛到王思遠那裡訴苦。

王厚純直接同王思遠道：「叔父，這個顧九思真是太不懂事了，以往來修黃河的，誰會像他這樣蠻幹？簡直是不識趣！不懂事！」

王思遠喝著茶，淡道：「年輕人嘛，不懂事，很正常。多吃點虧就明白了。」

「叔父，」王厚純轉過頭去，壓低聲道：「您看，是不是……」

他抬起手，在自己脖子上做了一個「抹脖子」的動作。王厚純低笑：「人家可是正三品戶部尚書。」

「嚇唬嚇唬他，」王厚純冷笑起來，「一個毛孩子，我看有多大的能耐。」

「別直接動粗。」王思遠慢慢道：「多找點事給他做，自然就垮了。」

王厚純想了想，便明白王思遠的意思，他笑起來，恭敬道：「明白了。」

於是顧九思就發現事情多起來。

河堤上，只要他離開一會兒，就會有人出事。要麼是有官兵用鞭子抽了河工，要麼是飯菜出了問題。

按著規定，遇到這種事，只能對那些人按律責罰。可那些人對責罰完全不怕，顧九思才罰了一個人，只要他不在，便會有第二次發生。

他沒有辦法，只能跟著耗在河堤上，早上天沒亮就要起來，等到深夜了才回來。

他迅速消瘦下去，柳玉茹一面督促著倉庫的建立，一面關心著顧九思這邊的事。但她幾乎見不到顧九思，好幾次她去的時候，都看見顧九思在河堤上。他穿一件粗布長衫，帶著一個斗笠，甚至還光著腳，手裡拿著一根竹仗，在河堤上和監工說話。

偶爾，他還會去搭把手，上百斤沙袋扛在身上，鼓舞著所有人一起幹。

每次他下去幹活兒，大家都會很激動，鼓足了幹勁做事，於是最初河堤上的人都叫顧九思「顧大人」「顧尚書」，後來有些年輕人就大著膽子，叫上「顧九哥」。

所有人見著他，永遠精力旺盛，如朝陽升在當空，永遠絢爛。

然而柳玉茹清楚知道，他每日晚上回家，有時候只是等一等她洗臉的功夫，就趴在床上睡了。每日晚上他洗澡，都是迷糊著的。等上了床來，往床上一倒就昏睡過去。

她會在夜裡端望他的眉眼，覺得很是奇怪。

顧九思的眉目長得越發硬挺，失了幾分精緻，多了幾分刀刻一般的硬朗，她卻覺得，無論怎麼看，他都十分英俊。

她趴在他的胸口，聽他的心跳聲，便覺得世界特別安穩。

她覺得自己像一隻安雀，他如撐天大樹，為她撐起一片天地，讓她安然入睡。

這是少年顧九思不能給予的安全感，她在心跳聲中，感覺這個人真正作為男人的沉穩。

她這麼靜靜趴著，顧九思迷迷糊糊醒過來。抬手放在她的背上，低喃道：「玉茹，對不起。」

「嗯？」

柳玉茹有些不明白，他為什麼要說對不起，然後就聽他道：「沒時間陪妳，讓妳擔心了。」

「沒事。」柳玉茹笑起來，但想了想，還是道：「不過，你也不能這麼一直熬著，總得適當放一放。」

「不能放啊。」顧九思嘆息：「那日有個老伯和我說，多虧我在，才讓他們有幾天好日子。我一走，他們背著我不知道又做些什麼。」

「可總也不是事，」柳玉茹低聲道：「修整黃河還有一年時間，這麼熬，你怕是兩個月都撐不住。」

然而話說完，顧九思沒有回應，柳玉茹抬頭看看，竟是睡過去了。

柳玉茹有些無奈，她嘆了口氣，等到第二日，顧九思照樣上了工地。當日下了雨，顧九思和所有人一起擠在棚子裡躲雨，一個少年走過來，同顧九思道：「顧大人……」

顧九思回過頭，就在那瞬間刀光猛地刺了過來！

顧九思反應得快，一把抓住少年的手，沈明同時按住少年，將他一腳踹倒在地上，就在這片刻，十幾個殺手從人群中湧了出來，人群大亂，顧九思立刻出聲叫人，然而侍衛卻不知道去了哪裡，只剩下幾個影衛跟著他。周邊都是人，影衛和顧九思被人群隔開，顧九思的人怕傷著普通百姓，艱難地靠近顧九思。人群慌亂之中，只有沈明護在顧九思身邊。

當時柳玉茹坐在馬車上，她見下了大雨，正想去接顧九思。還在大路上，遠遠看見河堤上的人群亂起來，她從上方往下看得清晰，顧九思和沈明在人群裡和十幾個人糾纏，柳玉茹驚得立刻出聲：「去救人！」

她隨身帶著十幾個侍衛，侍衛當即衝了下去，柳玉茹不敢出馬車，她沒有什麼武藝，若出現，難免不會成為靶子被用來要脅顧九思，她坐在馬車裡，咬緊牙關，看著混亂的人群。

一批人不斷阻攔影衛靠近顧九思，那些人很多，看上去都是老百姓，影衛也不敢把他們怎麼樣，正是如此，靠近顧九思變得十分艱難。柳玉茹捏著馬車的車簾，心裡忽地覺得有些悲哀。

顧九思和沈明武藝高強，對方明顯沒想到顧九思有這樣的身手，拖延了這麼一段時間，等柳玉茹的侍衛到了，顧九思反而主動出擊去抓那些刺客。

那些刺客算不上專業，他們四處逃竄，顧九思和沈明帶著人將一圈人抓住，柳玉茹見情況已經了了，走下馬車，這時候，她才看見洛子商的馬車也在旁邊。

他不知道看了多久，侍衛佇列整齊，柳玉茹冷著臉，眼睛有些發紅，她走到洛子商身邊，低聲道：「洛大人。」

洛子商坐在馬車裡，車簾敞開，他本從窗後看著河堤上的事，聽到柳玉茹的話，他轉過頭，看見站在面前的柳玉茹。

天下著小雨，姑娘外面披了披風，神色平靜地立在他面前，她雖然看似鎮定，眼睛卻有些發紅，洛子商靜默片刻，隨後道：「柳老闆。」

「可否借幾個人一用？」柳玉茹冷靜開口。

洛子商點了點頭：「可。」

柳玉茹說了句：「多謝。」隨後便轉過身去，招呼了洛子商的人跟著她下去。洛子商見她往下走去，提了聲道：「柳老闆。」

柳玉茹回過頭，洛子商猶豫片刻，終於道：「人本自私，無需為此傷心。」

柳玉茹聽到這話，愣了片刻後，卻是笑起來。

「多謝。」

這一次多謝，她說得格外真摯。

說完之後，她領著洛子商的人一路疾行下了河堤，顧九思已經將刺客制住，之前不在的士兵也回來了，他們把河堤圍了起來，不讓人離開。

柳玉茹進了人群，顧九思轉過頭看見柳玉茹，有些不安道：「玉茹，妳怎麼來了？這裡髒……」

「這個、這個、這個……」柳玉茹一連點了幾十個人，在所有人一片茫然中，直接道：「全都抓起來。」

一聲令下，侍衛立刻動手抓人。

她點的人都是百姓，那些百姓立刻哀嚎起來，忙道：「冤枉、冤枉啊，不關我們的事……」

「不關你們的事？」柳玉茹冷笑出聲，「不關你們的事，你們方才攔著侍衛去救顧大人做什麼？」

「冤枉，」那些人大喊道：「我們沒有啊，我們只是在逃命，沒有攔誰！」

「帶走送到府衙去，由沈大人親自審問。」柳玉茹冷著臉道：「搞清楚是誰讓他們做的。」

「玉茹……」

「閉嘴！」顧九思才開口，柳玉茹就厲喝出聲：「看看你護著的是一群什麼人！為了錢什麼事做不出來？你別想著開口求情，明日開始，你也無需再來河堤半步，這裡有河監有滎陽的官府，你一個戶部尚書天天在這裡混跡成什麼事！」

顧九思不敢再說話，侍衛按著人往外走，柳玉茹扭過頭去，昂首往前。

顧九思站在原地，不敢動彈，柳玉茹走了兩步，回過頭，看著顧九思還站在原地，伸出手冷聲道：「還不走？」

顧九思抬眼看見柳玉茹伸過來的手，高興起來，趕緊往前跟過去。他走到柳玉茹面前，有些不好意思道：「我的手髒……」

話還沒說完，柳玉茹就伸手拉住了他。

他的手上都是泥土和血，她的手乾淨又柔軟。他覺得有些不好意思，可她卻牢牢拉住了他，似是怕他跑了一般。

顧九思有些不好意思，他低著頭，小聲道：「都把妳的手弄髒了。」

柳玉茹不說話，顧九思同她一起爬了坡，走上大路，她腳上的鞋子沾了泥，顧九思蹲下身，用袖子替她擦。

他已經在泥土裡滾了一天，也不在意這一點。柳玉茹看著顧九思蹲在地上，認認真真替她擦著鞋，不知道為什麼眼淚就啪嗒啪嗒落下來了。

眼淚滴到顧九思的袖子上，顧九思看著落下來的眼淚，愣了愣，隨後道：「怎麼哭了呀？給妳擦個鞋，就感動成這樣了？」

「顧九思，」柳玉茹低啞著聲音，「那些百姓，肯定是他們拿錢雇的，今日故意用來隔開你和侍衛的。我在上面看得清楚，他們就是故意的。」

「哦，」顧九思低著頭，從旁邊撿了竹片，替她刮著泥土，「我知道，看出來了。」

「你本不該來河堤的。」

顧九思沒說話，柳玉茹繼續道：「他們吃不飽也好、過不好也好、錢拿不到也好，那都是滎陽官府的事，只要他們不鬧事，把河堤修完了，那就與你無關。你熬在這裡，把自己放在險地，你圖什麼？」

顧九思低著頭，有些高興道：「好了，都弄乾淨了。」

說著，他蹲著身子，揚起頭來，朝著柳玉茹露出笑容，高興道：「壞人是少數，大多數的人還是很好的。這都是小事，我不放在心上。」

他笑得很燦爛，在這烏壓壓的世界裡，明朗如晨曦。

他看著柳玉茹：「大家各有各自的難處，他們攔我也有他們的理由。我當官的，讓百姓過得好，讓我定的規矩執行下去，本是我的職責，這事很正常，我想得開。妳別難過了，妳的鞋子弄髒了，我陪妳去買雙新的吧？別哭了，嗯？」

柳玉茹沒說話，她含著眼淚，看著面前仰頭望著自己的青年。

她愛極了這人的笑容，因為愛極了，所以這一刻才心疼極了。

「我不難過，」她低啞聲開口，「我是為你委屈，顧九思，你知不知道？」她這輩子，委屈她忍得過，苦難她吃得了，她自個兒的事，狂風暴雨，她都能冷靜自若。可唯獨遇到這個人，哪怕是看著這個人有一點點委屈，遇到半分不公，她都覺得疼。因為這個人放在心尖尖上，稍做觸碰，便是萬箭穿心。

顧九思愣愣看著柳玉茹，柳玉茹蹲下身來，哭著抱緊了他。

「顧九思，」她抽噎著，「你能不能對你自己好一點？」

顧九思愣著說不出話，柳玉茹哭著道：「你沒心沒肺，可我替你委屈啊。」你給了世界多少愛，我便希望世界給你多少。

沒有半點不公，沒有半分委屈。這個世界所有溫柔，都理當給這麼美好的你。

顧九思聽著柳玉茹哭，他嘆了口氣，有些無奈地回抱住柳玉茹。

「妳這姑娘啊，」顧九思嘆氣道：「怎麼還沒明白呢？」

「上天把妳給了我，已經是這世上最大的不公了。我這輩子，無需其他的公平。」

柳玉茹聽著這話，不由得愣了。

顧九思扶著她起身，溫和道：「別傻待著了，妳看看，這麼一抱，自個兒身上都是泥土了。我陪妳回去，把身上洗乾淨了。」

說著，他扶著柳玉茹上了馬車，上馬車前，顧九思回過頭，看見洛子商坐在馬車裡，靜靜看著他們。

看見顧九思回過頭，洛子商朝著他們點了點頭，沒有再多說什麼。

顧九思抬起手，卻是恭敬道了聲：「多謝。」

說完之後，他才進了馬車。他沒坐在位子上，往地上一坐，將雙手放在位子上，下巴枕在手上，仰頭看著柳玉茹道：「玉茹，我發現妳真的很愛哭呀。」

柳玉茹擦著眼睛，似嗔似怒瞧了他一眼，斥道：「起來，別坐地上。」

「別把墊子坐髒了。」顧九思笑得有些傻氣：「地上椅子上都一樣的，而且我這麼瞧妳，覺得妳更好看了。這叫什麼，拜倒在妳的石榴裙下？」

柳玉茹知道他在逗她，她靜靜瞧他，嘆了口氣，抬起手附上他的面容，柔聲道：「我真是怕了你了。」

「我知道的。」顧九思抬手捂住她的手，「我會處理好，妳別擔心。」

柳玉茹沒有多說，兩人一起回去，顧九思去洗了澡。

之前在馬車上不覺得，如今澈底放鬆下來，顧九思頓時感覺說不出的疲憊感湧了上來，渾身都疼。

他受了傷，把浴桶洗成了血水，他匆匆洗了洗，便起身走出來，一穿單衫，血就透了出來。柳玉茹低罵了一聲：「胡鬧！」

趕忙讓人去請了大夫，然後自己坐在一旁幫他上藥。

「受了傷怎麼不說？」柳玉茹不滿道：「還去洗澡？不怕傷口感染是不是？」

「身上都是泥，」顧九思解釋道：「都不好意思碰妳，一些小傷，還是洗洗。」

柳玉茹抬眼瞪他，正要說什麼，沈明就走了進來。他來得很急，進來大聲道：「九哥，出事了……」

話沒說完，就看見柳玉茹坐在一旁，沈明猶豫片刻，柳玉茹綁著紗布直接道：「說。」

沈明看了顧九思一眼，確認沒有問題後，終於道：「九哥，人沒了。」

「什麼叫沒了？」顧九思皺起眉頭，沈明趕緊解釋，「押回去的路上，有幾個百姓掙脫鏈子跑了，人一跑就亂了，然後出來另一批殺手，把我們扣下來的殺手劫走了。」

「一個都不剩？」顧九思詫異，沈明搖搖頭，「剩一個，當街被射殺。」

顧九思沒說話，柳玉茹有些不滿，立刻道：「幾個百姓，又不是大力神，怎麼能掙脫鐵鍊子跑？明明就是有人故意放縱，那幾個衙役呢？」

「已經處置了。」沈明立刻道：「傅大人說他們怠忽職守，讓他們走了。」

「就這樣？」柳玉茹震驚。

顧九思應了一聲：「沒有確鑿證據證明就是他們放走，只能這樣了。」

「那不查下去嗎？」柳玉茹站起身，不可思議道：「傅寶元不細察？」

「他說查過了。」沈明冷著臉。

顧九思輕笑：「這上上下下都是他們的人，有什麼好查？」

柳玉茹沒再說話，她捏著拳頭，顧九思拍了拍她的手，同沈明道：「給陛下去信，讓他準備一隻軍隊在司州，時刻準備著，滎陽恐亂。」

話剛說完，外面便傳來許多人的腳步聲。顧九思有些疑惑，他看了沈明一眼，用眼神詢問來人，沈明也是不解，但沒有多久，就聽見王思遠的聲音響了起來，「顧大人！」

顧九思皺起眉頭，便看王思遠走了進來，有些感慨道：「顧大人，聽說您遇刺了，我特地過來看看，您還好吧？」

「沒事。」顧九思笑了笑，「王大人的消息倒是很快。」

王思遠嘆了口氣，「本也在過來的路上，沒想到人還沒見到，就聽見您遇刺的消息了。」

顧九思聽著這話，忍不住皺起了眉頭，「不知王大人找在下何事？」

「顧大人啊，」王思遠嘆了口氣，慢慢道：「您被參了！」

顧九思聽到這話，猛地抬頭，王思遠笑起來道：「不過還好，江大人在朝堂之上舌戰群雄，力保大人，陛下對顧大人沒有什麼處置，但是還是覺得顧大人在滎陽太過橫行，決定將沈大人調離滎陽。」

沈明聽到最後一句，臉上帶了怒意，他正要開口，便看顧九思一眼掃了過來，沈明僵住身子，顧九思回過頭去，面上露出笑容：「九思不知，是何人所參何事？」

「啊，顧大人不知道嗎？」王思遠故作詫異，隨後道：「也是，我也是今日才接到的消息。是秦刺史，參顧大人在滎陽作風不檢，與商人聚會、仗勢欺壓當地官員，還參沈大人毆打官員、欺壓百姓，你說說這個秦楠，」王思遠「嘖嘖」兩聲，「簡直是無中生有，哪裡有的事嘛。」

顧九思聽到秦楠的名字，有幾分詫異。

他原以為，第一個會去朝廷參他的滎陽官員應該是王思遠或者傅寶元，沒想到竟然是看上去最剛正不阿的秦楠？秦楠和王思遠是一夥的？

還是其實秦楠才是這個滎陽最大的貪官？

顧九思一時腦子有些亂，然而他有些不理解，就算秦楠參了他，這樣沒有真憑實據的事情，為什麼皇帝會真的決定處罰他，還選擇將沈明調離滎陽？

他想不明白，感覺頭有些痛了。王思遠看他的樣子，頗為關心道：「顧大人怎的了？」

顧九思搖了搖頭，抬手道：「無妨，多謝王大人告知。那沈明調離滎陽後，是任什麼職位？可是回東都？」

「是啊。」王思遠笑了笑，「回東都繼續任職，其實也算不上是處罰，對吧？」

顧九思笑了笑，「的確。」

王思遠看了看顧九思，見顧九思面色虛弱，站起身道：「罷了，顧大人今日不適，我也不打擾了，顧大人好好休息。」

顧九思行了個禮，讓木南送王思遠離開。

王思遠被送到門口，上了馬車，回頭看了顧府一眼，嘲諷道：「秦楠，不自量力。」

說完，他叫人過來，在那人耳邊嘀咕了幾句。

王思遠一走，沈明立刻道：「我出去散散心。」

「你站住！」顧九思怒喝：「你去做什麼。」

「我散心！」沈明說完就衝了出去。

顧九思正要說什麼，便急促咳嗽起來，沈明趁著這個機會一路跑了出去，等顧九思咳完了，靠在床頭緩了緩，終於道：「去讓人把他追回來。他肯定去找秦楠了。」

柳玉茹趕緊吩咐人出去找沈明，隨後她回過身，守在顧九思身邊，握住他的手道：「你是不是發高燒了？我怎麼覺得你有些燙？」

「可能吧。」顧九思躺在床上，閉著眼睛，同柳玉茹道：「妳別擔心，沈明讓人看著別亂跑。我先睡一覺。陛下的旨意到了，舅舅也該回信了。等舅舅的信到了，再做打算。」

柳玉茹應了一聲，顧九思握著她的手，小聲道：「玉茹，我睏了。」

「睏了你便睡吧。」柳玉茹溫和道：「我在呢。」

顧九思沒說話，躺在床上閉上了眼睛。柳玉茹看著他的呼吸平穩下來，才放開他的手，將他的手放在被子裡，又給他上了冰袋，隨後召了印紅和木南過來，同印紅道：「通知東都那邊的人，將我訓練的暗衛全部派到滎陽來。」

印紅應了一聲。柳玉茹接著同木南道：「夜裡應該會有第二波刺殺，你們準備著，別讓人鑽了空子。」

木南愣了愣，隨後應了下來，出聲道：「是，夫人。」

柳玉茹吩咐完事情，她拿了一把刀，放在顧九思身邊，然後便重新拿過帳目，讓人盤了小桌過來，一面照顧顧九思，一面算著她的帳。

柳玉茹守著顧九思的時，沈明甩開了人，便去找秦楠。

秦楠剛從府衙回來，他的轎子遠遠出現在沈明視野裡，不能在人多的地方劫走秦楠，他還沒傻到這種程度，於是他埋伏在一條秦楠每日必經的小巷子裡。趴在屋簷頂上，就等著秦楠入巷，然而秦楠的轎子剛進巷子，卻聽秦楠突然說了句：「慢著。」

轎夫停了下來，沈明有些疑惑，秦楠怎麼停了下來？聽了片刻後，就聽秦楠道：「是不是沒有聲音？」

沈明不太明白秦楠在問什麼，然而秦楠在問完之後，卻是突然道：「走。」

那些轎夫極其聰明，立刻轉身換了條路，沈明驚呆了，他左思右想，自己藏得應當是極好，就是這瞬間，羽箭朝著轎子瘋狂飛了過去。轎夫大喊了一聲：「大人！」

羽箭剛停，巷子裡就衝出幾個黑衣人，直直朝著秦楠的轎子撲了過去。

秦楠的轎夫不是泛泛之輩，殺手撲過去時轎夫當即從轎子下抽出刀來，然而黑衣人來得太快，轎子被直接踹翻，而轎子翻了的前一瞬，轎夫將秦楠一把抓了出來，往旁邊一推，大聲道：「大人快走！」

秦楠朝著反方向瘋狂跑去，兩個殺手提著刀衝了過去，眼見著就要砍到秦楠身上，沈明看不下去了，從天而降一腳一個踹了過去，拍了拍手道：「老子給你們機會跑，三、二……」

殺手對視一眼，他們明顯是認識沈明的，在「二」出聲時，他們掉頭就跑，沈明想追，卻被秦楠一把抓住袖子，低聲道：「小心埋伏，別追了。」

聽到秦楠的聲音，沈明才想起自己的來意，他一把揪起秦楠的衣領，把他往牆上一壓，靠近他道：「嘿呀呀你個老不死的，一大把年紀了還學人家搞什麼政治鬥爭？你要搞你搞那些貪官污吏啊，你來搞老子？說老子毆打官員欺壓百姓？你信不信老子真的打死你？」

話沒說完，秦楠的臉色就有些白，他推攘著沈明道：「你……你走……」

「我走？」沈明笑了，「老子今日特地來找你的，還讓我走？我偏不，我偏……」

話沒說完，秦楠張口一口血就噴了出來，噴了沈明一臉。沈明當場懵了，秦楠頭一歪昏了過去。

沈明呆呆看著秦楠，還沒反應過來，就聽見旁人驚叫出聲：「秦大人！」

「你個賊人放開秦大人！」

「你對秦大人做了什麼！」

「那個……」沈明慌得沒空摸臉，急忙解釋道：「我沒打他啊。」

「你跟我去見官。」一個轎夫拉住沈明，激動道：「我認出來了，你是顧尚書身邊那個侍衛，當街毆打朝廷正五品命官，你等著，我這就去找你家大人！」

「等等，這個事真的和我沒關係。」沈明趕緊道：「先救人，趕緊的，先救人再說。你們都被打得不行了吧？我來，我來揹，我將功贖罪好不好？」

說著，沈明在四雙眼睛的注視下，把秦楠扛了起來，趕緊往最近的醫館跑去。

他一面跑一面想，自己到底是做了什麼孽，被這個人參就算了，救了人還被人噴一臉血，現在還得揹著他去求醫？

他簡直是天底下第一好人。

秦楠被送到醫館去的路上，遠在千里之外的東都，葉韻也收到了從滎陽傳來的書信。沈明打從離開東都就開始寫信給她，他的字難看，狗爬一樣，絮絮叨叨說的都是些瑣事。葉韻很少回信，幾乎是看過就燒了。

信使從正門進來之前，江河同葉青文正在府中對弈，葉世安候在一旁。

雙方商議著顧九思的事情，前些時日秦楠一封奏摺從滎陽過來，一石激起千層浪，朝中對顧九思這麼快的升遷本就不滿，許多人趁著顧九思不在，落井下石的參奏。

所有人都說不清楚，這批跟著攪和的人裡，多少是看顧九思不舒服，多少是受太子指使，多少被滎陽地方官員買通。

范軒想保顧九思，但是參奏的人太多，總要做出點樣子，最後便是江河提議，顧九思還在修黃河，等他修回來在說。

但保住了顧九思，沈明卻是保不住，范軒也不想計較一個六品小官的去留，便順著朝臣的意思，把沈明弄回來聽訓。

「他們的意思，陛下想不明白，你我卻是清楚的。」葉青文淡道：「沈明是顧大人的一把刀，把顧大人的刀抽走了，要下手，連個防身都沒有。」

說著，葉青文有些不理解：「你就這麼放著沈明回來？」

江河聽了，不由得笑了笑，「葉兄還真當我是神仙隻手通天？陛下要讓沈明回來，我又能怎麼辦？」

「你若想有辦法，總能有。」葉青文直接開口，江河「哈」了一聲，他撐著下巴，落了棋子，想了片刻，卻是道：「不用擔心，九思是個聰明孩子。」

葉青文看了他一眼，還要說什麼，便聽外面傳來腳步聲，三個人抬頭看去，便見信使匆匆忙忙往葉韻的宅院走過去，江河挑了挑眉道：「這是哪裡來的信使？」

葉青文抬頭看了信使一眼，隨後道：「滎陽。」

「哦。」江河點點頭，了然道：「那應當是我那姪媳婦兒了。」

「你對我這姪女似乎很關注？」葉青文低著頭，看著棋盤。

葉世安不著痕跡看了江河一眼，江河愣了愣，隨後笑起來道：「我對哪個姑娘不關注？」

葉青文沒說話，他落了子，片刻後，喝了口茶，同葉世安道：「世安，換玉山春尖。」

葉世安明瞭葉青文是有話要單獨對江河說，便起身離開了。等葉世安走後，葉青文看著江河落子，慢慢道：「我也不多說了，我這個姪女，也快二十了。揚州的事，你應當知曉些。我終歸還是希望她能找個好去處，她是我葉家的姑娘，我不願她因為過去就隨意許一個人家。她雖有瑕疵，但品貌皆在，你年歲也大了……」

「胡說八道什麼呢，」江河瞪了葉青文一眼，「什麼我年歲大了？有你這麼說話的嗎？」

葉青文被哽了哽，接著道：「我也就比你大上幾歲，如今兒子都二十有二，萬殊，你總不能一直這麼一個人。」

江河沒說話，他看著棋盤，端起茶杯，抿了一口：「其實吧，我覺得葉韻這個小姑娘樣樣都好，唯獨有一點不好，」說著，江河抬眼看向葉青文，笑咪咪的眼裡帶了幾分悲憫，「生在你們葉家。」

葉青文皺起眉頭，江河嘆了口氣，「葉兄，我說這話可能有些冒犯，但既然今日你同我提及此事，我便不得不說。」

「葉韻還年輕，」江河看著葉青文，認認真真，「過去的事不是她的錯，且不說她非自願，哪怕是自願，我也覺得，一個女子追求一份感情，為何會是錯？既然不是錯，她沒做過錯事，為何要懲罰她？」

「沒有誰懲罰她。」葉青文緊皺眉頭，張口反駁，只是話還沒出口，江河就抬手做出「停」的手勢，直接道：「你不必多說，你們是不是在懲罰她，我心中有評判。若你們不覺得她做錯，她一個品貌皆佳、二十不到、出身書香門第的好姑娘，為什麼要來和我這麼一個年近四十的老男人說親？」

「你……」

「我知道我長得好，又有錢，又聰明，又風趣，而且我在朝中官職與你們家旗鼓相當，還有一個姪子更是平步青雲，我條件好得很，可沒有一個正兒八經的大家閨秀，會主動來同一個年近四十歲還流連花叢、與一個歌姬生有一女的浪蕩子說親。他再優秀都不行。與我這事，你們與葉韻說過對不對？」

葉青文沒說話，算作默認，江河想了想，嘲諷笑了笑，「你說說你們，她遇了事，你們不想著告訴她人生可以走得更好，不想著讓她活得光明正大，反而同她說我這樣的人是她最好的歸宿，簡直是荒唐。她若沒遇到事，你們會這樣對她？既然你們覺得她沒犯錯，為什麼要這麼對她？」

葉青文垂下眼眸，看著眼前的茶湯，江河嘆了口氣，「葉兄，她若是我家孩子，我便會告訴她，這事她沒錯，她不僅沒錯，一個孩子能在當時那樣的亂局下，為保父兄與仇人周旋，最後還能手刃仇人救出兄長與友人，如此氣魄膽量，值得嘉獎。她這樣的姑娘，值得人喜歡，她當年想嫁的是怎樣的男人，如今該更好才是。」

「萬殊……」葉青文苦澀出聲，「能如你這般想的人，太少了。」

「那又如何呢？」江河搖著扇子，「既然要找一個好的男兒，那自然是少的。不好的，嫁了又做什麼？難道你們葉家還養不起一個姑娘？」

葉青文沒再說話，江河想了想，似也覺得說得太過，他輕咳了一聲，慢慢道：「罷了，不想這些，你我是好友，想哄我降輩分，別想了。」

兩人說著話，就傳來葉世安的聲音道：「叔父，到喝藥的時間了。」

葉青文點了點頭，同江河道：「失禮了，今日對弈就到這裡吧，在下先行告辭，我讓世安送你。」

「不必了，我熟路。」江河擺手道：「喝完這杯茶，便自己走。」

葉青文應了聲，起身領著葉世安離開。等葉世安走遠了，江河才道：「出來吧。」

沒有動靜，江河朝著一個方向看過去，笑道：「一個小姑娘躲著我都聽不出來，妳也太瞧不起我了。」

聽了這話，葉韻才從一旁轉角處慢慢吞吞走了出來。

江河從容地從旁邊取了杯子，放在棋桌上，抬手道：「坐吧。」

葉韻沒說話，她規規矩矩來到江河身前，江河替她倒了茶。

葉韻神色平靜，江河揚了揚下巴：「妳叔父還沒下完，妳來吧。」

葉韻應了一聲，抬手落子。

兩人一直沒有說話，只有棋子啪啪而落。

江河棋風老練，看似散漫無章，卻總在一顆落下後，布成插翅難飛的局。相比江河，葉韻的棋風雖然沉穩，卻幼稚許多，步步謹慎，總被江河棋招殺得措手不及。

葉韻見棋盤上落子漸少，終於道：「年少時母親曾對我說，嫁人最重要的，是合適。」

江河沒有說話，葉韻慢慢道：「其實我與大人，哪怕沒有情愛，也可作一世夫妻。葉家與顧家聯合，會是最好的結盟。」

江河頓住棋子，片刻後，他想了想，終於抬起頭看著葉韻，慢慢道：「妳一個小姑娘，別這個年紀想什麼結盟不結盟。若妳真的有這個想法，記住我一句話。」

江河靠近她，神色認真：「這人世間最牢固的盟約，便是利益一致。除此之外，什麼婚姻誓言，都不堪一擊。」

這話把葉韻說愣了。

江河低下頭，落子之後，又吃了她一大片棋子，江河撿著棋子，慢慢道：「婚姻無法保證這些，所以與其想著自己的婚姻如何更有價值，不如想著把自己變成一個有價值的人，然後嫁個自己喜歡的人。」

說著，江河笑起來，他的笑容帶了幾分看透世事的明亮：「別把自己人生最重要的東西，去換一些用其他更容易得到的東西。妳還小呢。」

葉韻沒說話，那片刻，她竟真的覺得，自己還小。

面前是一位長者，他指引著她，在黑暗中摸索前行。

葉韻沉默著，好久後，她慢慢道：「可是，我不知道自己還會不會喜歡。每個人人生都有喜歡的人嗎？」

「不一定吧。」江河想了想，「可是如果妳堅信自己不會喜歡一個人，可能真的就沒了。」

「江大人，」葉韻猶豫著道：「也喜歡過人嗎？」

這話把江河問愣了，他眼中閃過什麼，這是葉韻頭一次從江河眼裡看到他似乎也把控不住的東西。然而這情緒只是一閃而逝，江河笑起來，慢慢道：「喜歡過吧。」

「為何不在一起呢？」葉韻有些疑惑。

江河苦笑：「所有的喜歡都要在一起嗎？」

「葉韻，」江河嘆了口氣，他站起身，「人一輩子，遇到一個互相喜歡，還能在一起的人，是很不容易的。妳還年輕，喜歡都是慢慢培養的，妳要給別人機會，這也是給自己機會。」

葉韻沒有說話，她看著江河揚起頭，看著天上的星星。

「我沒有機會了。」他輕輕出聲。

這話讓葉韻忍不住側目，不由得道：「為什麼？」

江河沒說話，他靜靜看著天空，好久後，他才出聲：「因為我心裡有人了。」說著，江河眼裡帶了幾分懷念，「你們都沒見過她，要是你們見過便會知道，若是喜歡這個人，還想喜歡上其他人，太難了。」

葉韻愣了愣，江河似是覺得失態，他低笑一聲，張開小扇，擺了擺手，故作瀟灑道：「行了，葉韻姪女，妳想開點，我走了，不送。」

葉韻靜靜看著他離開，等他走了之後，葉韻坐在石桌前，她想了很久，很久很久，她才從袖子掏出一張紙條。

這是一個包裹著石頭的紙條，紙條上是沈明歪歪扭扭的字。

——「……跟著九哥當河工，晚上躺在河堤上睡覺，風太冷了，這個石頭漂亮，送給妳。妳不要覺得石頭破，好看的玉石花錢就能買，這麼好看的石頭，得靠運氣才能遇到。不過妳要是喜歡玉石也行，我攢錢買給妳……」

七月底的風帶著夏日燥熱輕輕拂過，葉韻靜靜看著上面的字跡。

她的內心像一口結了冰的古井，她躺在冰裡，仰頭望著人世間所有的熱烈與美好。有人固執砸著石頭，她聽見冰面「砰砰砰」的聲音。

她輕輕嘆口氣，將紙慢慢折好，收了起來。

他還是太傻了。

葉韻想。

顧九思第二日醒來，便收到江河的信，他高燒剛退，從柳玉茹手裡拿了信。

江河簡短說了一下朝廷裡的狀況，最後留了兩件關鍵消息——沈明自便；秦楠，現在認識了。

顧九思看著這兩句話，柳玉茹從他手裡拿過信，有些奇怪道：「這是什麼意思？」

顧九思想了想，隨後道：「舅舅的意思是，沈明的去留，由沈明自己決定，而秦楠他之前不認識，這次秦楠參了我，他認識了。」

「舅舅為什麼提到秦楠？」柳玉茹有些奇怪。

顧九思低著頭，思索著道：「上次寫信的時候，我同他提了秦大人，問他認不認識。」

柳玉茹點了點頭，沒有多說，顧九思靠在床上，想了一會兒後，忍不住道：「妳說秦楠為什麼要參我？」

「他看不慣你和傅寶元這些人同流合污？」柳玉茹斟酌著開口。

顧九思皺起眉頭，「他怎麼不去參傅寶元？」

這話把柳玉茹問住了，她想了想，又道：「所以，他和傅寶元這些人是一夥的？」

這就能解釋為什麼這麼久以來，滎陽王思遠作威作福，朝廷卻半分消息也沒有。

可是兩人腦海裡同時浮現出秦楠那挺直了腰背的背影，尤其是柳玉茹，她忍不住想起初來滎陽時那跪下的女子，她出聲道：「可是……秦大人看上去……」

「我明白。」顧九思說著，看向窗外。

沈明正急急忙忙趕過來，顧九思見他神色慌張，皺眉道：「你昨個兒是不是犯事了？」

「哥你聽我說，」沈明走上前來，跪到顧九思床頭，認真道：「秦大人吐血了。」

「你把他打吐血了？」顧九思震驚。

沈明趕緊道：「不是不是，」他忙道：「你聽我說，昨個兒我路過，本來想打他。」

聽到這話，顧九思和柳玉茹對視一眼，沈明沒注意到兩個人的眼神交流，接著道：「沒想到，人沒打成，剛好遇到他被人追殺，我就出手救了他，然後當時拉他起來的時候激動了點，他那個，舊疾犯了……」

說著，沈明有些心虛道：「就、就噴血了。」

「你……你是怎麼個激動法？」柳玉茹試探著詢問。

沈明不好意思笑了笑，比劃著道：「就，抓著領子，砸……砸到了牆上，手壓在胸口……」

聽到這話，顧九思慢慢道：「還真是激動啊……」

「那人呢？」柳玉茹皺起眉頭，沈明不好意思道：「還……還躺著呢。」

「活著躺著，還是？」顧九思幽幽開口。

沈明趕緊道：「活著！絕對活著！我昨晚守了一夜，大夫說沒事了，只要好好養就行了。」

顧九思沉默片刻，沈明小心翼翼道：「哥，他們說，等秦楠醒了就要去告我，說毆打大臣犯法。我不怕犯法，我就想著，我現在被參，是不是會給您帶來麻煩啊？」

「你不怕被參？」顧九思轉頭看他，沈明瘋狂點頭，「哥，我一心一意，都是為你著想啊。」

顧九思想了想，腦子裡突然閃過什麼，他突然道：「快，我幫你寫封信回去，你辭官。」

「啊？」沈明有些懵。

顧九思接著道：「我現在就寫，你在救秦大人的路上不小心導致秦大人舊疾突發，於是為了彌補過錯，好生侍奉秦大人，決定辭官留在滎陽。」

「我懂了。」沈明聽到這話，立刻道：「這樣一來我就可以繼續留在滎陽。而且事提前說了，他爹就爹去吧，老子都為他把官辭了，還有人能說什麼？」

「對。」顧九思點頭道：「而且你這幾日給我老老實實盯著他。」

「盯著他做什麼？」

「看看他到底為什麼參我。」顧九思沉聲開口。

沈明聽到這話，立刻點頭道：「放心，這事交給我。」

沈明拍了胸口，下午便去找秦楠。

秦楠剛醒過來，沈明便衝了進來，大大咧咧道：「秦大人。」

秦楠抬眼看他，皺起眉頭，眼裡還帶了幾分警惕，沈明扛著大刀，認真道：「秦大人，我是來和你道歉的。」

秦楠聽到這話，放鬆些許，慢慢道：「無礙，本是舊疾，沈大人救我，我當向沈大人道謝才是。」

「是我魯莽了。」沈明有些拘謹，偷偷看了秦楠一眼，慢慢道：「那個，秦大人最近不方便吧，要不我照顧您？」

「在下還有其他下人。」秦楠神色平靜，「不勞沈大人。」

「那你總還需要個人保護吧？」沈明接著道：「我武藝高強，比你那些轎夫強多了。」

秦楠抬眼看了沈明一眼，有些不解：「您到底要做什麼？」

「嗨呀，」沈明終於道：「現在外面都傳我把你打了，你給我個贖罪的機會唄。」

「您似乎要調離滎陽了。」

「這個沒事，」沈明高興起來，大大咧咧道：「我辭官了。」

秦楠愣了愣，片刻後，他明瞭了什麼，恢復一貫拒人於千里之外的冷漠，淡道：「既然如此，沈大人自便。」

「那我從今日開始保護你。」沈明立刻道：「秦大人你自便哈。」

秦楠沒說話，他不拒絕，也沒接受。等第二日沈明上秦家，秦家就不給他開門了。

但這難不倒沈明，沈明翻了牆，爬到秦楠的院子裡，高興道：「秦大人，我來了。」

秦楠：「……」

沈明懷揣著監視秦楠的任務，每日過來探望秦楠。他本來以為，一個會參他和顧九思的官員，一定是個大貪官，他應該有很豐富的生活，但是跟著秦楠好幾日，沈明發現秦楠的生活非常簡單，每日就是去縣衙辦公，然後回來。

他在百姓心中很有聲望，大大小小的事，百姓總喜歡找他，而他的確大多都會處理。

刺史的事不算多，他官階高，每過七日，便可休沐一日，他休沐的時候，才會離開府衙，也不做其他事，就是到隔壁村子去，給隔壁村子裡的孩子上上課，發點吃的。

這個村子人不多，大多都是老幼，沈明跟著秦楠去村子裡，一起幫村子裡的人修房子，講課，不由得有些奇怪：「這個村裡的男人呢？」

「沒了。」秦楠平淡出聲。

沈明有些奇怪，詫異道：「怎麼沒了？」

「這裡原本是沒有村子的。」秦楠敲打著釘子，同沈明解釋：「後來城裡有些人，家裡的男人死了，就留下老幼，城裡待不下去，最後我便讓人全都安置在這邊。這邊有些薄地，他們能幹活的會種點地，我也會接濟。」

「這一個村，」沈明詫異道：「都是你接濟？」

秦楠點點頭，沈明不由得回頭看了一眼，「你有這麼多錢嗎？」

秦楠聽到這話，皺起眉頭，認真道：「在下月俸二十兩銀子，每月五十石糧食，每年絹布二十匹，棉布一百匹，這個村一共五十人。加上他們自己的錢，綽綽有餘。」

「你……你挺有錢的哈。」沈明察覺到秦楠生氣，打著哈哈。

秦楠看著沈明，憋了半天，什麼都沒說。

沈明每日跟著秦楠的時候，黃河固堤也到了尾聲。

八月連著下了七、八日暴雨，欽天監所測洪水，如約而至。

那幾日顧九思都睡不好，黃河每次大雨，多少要受災，這一次顧九思雖然按時完成了加固，卻不確定最後結果。因為這一次的洪水來得比過往積累得多，夜裡柳玉茹睡覺，都覺得雨聲大得讓人不安穩。

每日晚上，顧九思和柳玉茹不敢睡得太死，顧九思等著急報，怕哪裡受災，他方便趕過去。

黃河可能決堤的口子，顧九思讓人提前疏離，等大雨結束之後，各地災情上報上來，這一年黃河雖然也有些決堤，但是因為提前疏散，並沒有造成人員傷亡。這是近百年來第一次黃河受災沒有人員傷亡，顧九思拿到結果後，整個人癱軟了下去，還是柳玉茹扶住了他，顧九思才舒了口氣，趕緊道：「我這就上報陛下。」

顧九思忙著寫奏摺的時候，傅寶元坐在書房裡，他呆呆看著面前的摺子，一句話也沒說。陳氏走進來，看著傅寶元，笑著道：「今年黃河終於沒事，可感謝老天爺了。」

聽到這話，傅寶元慢慢笑了，他白白圓圓的臉上，帶了一絲疲憊：「哪裡是感謝老天爺？該感謝的，是顧大人才對。」

「老天爺？」傅寶元嘲諷一笑，隨後搖了搖頭，起身離開了。

黃河固堤有了效果，整個永州的氣氛都有些不太一樣。第一個階段完畢，顧九思就要開始做第二件事——改道修渠。

這是整個黃河修繕裡最耗時、最難、最耗錢的過程。按照顧九思的規劃，從今年八月中旬到明年三月，都在做這件事，需要十萬人參與，兩萬人後勤，一共十二萬人，這可謂百年難有的浩大工程。

這樣一個工程，若是稍有不慎，便可能成拖垮一國的災禍。

所以顧九思不僅要壓住下面，還要時時刻刻安撫著范軒，讓他放心，絕不會出事。

顧九思思索著，要辦這件事，他不能再像之前，隨便是個人就敢來搞一次刺殺。

顧九思琢磨片刻，暗中聯絡范軒，范軒給了他五千兵力，將五千人馬駐紮在司州和永州交界處的安陽。

這時候，柳玉茹從東都調來的人也到了滎陽，顧九思有了人，心裡就有了底，人到的第二日，便邀請所有人，將第二個階段的計畫理清，而後同王思遠道：「王大人，在此之前，在下想請您幫在下主持一個公道。」

王思遠有些疑惑：「什麼公道？」

「前些時日，有人打算刺殺本官，」顧九思掃過眾人，「之前事務繁忙，本官沒有追究，如今堤壩都已經穩固，那麼也是時候，清一清老帳。」

王思遠聽著這些話，臉色不太好看：「顧大人，這個案子一直在查。」

「本官懷疑滎陽的有官員官官相護，打算讓自己的人親手接管此案。」顧九思直接開口。

王思遠皺起眉頭，「你這是在暗自我們滎陽官府做事不利？」

「這麼久什麼都查不出來，難道我還要我誇你們好棒？」顧九思嘲諷出聲，他在東都對整個御史臺都不在話下，放開來懟，王思遠又哪裡是對手？一句話過去，便嘲諷得王思遠幾乎要站起來。

他在永州作威作福多年，已經許多年沒人這麼和他說過話。他喘著粗氣，氣得笑起來，「好好好，顧大人厲害。顧大人要查，那就讓顧大人去查，放開了查！」

「多謝。」顧九思淡淡開口。

等所有人將會開完，王思遠走出來，立刻同旁人低聲道：「去把那幾個衙役處理了。」與此同時，顧九思也吩咐道：「去將當時押送殺手和百姓的衙役給我找來。」

兩邊人馬同時往那幾個衙役在的地方趕過去，沈明跟著秦楠一起走出來，秦楠看見沈明跟在他身後，淡道：「沈大人不去抓人，跟著本官做什麼？」

「別叫沈大人。」沈明擺了擺手，「辭官了，你叫我沈明就行了。」

秦楠沒說話，沈明跟著秦楠，嘀咕著道：「我說秦大人，你當個刺史，得罪的人一定很多吧，你就不害怕嗎？我保護你，你應該覺得高興才是。天天這麼嫌棄我，真是狗咬呂洞賓，不識好人心。」

秦楠上了馬車，閉著眼不出聲，沈明坐在邊上，嘴裡叼了根草，拿了本書看。

秦楠見他安靜了，睜開眼睛，看見他在看書，不由得道：「看什麼書？」

「哦，」沈明轉過頭去，回道：「在看《左傳》。」

「你看《左傳》？」秦楠詫異，沈明有些不好意思，「大家都覺得我出身低，沒讀過什麼書，我想著得培養一下，就從《左傳》看起。」

聽到這話，看著沈明那不好意思的模樣，秦楠看了片刻，卻是慢慢道：「有喜歡的姑娘了吧？」

沈明愣了愣，臉上的表情明明白白賣了他。秦楠繼續道：「姑娘還很有學問，你覺得自個兒配不上他？」

「秦大人，」沈明震驚了，「你算命的啊？」

秦楠笑了笑，卻是道：「都年輕過。」

說著，他眼裡帶了幾分懷念：「我以前也這樣。」

「您是成功人士，」沈明趕緊道：「來來，分我點經驗。我現在喜歡的姑娘吧，」沈明有些不好意思，「就，出身比我好，長得也比我好，脾氣雖然大了點，但終歸比我，還比我會讀書，嗨，就什麼都好。」

沈明說著，竟然感覺有幾分絕望。什麼都比他好，人家看上他啥？

秦楠看著他苦惱，過了片刻後，卻是道：「你為什麼跟著顧九思？」

沈明覺得秦楠問得有些奇怪：「他是我兄弟，我自然就跟著他了。」

秦楠沒說話，過了一會兒後，他卻是道：「你人不錯。」

「那是，」沈明有些高興，「相處過的人都這麼說。」

想了想，沈明又道：「不過以前也不是，以前不喜歡我的人可多，都覺得我這個人，脾氣差，刁鑽，還有些憤世嫉俗。跟了九哥以後，也不知道怎麼的，」沈明想著過去，慢慢道：「感覺自個兒，像一塊被打磨的石頭，越來越光滑。我不是說不好——」

沈明轉頭看秦楠，笑了笑道：「就是不像以前那樣，看這世界哪兒哪兒都不好。我現在脾氣好多了，挺開心的。」

秦楠聽著沈明說著自己，他不知道在想些什麼，看著外面，好久後，終於道：「現在這個時間點，衙役通常在外巡邏。」

沈明愣了愣，一開始他沒反應過來秦楠是什麼意思，隨後反應過來了。

顧九思派出去的人，根本不清楚滎陽的制度，按照東都的習慣，此時此刻是衙役修整的時間，於是他們直接奔著縣衙去了。

「快去吧。」秦楠催促一聲。

沈明反應過來，他說了句「多謝」，趕緊去大街上。

他挨著人問過去，就怕那些衙役提前遭了毒手。

然而在街上晃蕩不久，看見顧九思派出去的人已經提了人回來。

沈明舒了口氣，趕緊上前高興道：「你們不是去縣衙了嗎？我才知道這個時間點衙役都在外巡邏，不在縣衙，人怎麼抓到的？」

「運氣好。」侍衛高興道：「本來是要去縣衙的，結果路上遇到個衙役，我們就奇怪這個時間點怎麼還有衙役，找了路人問，才知道原來現在是巡邏的時間。於是我們就去了縣衙，拿到他們執勤的時間表，便趕過來把人抓了。我們動作快，一個都沒少。」

聽到「一個都沒少」，沈明也笑了起來。

他轉頭看向被抓的衙役，露出和善又詭異的笑容道：「很好，一個都沒少，落到我們手裡，我勸你們還是招快點，不然……」

沈明看著所有人，笑了一聲，沒有多說。

這些衙役被帶回顧九思的府邸，沈明和顧九思連夜審了一晚上，審完之後，便出去抓人。

得知這些衙役被抓，王厚純在家裡狠狠砸了東西。

「混蛋！混蛋！混蛋！」王厚純一腳踢翻椅子，憤怒道：「他們怎麼會抓到的？」

王厚純扭過頭去，捏起身後人的領子，怒喝道：「不是讓你們去了嗎？怎麼比他們還慢？」

「老爺，不能全怪我們啊。」侍衛顫抖著身子道：「有人提醒了他們，他們還去縣衙拿到了執勤表，我們哪兒能有他們拿著執勤表找人快啊？」

「有人提醒……執勤表？」王厚純念叨著，片刻後，他放開侍衛，連連點頭：「好，好的狠，新主子來了，都會咬人了。」

說完，他轉過身往外跑去道：「去叔父家，快！」

——《長風渡【第二部】橫波渡》未完待續——

高寶書版集團
gobooks.com.tw

YE 037
長風渡【第二部】橫波渡（上卷）

作　　者　墨書白
責任編輯　吳培禎
封面設計　茵萊登曼特
內頁排版　賴姵均
企　　劃　何嘉雯

發 行 人　朱凱蕾
出　　版　英屬維京群島商高寶國際有限公司台灣分公司
　　　　　Global Group Holdings, Ltd.
地　　址　台北市內湖區洲子街 88 號 3 樓
網　　址　gobooks.com.tw
電　　話　(02) 27992788
電　　郵　readers @ gobooks.com.tw（讀者服務部）
傳　　真　出版部 (02) 27990909　行銷部 (02) 27993088
郵政劃撥　19394552
戶　　名　英屬維京群島商高寶國際有限公司台灣分公司
發　　行　英屬維京群島商高寶國際有限公司台灣分公司
初　　版　2023 年 5 月

本著作物《長風渡》，作者：墨書白，由北京晉江原創網絡科技有限公司授權出版。

國家圖書館出版品預行編目 (CIP) 資料

長風渡【第二部】橫波渡 / 墨書白著 . -- 初版 . -- 臺北市：英屬維京群島商高寶國際有限公司臺灣分公司, 2023.05
冊；　公分 . --

ISBN 978-986-506-725-0(上冊：平裝). --
ISBN 978-986-506-726-7(中冊：平裝). --
ISBN 978-986-506-727-4(下冊：平裝). --
ISBN 978-986-506-728-1(全套：平裝)

857.7　　112006706